明智恭介の奔走

Tokyo Sogensha
Imamura Masahiro
The Efforts of Akechi

今村昌弘

東京創元社

目次

明智恭介の奔走

最初でも最後でもない事件

最初でも最後でもない事件

1

出口の向こうに広がる光景を目にして、早々に気持ちが挫けた。

小説の最も有名な冒頭の一つに『国境の長いトンネルを抜けると雪国であった』があるけれど、目の前の光景はそんな静謐さの対極にあった。

俺を待ち構えていたのは、例えば歴史的な試合に臨むサッカー代表選手が控え通路から満員のスタジアムに飛び出す瞬間だとか、あるいは不祥事を起こし留置されていた有名人がスクープに飢えたマスコミの前に歩を進めるときのような、殺気立った喧噪だった。

建物の外にゾンビのように押し寄せ、興奮した叫声とともに行く手を阻んでいるのはプラカードや大きなポスターを掲げた上級生たちだ。先頭の新入生がおっかなびっくり外に出るなり、彼らは猛然と殺到する。

「君、ガタイがいいね！　ラグビー部の見学に来てみないか」

「おいおい弓を引きたいって顔だな。弓道部で存分に引くがいいさ！」

「スキー・スノボー部だよ！　経験がなくても大丈夫。とりあえずここに名前を書けば君も仲間だ！」

「登山部は瘦（や）せるよ！」

「郷土史研究部はもっと瘦せる！」

「世界を目指すならセパタクロー！」

四月名物、各サークルによる新入生勧誘合戦である。

関西では名の知れた私大である神紅（しんこう）大学は、公認、非公認併（あわ）せてサークル活動が活発なことで有名だが、四月も後半だというのに勧誘隊の熱は一向に冷める気配がない。というかセパタクロー同好会なんてあったのか。

前方の学生たちが残らずもみくちゃにされるのを見つめ、俺はため息を一つ。

「仕方ない、やるか」

鞄（かばん）から四つ折りにしたA３サイズの画用紙を取り出し、頭上で広げる。黒地の紙には毒々しい黄色の文字でこう書かれている。

『密室の神　カーを讃（たた）えよ　　ミステリ愛好会』

このメッセージを見せつけながら前に進むだけで、あら不思議。あれほど熱心な勧誘隊が怪訝（けげん）な視線を送ってくるだけで、俺を素通りさせてくれる。

俺の所属するミステリ愛好会の先輩の言うところでは、

「葉村（はむら）君。大学とは不思議な場所でな。君たちがどんなにお洒落（しゃれ）をして堂々と振る舞っても、新入生であることはたちまち見抜かれてしまう。それでも勧誘を避けたいのならどうすればいいと思う？　簡単だ。君も勧誘側の人間だと主張すればいい」

そんなわけでこのポスターを押しつけられたのだ。

なんとか人混みを脱したところでポスターを下ろし、改めて書かれた文言に目をやる。確かに人払いの効果はあったようだが……勧誘側というより、単純に関わってはいけない人間だと誤解された気がしてならない。今後の学生生活に支障をきたさなければいいが。

ミステリ愛好会、略して〝ミス愛〟は、三回生の明智恭介という先輩が作った非公認サークルだ。学内には一応ミステリ研究会という公認サークルも存在するのだが、俺は見学の時点で肌が合わないと感じ、入会の意欲が失せていた。そこに現れ、ミス愛に勧誘してきたのが明智さんだ。彼曰く、こちらの方が真のミステリマニアの居場所なのだとか。

明智さんのミステリに対する愛は深い。古典作品にしても、新刊本を中心に手を出す俺と違い、絶版の憂き目に遭い古本でしか読めない作品にまで精力的に手を出す彼の知識には感嘆すべきものがある。

だが悲しいかな。明智さんが本当に憧れているのはミステリ作家ではなく、シャーロック・ホームズのような探偵なのだ。よってミス愛では同人誌を出す活動は一切行っておらず、事件の発生に備えて頭脳を鍛えるという、生産性の低い活動が中心だ。具体的には毎日昼時に学生食堂で他の学生がなにを注文するかを推理したり、放課後に行きつけの喫茶店で、密室、アリバイ、論理展開などについて出口のない討論をしたり。会員として二週間を過ごしてみたものの、正直しょっぱい。

ところが今日は少しばかり事情が違う。

放課後にいつもの喫茶店ではなく、キャンパスの東端に位置する建物に来るよう明智さんから言いつかったのだ。

神紅大学のキャンパスは広く、当然ながら新入生の俺には名前も分からない建物がほとんどだ。スマホで確認しながら目的地に向かって木立に挟まれた歩道を進んでいると、道の脇から声をかけられた。

「こっちだ、葉村君」

見ると木立の向こう側に芝を敷き詰めた小さな広場があり、中央に生えた木の下に四人で向かい合って座れる木製のベンチとテーブルが設えられている。

手を振っているのはリムレス眼鏡の男性。明智さんだ。春らしいアイボリーのジャケットを着て、優雅に脚を組み新聞を広げるその姿は、どうにも今どきの若者らしさからかけ離れている。

「ご苦労さん。迷わずに来られたようだな」

俺は頷きながら、その広場の脇に建つ、待ち合わせに指定された建物を見やる。校舎というよりビルと呼ぶのが相応しい、小綺麗な六階建てだ。

「芸術学部デザイン学科棟、ですか」

「デザイン学科は神紅大学の中では比較的新しく、五年前にできた学科だな。それと同時にこのビルも建て替えられた。知っているかもしれんが、キャンパス内にはすべての学生が一般教養科目の講義を受ける教育棟の他に、このビルのように各学部や学科の専門科目を受講するための建物がある。医学部だけは大学病院のある別キャンパスだがな」

俺に向かいに座るよう示すと、春風にはためく新聞を両肘で押さえながら手を組んだ。

「さて葉村君。君がミステリ愛好会に入って二週間が過ぎた。〝ノックスの十戒〟も知らない、なんちゃってミステリファンが跋扈するご時世に、君のような優秀な人材を得ることができて俺も嬉しい」

「はあ」

ノックスの十戒とはロナルド・ノックスなる人物が定めた、ミステリを書く際のお約束ともいうべきものだ。ただその中には『中国人を登場させてはならない』という現代ではおよそ理解できないものも含まれている。ちなみに十戒を知っていても実生活で役に立つことはない。

「ミステリ愛好会の長として、実りある活動を提供する義務が俺にはある。だが世間とは往々にして平穏退屈なもの。目ぼしい事件も起きず、我々は活躍の機会を得られなかった。推理力を鍛えるためとはいえ、この二週間メニュー当て勝負ばかりで退屈だったろう。しかも、引き分けが続いていたからな」

「両者不正解ですけどね。でも一回俺が勝ちましたよ。初日の最後の勝負。日替わり定食のやつ」

「なにを言う！　三回連続で日替わり定食に賭けるなぞ推理でもなんでもないわ。無効だ。ノーカウントッ！」

明智さんが両腕でバッテンを作った拍子に新聞が風に舞い、慌てて二人でページをかき集めた。

「で、だ」仕切り直すように眼鏡を押し上げる。「そろそろ君にも実地経験をさせたいと思っていたところ、タイミングよく依頼が舞い込んだ」

「依頼？」

明智さんは身近で事件が起きたらいつでも情報をキャッチできるよう、名刺を色んな人に配っている。学内は言うに及ばず、近場の警察や探偵事務所にまでだ。正直なところ、一介の学生に依頼を持ちかける人なぞいまいと思っていたが、世の中には物好きがいるらしい。

「先週の土曜日の夜、いや正確には日曜日の午前一時頃、キャンパス内で窃盗騒ぎがあったんだ。知らないか？」

差し出された地方紙は四日前の月曜日の朝刊だ。社会面の片隅に、全国紙には取り上げられない地元の事件がいくつか載っている。中学生のマンションからの飛び降り自殺、医学生ひき逃げ事件と並んで、窃盗事件の小さい記事があった。

『北署は20日、窃盗目的で建造物に侵入した疑いで、住所不定、無職、黒森匠容疑者（53）を逮捕した。19日午前1時頃、神紅大学瀬島キャンパス内で巡回中の警備員が、部室棟内で気絶している同容疑者を発見、警察に通報した。同容疑者が大学から盗まれたと思われる物品を所持していたため、意識の回復後に警察が確認したところ、容疑を認めた。』

物騒な事件だが、明智さんが言うには大学内での窃盗は珍しくないらしい。セキュリティの甘い場所が多い上、膨大な数の人々が出入りするからだそうだ。

「侵入された建物というのは、ほらあれだ」

明智さんの視線の先、デザイン学科ビルの奥に、レンガ造りの二階建ての建物があった。小綺麗なデザイン学科棟とは対照的に、戦時中に空襲に遭ったと言われても信じそうなくらい薄汚れている。

肉眼でも十分確認できるのに、明智さんは鞄から取り出した古風なオペラグラスを覗きながら説明を加える。

「デザイン学科棟とは違って改築されずに残った古い建物でな、学生たちは〝旧ボックス〟と呼んでいる。ボックスというのは簡単に言えばサークル棟だ。別の場所に新しいサークル棟ができてから使われなくなり、しばらく放置状態だったのを、五年前に発足したコスプレ研究部がまるごと使い始めた。エアコンもついていない古い建物だから、他に使いたがるサークルもない」

「コスプレ研究部？」

思わず訊き返した。そんなサークルまであるのか、この大学は。

「大学公認だ。デザイン学科ができた時に、宣伝のため学部長の発案で創部されたんだと。部員は十八人。ほとんどは女子で、男子は三人だけだ」

明智さんはどことなく面白くなさそうだ。学部の後ろ盾のある公認サークルへの嫉妬だろうか。

「窃盗犯は捕まったのに、なにが問題なんです?」

答えるより先に、明智さんが「来たぞ」と俺の背後を見やった。振り返ると、歩道の先から警備員の制服と白手袋を身に着けた初老の男性と、学生らしき青年が歩いてくる。「どうもどうも」と気安い挨拶を交わした後、明智さんは二人の紹介をしてくれた。

「こちらは事件当夜に周辺の警備をしていて、通報者でもある守屋さん。こっちはコスプレ研究部の副部長、芸術学部三回生の宇佐木君。二人が今回の依頼主だ」

六十代半ばに見える守屋は背が高くがっちりと引き締まった体つきをしており、まくり上げた袖から覗く日焼けした腕も体力自慢を思わせる。ガテン系という表現がしっくりくる男性だ。

「君にほんまに依頼する日が来るとは思わんかったわ。頼むで、明智君」

警備員は綺麗に揃った歯を剝き出しにして関西弁で笑う。

「こちらは葉村君。俺の助手です」

と明智さんはなぜか自慢げに紹介する。俺はただの後輩ですと反論しようとしたが、それより先に宇佐木が弱々しく訴えた。

「他の人を連れてくるなんて聞いてないよ。コスプレ研にとってデリケートな問題なんだ。ふざけ半分で勝手に話を広められちゃかなわない」

小柄な宇佐木は、垂れ下がった目尻と小さな口も相まって、気弱な小動物のような印象だ。

「もちろん、ふざけるつもりはないとも。速やかに真実を明らかにするためにも葉村君の協力が必要なんだ。さあ、早速現場の案内を頼む」

渋々といった様子の宇佐木を先頭に、旧ボックスに向かって歩き始める。話に乗り遅れた俺は慌てて後に続きながら、明智さんに小声で抗議した。

「さっきも訊きましたけど、容疑者はもう逮捕されたんでしょう。なのに依頼ってのはどういうことですか」

するとと明智さんは振り向き、意味ありげに笑った。

「盗みに入った泥棒が一番の被害者かもしれないんだ。面白い事件だろう」

2

歩きながら、ガテン系警備員の守屋が事件当夜の様子を語る。

「土曜の夜中、つまり日曜の午前一時過ぎやな、儂(わし)はこの辺りを巡回しとったんや。旧ボックスのあの小窓にな」

と、白手袋をはめた手で二階の小窓を示す。明かり取りのようだ。

「内側から一瞬、懐中電灯みたいな光がちらっと差してん。こんな夜中に誰か残っとるんかと思うて中に入ってみたら、階段の下で知らんおっさんが気ぃ失って倒れてたんや。慌てて救急車を呼んで搬送(はんそう)してもろたんやけど、警察の調べでおっさんはかなりの前科持ちの泥棒やと分かった。それで儂はてっきり、盗みに入って階段から転げ落ちたものと思うてたんや。けど病院で意識を取り戻した泥棒はこう言うたらしい」

——俺の後にもう一人侵入してきた奴がいる。そいつと取っ組み合いになって、床に叩きつけられたんだ。

「警察はなんと言っているんですか」

「真剣に取りおうてへん。なんでもその泥棒はこれまでにも弁護士に平気で嘘つきまくったり、無理矢理自白させられたなんて言い出したりして裁判を台無しにしたことがあるんやと、警察の人がぼやいとったわ」

　先頭の宇佐木がこちらを振り向く。

「きっと今回の言い分も、泥棒が咄嗟(とっさ)に考えたできの悪い逃げ口上だと思うんだ。けれど困ったことにうちの顧問はかなり心配性、いや神経質な人でね。今は海外のイベントに出張していて留守なんだけど、もし泥棒の言い分が彼女の耳に入ったら、面倒なことになりかねない」

　宇佐木曰く、顧問の女性は未成年の部員が飲酒していないか確認するために、部内の飲み会を抜き打ちで監視しに来たり、ある部員が一日メールを返さなかっただけで生死を心配して部員全員に連絡を取ったりと、大げさに騒いだことがあるらしい。

「泥棒が入っただけでも大ごとなのに、まだ捕まっていない侵入者がいるなんて聞いたら、彼女は旧ボックスの利用を禁じるかもしれない。コスプレ研の創設に関わった教授でもあるから、彼女の発言はかなり力を持つんだ。そうなる前に自分たちで真偽をはっきりさせておきたいんだよ」

　宇佐木らとしては大ごとにせず泥棒の発言の真偽を知りたい。だから顔見知りの明智さんに調査を依頼したのか。彼らにしてみれば駄目で元々くらいの考えなのかもしれない。

　旧ボックスの前に着いた。入り口は重量感のある鉄扉(てっぴ)だ。取っ手のすぐ上に、電子ロックらしき入力パネルが貼り付けてある。

いきなり鉄扉の取っ手に手をかけた明智さんを、宇佐木が呼び止める。

「待った、四桁の暗証番号を入力しないと――」

「先刻承知だとも」

明智さんは迷うことなく３９１１と入力し、決定ボタンを押す。すると、ジーッという音とともにロックが解除されたではないか。啞然とする宇佐木を前に、彼は語る。

「デジタルセキュリティを破る手段で多いのは、ハッキングといった大層なものではなくパスワードの盗み見や人為的な情報漏洩だ。昨日今日の二日間、旧ボックスの出入りを見張っているだけで、簡単に暗証番号が盗めたよ」

先ほど彼がオペラグラスを覗いていたのを思い出す。犯罪すれすれの行為だが、宇佐木はむしろ感心するように頷いた。

「なるほど、君たちを少しみくびっていたかもしれない。その調子でよろしく頼むよ」

思わぬ形で信頼を得られたことに気をよくしたのか、明智さんは軽い足取りで旧ボックスに入った。

一階は建物の奥まで一本の細い廊下が延びている。右手にドアが三つ。天井は吹き抜けになっていて、二階の手すりが見える。

「手前のドアは一番広い会議室。真ん中は写真の編集を行うパソコン室。一番奥は部費の入った金庫をしまってある管理室だ」

てきぱきと宇佐木が説明する。

廊下の突き当たりの右手には二階へ上がる階段。奥と手前の壁、二階の高さには、守屋が外から光を見たという明かり取りの小さな窓があって、差し込む陽光が古い建物に充満する埃を浮かび上がらせていた。

明智さんはざっと視線を巡らせ、初老の警備員に訊ねる。

「当日の泥棒の行動を詳しく教えてもらえますか」

「おう！」

ボリュームのネジが飛んでいるんじゃないかと思うほどの大音声(だいおんじょう)で守屋が答える。

「日曜の現場検証にも付き合うたんや。ちゃんと覚えてんで」

守屋の説明によると、泥棒は人の気配の絶えた午前零時半頃に侵入した。先ほどの明智さんと同じ要領で、易々(やすやす)とロックを解錠したらしい。ちなみにデザイン学科棟などの大きな建物は、夜間は暗証番号だけでなく許可証の読み込みが必要なので、侵入を諦めてこの建物を狙ったのだそうだ。

前科持ちだけあり、泥棒には窃盗に及ぶ際の独自の手順があった。必ず建物の上の階から順に物色していくのだ。そうすれば同時に上階の逃走路を確認できる。ここでも先に二階を物色したが、高価な獲物は見つからず、泥棒は仕方なく装飾品数点だけをズボンのポケットに入れた。

「その装飾品も本物の宝石やなくて、コスプレ用の作り物やったんやけどな」

泥棒は続いて一階を物色しようと階段を下りた。その時、電子ロックが解錠される音とともに入り口のドアが開き、一つの人影が旧ボックスに入ってきた。その人物は電気をつけず、手に持っていた懐中電灯を泥棒に向けたという。逆光のせいで相手の顔が見えず、泥棒は怯(ひる)んだ。すると相手が懐中電灯を投げつけ、襲いかかってきた。泥棒も小さなペンライトを所持していたが、襲われた拍子にどこかに落としてしまった。暗闇の中で泥棒も必死に抵抗したが、小柄な彼は何度も壁に叩きつけられ、ついには押し倒された拍子に床に頭を強か(したた)に打ちつけ、気絶した。次に意識が戻った時は病院のベッドに寝ていたそうだ。

「投げつけられた懐中電灯は見つかったんですか？」

「いいや。儂も外から光を見たと言うたんやけど、警察は泥棒がうっかり照らしたと思っとるみたいやな」

「じゃあ侵入者の存在を裏付ける物証は」

「ない」

苦々しげに首を振る守屋によると、警察は念のために泥棒の両手の爪も調べたのだという。もし本当に摑み合いがあったのなら、泥棒の爪には相手の皮膚や服の繊維が残っているはずだからだ。しかし、なにも検出されなかった。

泥棒は「摑み合いの時には手袋をしていたためだ」と主張した。だが救急隊が駆けつけた時、彼は素手だったし、荷物にも手袋がないことは確認されている。なにより電子ロックや泥棒が忍び込んだ二階の部屋のドアの指紋が綺麗に拭き取られていたことは現場検証でも明らかになっているのだから、素手で触れたとしか考えられない。

そう警察が告げると、泥棒は滑稽なほど悔しがり、こう叫んだという。

「手袋はきっとあいつが盗んだんですよ！　そうだ、俺が着ていた革ジャンはどこですか。それもなかった？　くそう、気を失った人間の身ぐるみを剝ぐなんざ、なんて卑劣な奴なんだ！」

なんとも間の抜けた台詞である。

現場に駆けつけた守屋も手袋や革ジャンなどは見なかったと言うし、やっぱり泥棒が嘘をついている可能性が大だろう。

しかし守屋は「ただな」と言葉を継ぎ、階段のすぐ下の床を指差した。

〈旧ボックス見取図〉

「泥棒が倒れとった辺りには、ポケットからこぼれたらしい装飾品がいくつか落ちとったのと、誰かと争ったみたいに廊下が汚れとってん。ほら、そこに連絡用の黒板があるやろ」

廊下奥、左側の壁には、いくつかのポスターに交じって古ぼけた小さめの黒板が取り付けられ、新歓イベントのスケジュールが書き込まれている。

「そこのチョークと黒板消しが床に落ちて、チョークは粉々に砕けてたんや」

すでに片付けられているが、守屋には強い印象が残っているようだ。

「侵入者はいたものと考えて捜査すべきでしょう」

いやに自信に満ちた声を発したのは明智さんだ。

「泥棒は、窃盗を否定するどころか、具体的な行動まで白状しているわけだし。それでいて誰かに殴られた、衣服を盗まれたと嘘をついてもメリットがない」

明智さんの論理はもっともだが、自分の味方のはずの弁護士にすら嘘をつくような人間なのだ。理屈に合わない主張をしても不思議ではない。

とはいえ……。

「どうだ。興味深い依頼だろう、葉村君」

「そりゃまあ……」

「君にとって記念すべき初事件だ。存分に推理力を発揮し、真相を突き止めるがいい。なあに最後にはこの神紅のホームズがついている。大船に乗ったつもりでいたまえ！」

哄笑する明智さんに水を差すのも気が引ける。ここは調子を合わせ、依頼に取り組むのが吉だろう。

それに——一度くらいは現実の探偵を演じてみるのも悪くない。

「事件は現場に始まり現場に終わる。葉村君、どちらが重要な手がかりを見つけられるか競争だ」

明智さんはそう告げると膝をつき、泥棒が倒れていた地点に視線を這わせ始めた。格闘の際に残った痕跡を見つけるつもりのようだが、果たして五日前の手がかりが都合よく残っているだろうか。

俺は別の視点から調べようと考え、廊下に並ぶ三つの部屋——会議室、パソコン室、管理室——について宇佐木に訊ねる。

「一階の部屋は被害に遭わなかったんですよね」

「そう。警察がドアを調べたけど、部員の指紋がついていただけで、不自然な点はなかった。一階の部屋に手をつけなかったという泥棒の証言は信用できる」

宇佐木も現場検証に立ち合ったらしい。

「それぞれの部屋に鍵はかかるんですか？」

「基本的にかからないよ。二階も同じだ。好きな時に入れないと不便だし、部員全員に合い鍵を作るのも面倒だからね。ただこの管理室だけは」

一番奥の部屋の取っ手を掴むと、ガチャガチャと鳴る。施錠(せじょう)されている。

「部費が入った金庫があるから、特別に鍵をつけてもらったんだ。鍵は部長の姫——姫小松(ひめこまつ)が持っている一つだけ。ちなみに鍵をこじ開けようとした痕跡はなかった」

泥棒は金庫の存在を知らなかったと考えていいだろう。

そこで、俺は階段下の壁に金属製の扉があることに気づいた。

「これは？」

「物置だ。昔のサークルが使っていた古い看板や塗料、工具なんかが残ったままなんだ。僕らはまず使わないし、開けることもないね」

中を覗くと、縦に二畳ほどの湿っぽいスペースに、大小雑多な用具が危ういバランスで積み上げられている。どれか一つを抜き取っただけでも崩壊して怪我をしかねない。明智さんにも確認してもらってからそっと扉を閉めた。

その時、電子ロックが解錠される音が聞こえ、一人の学生が入ってきた。現れたのはぱっちりと大きな瞳が印象的な、可愛らしい子だ。大学生どころか高校に入りたてと言われてもおかしくないくらいの童顔をしている。

だが俺が注目したのは顔立ちではなく、常識を大きく逸脱した彼女の服装だった。頭の上で揺れているのは獣の耳、ケモミミというやつか。首にもふさふさとした灰色のファーを巻いているが、ブルーを基調としたＳＦのパイロットスーツらしきものを着込み、左腕には熊のぬいぐるみを抱えている。

彼女は狭い廊下に集まっている俺たちに驚いたようだが、警備員の守屋とは顔見知りらしく小さく会釈を交わし、宇佐木に話しかけた。

「上に姫先輩がいるって聞いて、衣装のチェックをしてもらいに来たんですけど……。どなたですか」

童顔に反してやや低いが凛々(りり)しい声だ。

「日曜の事件の調査をお願いした、ミステリ愛好会の明智君と葉村君だよ」

宇佐木が説明すると、ケモミミ少女は丁寧に頭を下げる。

「よろしくお願いします。会計を担当している、二回生の葛形(くずかた)です」

「ちょっといいかね。今その格好で入ってきたが、どこで着替えたんだ？」

明智さんがしげしげと観察しながら問う。奇抜な衣装に興味を引かれたのかもしれないが、女性に対するにしては不躾(ぶしつけ)な態度だ。気分を害するのではないかと不安になったが、横に立つ宇佐木はむしろどこか面白そうにしている。

ケモミミ少女はわずかに顔を赤らめながら答えた。

「着替えはデザイン学科棟で済ませてくる決まりなんです。衣装の製作に使う道具もあちらに揃っていますし、顧問の先生が衣装の取り扱いにはとても厳しい人で……」

「この建物は古いし、ご覧の通り掃除が行き届いているとも言えないだろう。去年、釘(くぎ)の出っ張りに引っ掛けて衣装を破いたことがあってね。例の神経質な顧問が激怒して、着替えも衣装の保管もデザイン学科棟ですることになったんだ」

その衣装も汚さないように気を付けなよ、と宇佐木が葛形に忠告する。

「なるほど。一階に更衣室が見当たらないから二階にあるのかと思ったんだが、そういうことか」

明智さんの言葉で、そのことに思い至った。なにかを見つけることばかりに意識が向いていて、足りないものを見逃していたのだ。探偵は、なかなかに難しい。

「なんにせよ、廊下にはこれといった手がかりはないようだな」

明智さんが、膝に付いた埃を払い落とす。

「まあいい。重要なのは二階の方だ」

と告げて階段に足をかけた。

「待った！」

急に宇佐木が明智さんを呼び止める。なにごとかと彼の指差す先を見ると、階段の上り口の壁に『二階は男子立入厳禁！』と大書された紙が貼られている。

「男は上がっちゃ駄目なんだ」

明智さんは正気かと言わんばかりに目を剝いた。

「こんな時になにを。事件の調査だぞ？」

「女子たちに怒られる！」

「たいしたことじゃないだろ！」

「たいしたことだよ！　うちは男女比一対五なんだぞ」

宇佐木は大真面目な顔だ。三人しかいない男子部員はヒエラルキーの下層にいるらしい。

「だったら、そこの」明智さんがケモミミに顔を向ける。「葛形といったか。彼女に一緒に上がってもらえばいいだろう」

するとなぜか宇佐木は困ったように葛形の顔を見、その葛形は「えーっと」と言葉を濁した。

「すみません、僕も勝手に二階に行くことは……」

……僕？

警備員の守屋があっけらかんとした口調で言う。

「気づかんかったんか？　その子、男やで。今日は女装しとんねん」

「「男かよ！」」

俺と明智さんの声が重なった。

3

ケモミミパイロット、葛形は芸術学部の男子だそうだ。彼は日曜の新歓イベントの目玉のコスプレイヤーで、正体を明かすのは新入生が入部宣言する時と決まっているらしい。童顔の二回生は、ぴっちりとしたパイロットスーツをもじもじと引っ張りながら、「黙っててすみませんでした」と丁寧に頭を下げた。

すごいな。男だと分かった今でも美少女にしか見えない。

それにしても、秘密のはずの葛形の正体を守屋が知っていたのはなぜだろう。

「守屋さんは以前からコスプレ研の人たちと顔見知りなんですか」

「そうや。この子らは困ったことに、日が暮れるまでキャンパス内で撮影してることがあんねん。しかも剣とか銃とか持ってるやろ。最初、暗いとこで出くわした時は驚いたわ」

葛形は済まなそうに頭を掻く。

「教育棟の裏に大きな桜の木があるんですけど、春は特に、夜桜をバックにした写真が人気なんです。つい撮影に熱が入りすぎて時間が遅くなりがちで、時々注意されるんですよ」

その時、上の方でドアの開閉音が聞こえた。

上方、二階の踊り場に顔を見せたのは巫女。いや、正確を期すならば——、ノースリーブの巫女装束をまとい、腰にマシンガンを下げた金髪美女、である。

なんじゃそらと思うが、そのとおりなのだから仕方がない。

「あ、姫……」

宇佐木が緊張を孕んだ声で呼ぶ。彼女がコスプレ研の部長、姫小松か。

ブロンド機関銃巫女は、『ランボー』のごとくたすき掛けにした弾帯をガチャガチャ鳴らしながら、片手で持ち上げた銃口を俺たちに向けた。

「さっきから騒がしいと思ったら。ウサ君、なんなのその人たち」

姫という呼び名に恥じぬ勝ち気に吊り上がった目は、メイクではなく生まれついてのものだろう。

「事件の調査をお願いした、ミステリ愛好会の人たちなんだ」

俺たちの紹介を繰り返すが、葛形と違って姫小松の反応は冷たかった。

「来週には先生が帰ってくるのよ。それまでに、侵入者がいたのか、いなかったのか、事実をはっきりさせなきゃいけないのに、素人を呼んでどうするつもりよ」

「そ、そんなこと言っても警察は真剣に取り合ってくれそうにないし……」

言い淀む宇佐木に守屋が助け船を出す。

「明智君も馬鹿にしたもんやないぞ。ほら、去年のビラばら撒き事件も彼が解決したらしいやないか。それに大ごとにしたくはないんやろ？　なら彼らに任せるのが妥当ちゃうか」

年長者の意見を受け入れたのか、はたまた反論するのも面倒だと考えたのか、姫小松はため息とともに「仕方ないわね」と吐き出した。

「ただし、今は大事な新歓の時期なの。他の部員を混乱させないためにも、中途半端な憶測を広めたくない。最終的な結論が出るまで、話はこの三人だけに留めるように」

宇佐木と葛形を軽く睨むようにして、姫小松は厳命する。幸い、他の部員はここにいない。宇佐木の話では、デザイン学科棟で衣装の調整に忙しいのだという。明智さんは片手を挙げて了解の意を示した。

「では、二階を案内してもらおう。侵入者の痕跡を見つけたいのだ」

「二階は物が盗まれた以外に異状はなかったわ。泥棒との摑み合いがあったのは一階でしょ」

「簡単な推理だ。泥棒は手袋を着けて盗みを働いたと主張している。それを信用するなら、指紋を拭き取る必要はなかったはずだ」

それを聞いて俺にも分かった。

「そうか、一階と違って二階は指紋が拭き取られていた。泥棒がやったのでないのなら侵入者が拭いたとしか考えられない。つまり侵入者は摑み合いのあと二階に上がったことになるんですね」

「その通り。二階に上がった目的は分からんが、手がかりが残っている可能性はある」

姫小松は「ふうん」と素っ気なく返したものの、俺たちを二階に誘った。

一階廊下がまるごと吹き抜けになっている分、二階の面積は狭く、部屋は二つあるだけだった。

「手前は女子が使うたまり部屋ね。奥の小部屋が、盗まれた装飾品が置いてあった場所よ」

先に小部屋のほうを確認してみる。電気をつけると、四方を薄汚れたコンクリートの壁に囲まれた、六畳もないような狭い部屋だった。奥の小さな窓は黒いカーテンが閉まっている。

「……なにもないな」

明智さんの言葉通り、室内に家具は一切ない。左の壁に二段、細長い板が取り付けられ簡易的な棚になっているが、なにも置かれていない。おおよそ殺風景といっていい部屋だ。

「空き部屋なのか?」

明智さんの問いに姫小松は頷く。

「元々は昔の不用品が溢(あふ)れていたらしいけど、コスプレ研が入った時に先輩たちが処分したんだって。狭いし、コンセントもないから今は特に使ってない」

「使ってないと言っても、盗まれかけた装飾品はこの部屋で保管していたんだろう」

彼女は小さく嘆息した。

「私たちは基本的にデザイン学科棟で衣装を保管することになっているんだけど——」

「さっき聞いた。衣装を傷つけたり汚したりしないよう、神経質な顧問が取り決めたんだろう」

「話が早くて助かるわ。ただ、デザイン学科棟は夜の七時になると正面玄関にロックがかかって、許可証を通さないと自動ドアが開かないの」

ひょっとして。俺は先ほど葛形から聞いた話を思い出した。

「外での撮影に夢中になるあまり、衣装を戻せなくなる部員がいる?」

「ご名答。というか、あらかじめ着替えの服も持ち出しているんだから、最初から間に合わせる気がないんでしょうね。決まりは決まりだと日頃から言い含めているんだけど、困ったメンバーがいるのよ。ね、葛形君」

鋭い流し目とともに名指しされた葛形は慌てる。

「先月叱られてからはやってません。それに僕……私は他の先輩方の夜桜をバックにした撮影に強引に付き合わされただけですよ」

「ほんとかしら？」

「本当ですっ。あのときは『女装するなら女の子の気持ちを理解しなきゃいけない』なんて無茶苦茶な理由で、わざわざこの部屋で着替えさせられて。こっちだって迷惑だったんですから」

　小さな拳（こぶし）を握って憤慨するがいまいち迫力のない葛形に肩をすくめ、姫小松は話を戻す。

「ともかく、七時以降まで居残るような部員はこの空き部屋に衣装を保管するのが常態化していたの。事件当夜も三人の女子部員が衣装をハンガーに吊るして、小物や装飾品は棚の上に置いていたわけ」

　泥棒が見つけて盗んだ物とはそれだったのだろうか。ひょっとすると、ライトの光だけでは真贋（しんがん）の判別ができず、高価な物だと勘違いしたのかもしれない。

　明智さんは部屋の奥にある胸の高さほどの窓に歩み寄る。きっちりと閉じられた黒いカーテンには白いカビが浮いており、虫に齧（かじ）られたような穴も散見される。かつては相当な汚部屋だったようだ。

「窓の上まで調べたいんだが、踏み台になるものはないか？」

「隣の部屋に机があるわよ」

　姫小松の言葉に葛形が反応し、素早く机を運んできた。明智さんは礼を言って机の上に立つが、カーテンの内側に身を潜りこませるなり軽く咳き込んだ。

「埃が詰まって鍵が開きにくいな。この窓は閉めっぱなしなのか？」

「空き部屋だからね。年中カーテンも閉めたままよ」

　守屋によると、事件の直後に確認すると窓にはきちんと鍵がかかっていたという。

　ここでは侵入者の手がかりらしきものは見つからず、俺たちは空き部屋を出て、姫小松がたまり部屋と呼んだ一室に向かった。

そこは空き部屋と対照的に、窓にカーテンがなく午後の陽光がたっぷりと降り注いでいた。小学校の教室を半分にしたくらいの広さで、十五人の女子部員全員が十分に入れそうだが、なかなか散らかったありさまだった。部屋の中央に四つの机がひと塊になり、その上にファッション誌や化粧道具が散らばっている。机の周囲には十脚ほどのパイプ椅子がバラバラに置かれ、部屋の奥にはせいぜい教科書が入る程度の小さな鍵付きロッカーが縦横四つずつ、計十六個並んでいる。板張りの床は、一歩踏み出すごとに砂がじゃりっと音を立てた。滅多に掃除をしないのだろう。

「汚いな」

明智さんが零すと、姫小松が噛みついた。

「うるさいわね！　さっさと調べなさいよ」

隣の空き部屋に比べれば物も多いし、調べ甲斐がある。

だが俺はすぐに、考えが甘かったと痛感することになった。

まず、ここが普段は女の園であることを意識すると、あらゆる物に触れづらいのだ。化粧品などの小物はもとより、いつも女性が座っている椅子を調べる行為ですら、自分が姫小松らの目にどう映っているのか気になってしまう。ましてやロッカーなんて利用者の許可なしに開けられるわけがない。

ええい、ちっとも進展しないじゃないか！

血痕とか凶器とか、派手で分かりやすい手がかりなら探しやすいだろうに。

俺は今さらながら探偵の真似事に手を出したことを後悔し始めていた。

このままでは明智さんとともに恥をかくだけだ。

「行き詰まっているようだな、葉村君よ」

びっくりした。いつの間にやら明智さんが背後に忍び寄っていた。

「見てのとおり、手がかりなんてないですよ。なにせ警察が調べた後なんでしょう」

つい弱音を吐くと、彼はリムレス眼鏡を押し上げながら得意げに語り始めた。

「いいかね。手がかりがないのではない。手がかりはすでに見えている。俺たちがそれに気づいていないだけだ」

「な、なんですかそれ」

「明智式捜査心得の一つだ。いいかね。警察の捜査は人手や科学技術を最大限に生かし、髪の毛や目に見えない血痕すら見つけだす。だがミステリではどうだ？　名探偵はその警察ですら気づかないささいな手がかりを元に、誰よりも先に真相に辿り着く。なぜ人手や技術で劣るはずのミステリの名探偵たちが、現場で警察を凌駕するような発見ができるのか。分かるかね」

「それは」

俺は言葉に詰まる。これ、言っていいのだろうか。

「作者がそうさせているから」

「さすがだ、葉村君！」

誉められた。

「つまりだな、ミステリの名探偵には〝物語の全容を知る作者〟という無敵の神が味方にいる。だからこそ真実を解き明かすために、最短、最少、最重要の証拠だけを取捨選択できる」

「現実の世界に作者はいません。だからこそ警察はあらゆる手段を用いて手がかりを収集し、合理的に組み合わせて真相という名のジグソーパズルを完成させるんでしょう」

だが明智さんは不敵な笑みを浮かべた。

「ジグソーパズルの名人は、完成図を推測してから必要なピースを嵌めていくものだ」

どう言い返したものか、言葉に詰まる。

「我々がすべきことも同じだ。事件の全体像を予測し、そこから手がかりを逆算して見つけ出す。ミステリを愛読する我々だからこそ、あらゆる真相を想像できるはずだ。そうすることで我々はミステリの名探偵に肉薄する！　これこそミス愛の真の目的なのだ！　分かったか葉村君っ！」

ドアの側で明智さんの独演を聞いていた守屋が訊ねる。

「で、君はどんな真相を思い描いてんねん？」

「まだ特には」

「ないんかいっ！」

やはり明智さんをあてにしては駄目だ。

俺は基本的な推理からとっかかりを摑もうと口火を切った。

「警察は取り合わなかったようですが、侵入者はいたとして考えてみましょう。侵入者が二階まで上がってきたとすると、なにが目的だったんですかね」

「そら泥棒と同じで、なにかを盗もうとしたんやろ。後ろ暗い目的でなけりゃ、いきなり出くわした泥棒に摑みかかったりせえへん」

守屋が当然だろうとばかりに反応し、ケモミミの葛形も同調する。

「最初は忘れ物を取りに来た部員だったんじゃないかと考えましたけど、部員ならまず泥棒を前にして悲鳴を上げたり逃げ出したりするでしょうし」

明智さんが会話に加わる。

「それよりも不可解なのは、侵入者が泥棒を気絶させた後、すぐ逃げずに二階に上がったことだ。もし泥棒が意識を取り戻したら反撃されるかもしれんのに。なにが目的だったにせよ、日を改めることはできなかったのか」

確かに。なぜ侵入者はリスクを背負ってまで、あの夜のうちに二階に上がりたかったのか。

姫小松に念を押してみる。

「本当に、泥棒が盗んだ装飾品以外になくなったものはなかったんですよね」

「誰も心当たりがないそうよ。そもそもこのロッカーに貴重品を保管してる子なんていないだろうし」

ロッカーには使用者の名札がついてこそいるが、ほとんどは鍵を挿しっぱなしにしている。貴重品を置いておくような環境には思えない。

「事件当日がなにか特別な日だったということはないか?」

明智さんの問いには宇佐木が答えた。

「特に思いつかないね。その翌日に新歓の撮影イベントが控えていたけど、四月は毎週やってることだし」

なかなか推理が前に進まない。やはり今ある情報だけでは不足ということか。侵入者が二階に上がった目的を推理するのは、いい目の付け所だと思ったのだが。

すると明智さんが別の視点を持ち出した。

「二階に上がった目的もそうだが、気絶した泥棒からわざわざ手袋と革ジャンを脱がせて持ち去った理由も大きな謎だ」

「革ジャンはともかく、手袋は自分の指紋を残さないためじゃないの」

「……フッ、浅はかな」

鼻で笑われた姫小松はすっと表情を消してモデルガンの安全装置を外した。明智さんは心なしか早口で説明を始める。

「落ち着きたまえ。二階の部屋のドアの指紋は拭き取られていたんだろう。つまり侵入者は素手でドアに触れたことになる。奪った手袋を着けたわけではない。安全装置を戻せ」

途端に俺の頭はこんがらがる。それはちょっとおかしくないか。

「侵入者は泥棒の手袋を奪ったんですよね。手元にせっかく手袋があるのに、素手で行動してわざわざ指紋を拭いたんですか？　なぜそんな手間を？」

「分からん」

「なら、やっぱり泥棒が嘘をついていると考えた方が、筋が通るんじゃ」

「いや——泥棒は前科持ちだ。指紋を調べられればすぐに身元が割れる立場なのに、素手で盗みを働いたとは考えにくい。やはり泥棒は手袋をしていたと考えるべきだ」

あちらを立てればこちらが立たず。どうなっているのか。

「おい葉村君、そんなことよりまだ調べる場所が残っているだろう」

そう言うと明智さんはロッカーに歩み寄り、躊躇（ちゅうちょ）なく手近な一つを開けた。中に数冊の教科書と、制汗スプレーの頭が覗くドラッグストアの袋が入っているのが見えた。

「ちょ、ちょちょちょ」ブロンド機関銃巫女が飛ぶように間に入る。「なにしてんの！」

「ざっと中を調べさせてもらうだけだ。他意はない」

「馬鹿なの。女子ロッカーよ？」

「ロッカー自体に性別があるわけではない。真相を突き止めるためにはどんな小さな情報も見逃すわけにはいかん。それが探偵としての――」

明智さんの台詞は、作り物めいたお嬢様言葉に遮られた。

「――お口を閉じる気がないのなら、顔面に穴を増やしてさしあげましょうか？」

モデルガンの銃口で明智さんの顎を押し上げながら、姫小松は今日一番の笑顔で拒絶した。

結局、姫小松に旧ボックスから叩き出されるようにしてこの日は解散となった。

俺たちの収穫はゼロ。調査を始めた時のわずかな高揚はとっくに消えてしまった。

旧ボックスからの帰り道、隣を歩く明智さんに問う。

「俺たち、明らかに失望されてましたよ。本当に依頼を解決できる目算はあるんですか」

「焦る必要はない。泥棒を気絶させた後にわざわざ二階を目指したということは、侵入者はそこに関する知識があった、つまりコスプレ研と多少なりとも関わりがある人物の可能性が高い。部員と、あとはそうだな、彼らをいつも取り巻いているというファンから話を聞こうではないか」

「どうやって？」

明智さんは優雅な手つきで、シャツの胸ポケットから一枚の紙を取り出す。コスプレ研の新歓のビラだ。

「明日は土曜日だが、コスプレ研は学食前の広場で撮影会をするようだ」

「まさか……」

「潜入捜査だ、葉村君」

4

神紅大学では土曜には講義がない。それにも拘わらず朝からキャンパスは活気にあふれていた。俺たちがいるのはセントラルユニオンという学生食堂の入口前。そこは直径十五メートルほどの円形の広場になっていて、あちこちに奇抜な格好をした学生の姿がある。コスプレ研の部員たちだ。

新歓イベントを兼ねた撮影会。愛嬌を振りまきながらポーズをとる部員たちは六人。他の部員は別の場所にいるのか、それとも時間で交代制になっているのだろうか。みなアニメやゲームのキャラクターの格好らしいが、俺に唯一分かるのは元祖格闘ゲームの空手家の男子だけだ。

撮影会は先ほど始まったばかりで、広場には常連と思しきごついカメラを構えた者が十人ほど集まっているが、明らかに学生ではないだろう中年男性の姿もちらほら交じっている。その独特の雰囲気に馴染めないのか、新入生であろうチラシを持った若者たちは所在なげに広場の外からイベントを見守っている。

「ふむ、聞き込みはもう少し人が集まってからの方がよさそうだな」

「明智さん」

「なんだね」

「昨日、潜入捜査だと言っていませんでしたか」

「無論、潜入中だが。君もなにか着てくれればよかったのに」

やはり普段着ではなくコスプレだったのか。ほっとすると同時に、明智さんのセンスに頭を抱えたくなる。

「なんで金田一耕助なんですか……」

ねずみ色か茶色か判別できないヨレヨレの着物に、濃紺の袴。そして帽子。よく見ると着物の下は野暮ったい襟なしボタンシャツで、足袋にいたっては本物の使い古しにしか見えない。どうやって用意したのだろう。

「名探偵といえばこれだろ。岡山県の倉敷市で毎年やっている金田一耕助のコスプレイベントを知らんのかね？　以前参加したんだ」

その熱意には頭が下がる。

「再現度の高さは認めますが、みんな元ネタ知らないから近寄ってこないんですよ」

「そうか？　若者のために原作のお釜帽子ではなく映像で馴染み深いチューリップハットにしたんだが」

伝わるわけねえ。大方、癖の強い時代劇オタクとでも思われているはずだ。

実は先ほどから広場の中央にいる姫小松が殺気だった視線を向けてきているのだが、明智さんは一向に気づかない。

と、広場を挟んだ向こうの通りで警備服の男が立ち止まってイベントを注視しているのに気がついた。守屋である。

「ちょうどいい。ちょっと彼に確認しておきたいことがある」

明智さんは守屋の方に向かう。俺もついていく。

「よう、明智君に……助手君」

俺の名前は忘れられてしまったらしい。

「なんやその奇抜な格好。犬神家みたいやな」

「犬神家ではなく金田一耕助です。奇抜というなら彼女らの仮装の方では？」

「そうか？　姫ちゃんのは『劇場版神道バトルロイヤル』のリリイやろ。第三進化形態やな。葛形君のは『機動けもの将棋大戦』のひーしゃん。あのぬいぐるみの腹の中には髑髏が入ってんねんで」

　作品の内容もなぜ守屋がそれを知っているのかも謎だが、明智さんは追究することなく事件の話を切り出す。

「昨日、知り合いの探偵事務所に伝手で調べてもらったんですがね。例の泥棒は過去の窃盗で、必ず手袋を着用していたらしいんです」

「ちゅうことは」

「今回も手袋をしていたはず。つまり泥棒の主張は嘘ではないことになります。やはり二階の指紋を拭き取ったのは泥棒とは別人、侵入者の仕業でしょう。ついでに言うと、俺は侵入者の正体は守屋さんではないかと疑ったのですが」

「儂かい⁉」

　守屋が素っ頓狂な声を出す。

「第一発見者を疑うのは鉄則ですから。電子ロックの番号を知っている守屋さんなら侵入するのも容易ですし、警察が来るまでに二階に上がる時間は十分にありましたし」

　ここで明智さんは口調を和らげた。

「しかし守屋さんは普段から警備員の制服の一部として手袋を着用しているので、指紋を拭き取る必要がありません。さらに泥棒は激しく揉み合ったにも拘わらず、これといった相手の特徴を覚えていない。守屋さんが相手なら、制服姿だし大柄で強い力の持ち主であると暗闇であっても分かるはず」

彼は初老だが身長は高く、体格もがっちりしている。泥棒は小柄だったというし、相手にもなるまい。

守屋は安堵（あんど）の息をつく。

「ほんま、脅かさんといてや。じゃあなにが言いたいの」

「あなたは巡回中に旧ボックスの二階の小窓に光が差したのを見て不審に思い、まっすぐ向かったんですよね。懐中電灯が侵入者のものだとすると、泥棒と揉み合っている最中にたまたま懐中電灯が二階の方向に向いた、と考えるのが自然です。その後入り口から逃げたのであれば、必ずあなたの目に触れたはずでは？」

「……確かに。でも儂が着くまで、入り口から出た者はおらんかったぞ」

「つまり守屋さんが気絶した泥棒を見つけた時、侵入者はまだ中にいた可能性が高いのです」

「おいおい、怖いやんけ！」

騒ぐ守屋の目は、怖がるというより興味津々という感じに輝いている。

「その時、建物ん中を調べはせえへんかったからな。隠れとっても気づかへん」

彼は一一九に電話した後、救急車を誘導するため、近くの車道まで出ていたという。救急車の到着にかかった時間は五、六分。恐らく侵入者はその隙に姿を消したのだろう。

少しずつではあるが、事件当夜の状況が摑めてきた。

「すごいなあ。ほんまに探偵っぽいやん。っと、もうこんな時間か。その調子で頼むで」

話を終えた守屋が仕事に戻る頃には、広場に集う人は倍以上に増えていた。

「さて葉村君。昨日は特に収穫がなかったが、気にすることはない。現場の情報だけで事件が解決するのなら誰も苦労せん。むしろ聞き込みが探偵業の醍醐味といえる」

昨日『現場に始まり現場に終わる』と豪語したことを忘れたかのように、明智さんは新たな講釈を垂れはじめる。

「聞き込みはいわば投資。何気ない会話ほどのちのち価値を持つものだ。人は情報の塊。表情、服装、一挙手一投足に情報が詰まっている。それら一つ一つにアンテナを張り、解決の糸口を拾い上げるのだ！」

「自信がまったくないんですが」

「こういう時のために普段からメニュー当て勝負をして観察力を養っているんだぞ」

「ええっ、じゃあ二人とも向いてない気が！」

激しく不安になるが、明智さんは自信満々といった笑みを浮かべ、俺の肩を叩く。

「ヒントをやろう。侵入者は二階に上がる必要があった。その目的を考えれば、撮影会の参加者からなにを聞き出せばいいのか分かるはずだ」

俺がその意味を理解するより先に、明智さんは「まあ見ていたまえ！」とサムズアップし、人だかりに向かって行ってしまった。

残された俺は途方に暮れる。聞き込みといってもなにをすればいいのやら。まさか「あなた、先週の土曜の夜に旧ボックスに忍び込みましたね？」なんて訊けるわけがない。

二階に上がった目的だって？

泥棒が盗んだ装飾品以外、被害は報告されていない。侵入者のほうはなにも盗んでいないのだ。

それとも目当てのものが見つからず、手ぶらで立ち去ったのだろうか。

考えにふけっていると、俺の名を呼ぶ声がした。ケモミミパイロット姿の美少女、ではなく男であるところの葛形が立っていた。

「調べ物、お疲れ様です」

そう言ってぺこりと頭を下げる。後輩の俺に敬語を使うのは元々の性格なのか、キャラに徹しているのか。丹念にメイクされた葛形はどこから見ても女の子だ。ファーを首元に飾っているのは、喉仏（のどぼとけ）を隠すためだろうか。

「葛形さんこそ、こんな大勢の前で大変ですね」

葛形は苦笑する。

「体育会系の性格の部員が多くて、どんなイベントにも全力投球なんです。新歓は楽な方」

「そうなんですか？」

「僕……私たち、色んなコスプレイベントに参加するだけじゃなくて、写真集を自費出版したり、作った衣装をレンタルしたりもしてるんです」

「思ったより活動の幅が広いんですね」

「好きなことの魅力をどう世の中に拡散していくかが、今の時代は大事なんだ、というのが顧問の先生の信条なんです」

身に染みて考えさせられる言葉だ。

「そういえば副部長の宇佐木さんは？」

広場には姿が見えない。昨日も彼は普段着だったが、コスプレはしないのだろうか。

「あそこです」

葛形が指さしたのは、ポーズをとる姫小松に向けてカメラを構える群衆の一角だった。

「宇佐木さんはカメラマンなんです。さっき話した写真集のほかにも、レンタル衣装のパンフレットの編集も引き受けていますす。あと、マナーの悪いファンがいないかのチェックですね。特に姫先輩は界隈で超人気のカリスマコスプレイヤーで、ゲームショウで企業の公式レイヤーを務めたこともあるんです。時々いるんですよ、しつこくポーズを要求してきたり、プレゼントを押し付けようとしたりする人が」

その言葉に、脳の隅で閃くものがあった。

すぐ逃げずに二階に上がった侵入者。奴の目的が、盗みの真逆だったとしたら？

姫小松はなくなったものはないと言ったが、増えたものには言及しなかった。仮に侵入者の正体が強引に贈り物を押しつけて立ち去るファンだったとすれば、今日この場にも来ている可能性がある。

「そうか、明智さんもそう考えて……」

その時だった。

「なんだお前は！　馬鹿にしてんのかよ」

怒鳴り声に、人だかりからざわめきが上がった。なにやら複数の男性が揉めているようだ。しかも、騒ぎの中心で胸ぐらを摑まれているのは薄汚い着物の男――明智さんではないか。

「ちょっと、なにしてんの！」

すぐそばにいた姫小松が駆けつける。さすがはカリスマ美女というべきか、明智さんに食ってかかっていた男性も彼女の介入にばつが悪そうに手を引っ込めた。

「違うんですよ。俺たちは撮影に集中したいのに、こいつが先週の土曜の夜のアリバイだかなんだかをしつこく訊いてくるもんで……」

俺は頭を抱えた。聞き込みがド直球すぎる。

当然、金田一耕助はブロンド武装巫女によって撮影会を追い出されてしまった。

5

「だ、か、ら！　侵入者の目的を推察すると、君たちのファンも容疑者なんだっ」

「なんの根拠もなく人の気分を害していい理由にはならないでしょ。新入生の目の前であんな騒ぎ起こして、こっちはいい迷惑よ」

明智さんと姫小松が言い争っている。

撮影会終了後、俺たちとコスプレ研の三人は旧ボックス一階の会議室に集まった。他の部員に知られないようにここまでの進捗を報告する予定だったのだが、やはりというべきか姫小松が先ほどの失態に嚙みついたのだ。

「まあまあ、あの人たちもすぐに機嫌を直してくれたし」

なんとか取りなそうとする宇佐木に続いて、俺も明智さんをなだめにかかる。

「明智さんも、自分でやり過ぎだったと思っているでしょう」

だが明智さんは腕組みをしたまま一言。

「捜査上、必要なことだったんだ」

意地を張っても仕方ないのに。俺は内心でため息をつきながら、代わりに三人に頭を下げた。

二週間前に知り合った時は頼りになる先輩のように思えていたのに、いつの間にか彼の世話を焼いてばかりいないか？

明智さんの推理は俺が想像した通りだった。侵入者は贈り物を置くためにたまり部屋に入ったのでは、というものだ。しかし姫小松はすでに女子部員に確認しており、持ち主不明の物品も一切ないことが判明している。

「探偵さんの推理は完全な空振りだったわけね」

机を挟んで目の前に座る姫小松は普段着に着替えており、彼女の地毛がベージュのショートヘアであることを俺は初めて知った。メイクを落としてはいるが、強気そうな美人なのは変わりない。

「でも、侵入者の目的を知るのが解決の近道という考えには賛成です。それさえ分かれば、今後の対処もしやすいですし」

そう庇（かば）うのは彼女の左隣に座る、こちらも私服姿に戻った葛形だ。

侵入者はなにも持ち出しておらず、持ち込んでもいない。なら？

俺は一つの仮説を述べた。

「失礼かもしれませんが、部員の間で深い確執があった可能性はないでしょうか」

「どういうことだい」宇佐木が興味を示す。

「あの夜、空き部屋に吊るされていた衣装の中に、侵入者が心底嫌う部員の衣装があったとしたら。衣装を破損させ、次の日の新歓イベントに参加させまいとしたのでは」

これなら侵入者がリスクを冒してまで二階に行ったことに説明がつく。翌日のイベントに間に合わせるには、あの機会を逃すわけにはいかなかったのだ。

だがコスプレ研の三人は納得しがたいという表情を浮かべている。

「それなりの人数がいるサークルだから、気の合わない子だってもちろんいるわよ。でもこっそり衣装を傷つけるなんてことは考えにくいわ」

「僕も姫に賛成だ。あの夜衣装を置いて帰った面子(メンツ)は、とても泣き寝入りするような性格とは思えない。もし衣装が傷ついていたなら絶対に騒ぎ立てるはずだ。それに、見知らぬ男と取っ組み合いを演じた後でも冷静に嫌がらせを実行できるものかな？」

どうやらこれも外れらしい。

「そうだ！」

葛形がなにかを思いついたらしく、表情を輝かせた。

「〝かつて旧ボックスにあった〟ものが目的だったとすればどうでしょうか。もうなくなっているのに、侵入者はまだ二階にあると思い込んで取りに来たんです」

筋が通りそうだと思ったが、またしても姫小松が難色を示す。

「前に大掃除をしたのは先輩たちが旧ボックスを使いはじめたとき、五年も前よ。今さら取りに来る？」

「あれはどうですか。空き部屋にあった二段のオープンラック。古いけど使えそうだからって姫先輩が持って帰ったでしょう」

訊くと、先月までは空き部屋の窓の下に先輩が残していった古いオープンラックがあり、デザイン学科棟に入れなくなった部員たちは、そのラックを装飾品の置き場所に使っていたという。だが先月引っ越しをした姫小松が新居に持っていってしまった。それで今は壁に打ち付けられた板の上しか装飾品の置き場所に使えなくなったそうだ。

「あのラックだってほとんどガラクタよ」

「ぱっと見はガラクタでも、アンティークとして価値があるとか」

「ないない！　ホームセンターに行けばいくらでも売ってるわよ」

姫小松は大したものじゃないと言い張る。確かに、人目を盗んで回収しに来るほど貴重なものなら、なぜ今まで放っておいたのか説明がつかない。

「もう一つ、考えられることがある」

隣で明智さんが人差し指を立てた。

「やはり持ち出されたものはあったのだ。ただし空き部屋からではなく、女子のたまり部屋からだ。しかし女子部員の誰かがその事実を隠している」

「なにそれ」姫小松が眉をひそめる。

「持ち出されたのは警察に知られては困るもの……例えば大麻や覚醒剤のような薬物だったのさ。もし犯人が警察に薬物の使用を疑われても、いきなり大学のサークル棟に踏み込まれる可能性は低い。隠し場所としてはありだろう」

女子部員はなんらかの事情で夜中にそれが必要になり、こっそり取りに来たが、泥棒と鉢合わせし、揉み合った末に気絶させてしまう。彼女は焦る。このままでは事件が発覚し、警察の調べが入るだろう……。

「薬物ではないにしても、露見を恐れた女子部員はたまり部屋に隠していた品物を急いで回収する。そして姫小松君に被害はないと嘘をついた。どうだ？」

話を聞いている間、姫小松の眉がどんどん吊り上がっているのに俺は気づいていた。昼間の失態がありながら、明智さんが今度は大切な部員仲間にまで疑いをかけるのだから当然といえば当然だ。

彼女のリミッターが振り切れる前に、俺は急いで口を挟んだ。

「それは矛盾してますよ、明智さん。侵入者はドアについた指紋を綺麗に拭き取っていたでしょう。女子部員は日常的にたまり部屋に出入りしているのだから、その必要はないはず。わざわざたまり部屋の指紋を拭き取って〝誰かが入った〟ように見せるのはおかしい」

考えられるとすれば、すでに泥棒があちこちの指紋を拭いていると誤解した可能性だ。それなら、綺麗なドアに新たに自分の指紋だけが残ってしまうので拭き取る理由になる。

いや、これもおかしい。守屋が発見した時、泥棒は手袋と革ジャンを身に着けていなかった。つまり侵入者は二階に上がる前に泥棒からそれらを奪っていたのだ。となると泥棒が指紋を拭き取っていないことは分かっていたはずだ。

「それに、ロッカーに用があったなら空き部屋の指紋まで拭き取ったことに説明がつきません。それこそ無駄な手間で、一刻も早く逃げようとする心理とは程遠いのでは」

明智さんは俺の反論に少し驚いた顔をしたが、悪びれもせずすぐに頷いた。

「気づいたか。さすがミス愛の期待の新星だ。本当は彼女を揺さぶって反応を見るつもりだったんだが」

「最っ低」

姫小松が正しい。

警察が捜査において個人的な事情に踏み込んだり、揺さぶりをかけたりするのは、職業上必要だからだ。必ずしも正しい行いではなかろうが、特殊な立場であるからこそ認められている。けど、一介の学生である明智さんが同じことをしても信頼を損ねるだけじゃないか。

そのあとは有力な仮説が出ることもなく、五人の間に漂う空気が間延びし始める。なにか他の糸口はないものだろうか。

「皆さんの目から見て、今日のイベントでおかしいと感じることはありませんでしたか」

「薄汚い着物男が騒ぎを起こしたくらいよ」

「姫、真面目に考えてあげようよ」

宇佐木が姫小松をたしなめ、こちらを見た。

「おかしいとは具体的にどういうことだろう」

「普段と違うことです。例えば、観客に似つかわしくない人がいたとか」

すると葛形が「あっ」と手を叩いた。

「そういえば撮影中、観客の後ろをすっごい美人が通りかかったんですよ。美人っていうか、美少女！　うちの学生だと思うんですけど、化粧っ気もないのに目が離せないくらい綺麗で、撮影中なのも忘れて自信をなくしかけました」

「なんの自信よ」

姫小松が呆れるが、葛形はなにか思い出そうとするように宙を見上げる。

「僕と同学年の文学部にえらい美人がいるって噂は聞いたことがあるんです。たぶんその人だったんじゃないかなあ。あの時呼び止めて勧誘しておけばよかった……」

葛形には悪いが、調査に関係する情報ではないだろう。

そこで宇佐木が別の視点を持ち出した。

「新顔は何人もいたけど、逆はどうだろう」

「逆？」

「いつもいるのに、今日に限って見かけなかったってこと。姫の『神バト』の衣装は、撮影会では今日が初披露だったよね。サークルのＳＮＳにもビラにも載せたし、常連なら来てくれたはず」

ファンの顔なら、カメラマンに徹していた宇佐木より演者の姫小松や葛形の方がよく覚えているはずだ。二人は口々に常連ファンの名前を挙げていく。

はっと目を見開いたのは葛形だった。

「そういえば、〝ぼっちさん〟は来てましたっけ」

「ああ……見てないかも。たぶん事件の日のイベントでも見かけなかった気がする」

〝ぼっちさん〟とは去年の中頃から学内のイベントに姿を現し始めた、同世代らしき男性だそうだ。あまり場慣れしている様子ではなく、いつも人垣の後ろの方からそっとスマホを向けるだけの、大人しい参加者であることからその渾名(あだな)がついた。

「熱烈なファンでないのなら、たまたまいなかっただけじゃないかね」

明智さんの疑問に三人はまた顔を見合わせ、葛形が代表して答える。

「それが、四月に入ってから彼の様子が少し変だと、部員の間で話題になりまして」

「変って、どんな」

「これまでは常連に交じっていたのに、一人で人混みから離れた場所に立つようになったんです。写真を撮りやすいわけでもない場所に、本当にひとりぼっちでいるんですよ」

「なにかをされたわけじゃないけど」と姫小松も言葉を添える。「遠くからじっと見られる方が、こっちからすれば変に目につくのよ」

同様の意見は他の部員からも挙がったが、実害はなく悪意も感じられない。変だなと思いつつ様子見していたらしい。

その〝ぼっちさん〟が、事件以後イベントに姿を現さなくなった。疑う根拠としては弱いが、関係がないとも言い切れない。

すると宇佐木は意外な事実を語りはじめた。

「実は、彼と少しだけ喋ったことがあるんだ。まだ前期の授業が始まる前、新入生のシラバス説明会に合わせた撮影会の時だと思う。広報用にイベントの光景を撮るつもりで少し離れたところにいたら、彼に葛形君の名前を訊ねられたんだ」

「僕……私、いや僕のですか？」

葛形が一人称で混乱している。

「確かあの日は女装コスプレの初披露だったろ。それで気になったんじゃないかな」

「彼、葛形君に興味があったってこと？」

姫小松が訝るが、宇佐木は分からないと首を振る。ともあれ男であることは秘密だったが、苗字だけならば構うまいと判断し、教えたという。

〝ぼっちさん〟の顔が知りたいという明智さんの要望で、宇佐木が過去の写真データを探してくれることになり、その日は解散となった。

翌日、明智さんのスマホに一枚の画像データが届いた。

三月にキャンパス内で行われた卒業記念の撮影会らしく、取り巻きの人垣に交じって小さく上半身だけが写った、黄色い上着姿の人物が丸い印で囲まれている。梳きやすそうな黒髪は額が見えるくらいで揃えられており、眼鏡を掛けた大人しい感じの外見だった。

「この人は……」

俺と明智さんは目を疑った。〝ぼっちさん〟に見覚えがあったのである。

おそらく間違いない。ミステリ愛好会で恒例となりつつあるメニュー当て勝負。それで俺が初めて正解を出し、明智さんに勝利した時の出題対象だったのだから。

6

「まったく、どうなっている……」

行きつけの喫茶店のいつもの席。

座席の背もたれに寄りかかり、明智さんは力なく天を仰いだ。五時間近くキャンパス中を歩き回り疲労が溜まっているのは俺も同じで、ウェイトレスが注文の品を持ってくるなり無言で口をつけた。クリームソーダの水面が見る間に下がっていく。

俺たちは〝ぼっちさん〟を探すため、ひたすら聞き込みを続けている。面が割れているのだから楽勝だろう、と高をくくっていたのだが。早二日が経つというのにまったく情報が集まらない。特に今日などは二手に分かれ、可能な限り一回生から四回生まで授業終わりの学生を直撃し続けたのだが、彼の顔を知っている人に行き当たることはなかった。

この後、コスプレ研の三人に経過を報告しなければならないのだが、気が重い。

「……うまくいかないもんですね」

いつもは明智さんから聞く台詞が、思わず口をついた。

ミステリに耽溺(たんでき)し、あらゆる謎とその解決を糧(かて)にしてきたはずなのに、いざ独力で謎を解こうとするとにっちもさっちもいかない。

俺は時々ミステリに登場する探偵役に対して「能書きばかりで犠牲者が結構出るまでなにもしない奴だな」と感じていた。ヴァン・ダインの某作とか。

これからは彼らに敬意を持とうと思う。最後にはちゃんと事件を解決しているのだから。

そんなことを考えているうちにコスプレ研の面々がやってきた。店内には五人が揃って座れる席はないので、姫小松はすぐ横にあるカウンター席に座ってこちらを向く。

「で、どんな具合？」

二日間の苦戦を報告すると、彼女は「ま、期待してなかったけどね」と早々に背を向けてしまった。明智さんも今回ばかりは言い返さず、例の写真を睨みつける。

「この〝ぼっちさん〟は我々が食堂で見た〝彼〟に違いないんだ」

俺は同意する。

「服装も顔も覚えがあります。メニュー当てのために一挙手一投足を観察したものの、なにも分からなくて日替わり定食に賭けたことも」

その日も、この男性はからし色のマウンテンパーカを着ていた。写真の格好と同じだ。

「あの時は席もちらほら空いていて、すぐ近くの窓際に眺めのいい二人席があったのに、彼はわざわざ誰もいない一番奥のテーブルに座ったんです。勉強でもするのかなと思いましたが、結局食べ終わるとすぐに出て行きました」

話を聞いた葛形が疑問を口にした。

「食堂にいたからといって、〝ぼっちさん〟がうちの学生だとは限らないのでは。学外の人でも食堂は利用できますよね。うちの撮影会でも学外からの参加者が多いですし」

確かに可能性は否定できない。と思ったら、明智さんが否定した。

「彼は支払いの時に現金ではなく学生証を使っていた。神紅の学生なのは間違いない」

そんなところまで見ていたのか。

学生証はチャージ式のICカードとしても使える。学内で使えるポイントが貯まるので、食堂ではこれで支払う学生がほとんどだ。

「同じようなカードを使うなら教職員の可能性もあるけど……教職員ならとっくに身元が割れているはずだね」

たかが人探しでこんなに苦労するなんて思っていなかった。考えてみれば、同じ学生であっても、卒業までに名前を知る機会があるのはほんの一部。ある日大部分の人間が入れ替わっていたとしても、俺はきっと気づかないだろう。

「ああもう、明日には先生が帰ってくるのに。……頭痛い」

姫小松は真相究明よりも顧問の帰還に備えて考えを巡らせ、カウンターの上で頭を抱えて唸っている。

「頭……痛い？」

明智さんは姫小松の言葉に動きを止めたかと思うと、急に声を張り上げた。

「——っあああもう、なぜこんな単純なこと、今まで気づかなかったんだぁ！」

明智さんはスマホを取り出し猛烈なスピードで操作し始める。

「どうしたんですか」

「大学の中でも極端に繋がりの少ない学部があるじゃないか。医学部だ！」

入学したばかりの俺はその意味がよく分からず固まってしまう。説明してくれたのは隣に座る宇佐木だ。

「ここから自転車で三十分くらい行ったところに医学部のキャンパスがあって、医学部の学生は主にそっちで専門科目を受けるんだよ。いくつかの一般教養はこっちで受けるみたいだけど、医学部の人は普通向こう寄りに住むし、知り合う機会は他の学部に比べて格段に少ないな」

実際、宇佐木ら三人も医学部の友人はいないらしい。明智さんは早口で言う。

「しばらく連絡を取っていないが、医学科に知人が一人いる。彼に顔写真をメールして心当たりがないか訊いてみよう」

思わぬ形で糸口がつかめ、葛形が明るい声を出す。

「医学部の学生だとしたら、今年度からこっちで受ける講義がなくなって、イベントに参加できないのかもしれませんね」

「だとしても、深夜に旧ボックスに忍び込むなんて穏やかじゃないわよ」

姫小松の言うとおりだ。旧ボックスの二階になんの用があったのか。なぜ泥棒の革ジャンと手袋を奪ったのか。〝ぼっちさん〟に訊(し)けば、すべての謎に答えが出るのだろうか。

明智さんのスマホがメールの着信を報せたのは、今日は解散しようと皆がちょうど腰を上げた時だった。医学生の知人からだという明智さんの声に俺たちは動きを止め、次の言葉を期待とともに待つ。

しかし、画面を凝視していた明智さんの口から出たのは、思いもしない悲報だった。

「〝ぼっちさん〟の名は医学科三回生、渡辺太郎(わたなべたろう)。……事件の次の日、ひき逃げに遭って死亡したそうだ」

壇上で講師が喋り続けている。単調な話し声とともに黒板は文字で埋もれてゆくが、俺のルーズリーフは真っ白なままだ。

思わず漏れたため息は、昨日までとまた違った無力感からくるものだ。

俺がミス愛で初めて携わった事件は思わぬ形で決着しようとしている。

一人の医学生の死。彼がもし本当に旧ボックスに忍び込んだ人物だとしたら、すべての真相を知るのはこれまで以上に困難だ。

皮肉なことだが、今振り返ってみると、手がかりはかなり初期の段階から俺たちの目の前に転がっていた。

ルーズリーフの上に新聞の切り抜きがある。五日前、明智さんが依頼について語った時に見せてくれた地方紙だ。社会面の片隅、旧ボックスに侵入した男の逮捕を報じた記事のすぐ隣に、医学生のひき逃げの記事が載っていた。これがまさに渡辺太郎の死を報じる記事だったのだ。俺たちの観察力が足りていなかっただけで、ミステリの名探偵であれば気づいただろうか？

『ふと考えたのだよ、あの記事の横に掲載されていた、事故死した医学生が事件に関わっているのではないかと』

なんて風に。……馬鹿らしい。

明智さんは朝から講義をサボって顔なじみの探偵事務所を訪ね、ひき逃げの詳細を集めている。彼としてもこんな形で真相への道が断たれてしまうのは不本意に違いない。

それなのに俺は講義室にいる。誰かが動き回り、事件が進展するのを傍観しているだけ。これでいいのか。まだやるべきことが残っているんじゃないか。

その時、スマホが震えた。コスプレ研の副部長、宇佐木からのメッセージだ。

内容を目で追った俺は、今しがた抱いた葛藤さえ遅すぎたことを悟った。

事故死した医学生、渡辺太郎が出したと思われる手紙が見つかったのだという。

旧ボックスの会議室にはすでに明智さんを除く三人がいて、宇佐木が俺に数枚のコピー用紙を差し出した。

「今朝、海外から帰った顧問の先生が郵便物を整理していたら、コスプレ研宛ての封筒が届いているのに気づいたんだ。消印はない。特定されるのを恐れて、学科棟の郵便受けに直接入れたんだと思う」

手紙には無機質なワープロ文字が並んでいる。

神紅大学コスプレ研究部の皆さんへ

はじめまして。

皆さんにお詫びしたいことがあり、この手紙を書きました。

私は昨日の晩、旧ボックスに侵入し、中にいた男性を昏倒させました。多大なご迷惑をおかけし、本当に申し訳ございません。しかし悪意があっての行動ではなかったのです。

私は子どもの頃から、両親に時代錯誤なほど厳しい躾（しつけ）を受けたため、今の歳（とし）になるまで娯楽らしい娯楽を知らずに成長しました。

しかし去年、偶然皆さんのイベントを目にして私は打ちのめされました。両親から堕落の象徴と教えられてきたアニメやゲームの世界を自由かつ堂々と具現化し、観客を魅了する皆さんの姿は非常にまぶしく思えたのです。

それから時折イベントに参加し、原作についても知識を深めるようになりましたが、プライドばかり高く小心者の私は皆さんに話しかける勇気もなく、仲間に入ることを諦めていました。

　しかし今月頭のイベントで葛形さんのコスプレを見た時に、あることを思いついたのです。そのキャラクターはつい最近の連載で、ぬいぐるみの中にドクロを隠し持つ設定が明らかになりました。

　私の実家には頭蓋骨の模型があります。これを衣装の一部として提供することで、皆さんの仲間になれると考えたのです。

　しかしやはり私は救いがたい臆病者でした。事情を説明して手渡しすればいいものを、ある夜衣装を着た部員さんが旧ボックスに入っていくのを見て、きっとあそこに衣装ロッカーがある、こっそりドクロを葛形さんのロッカーに置いてくればいいのだと考えたのです。

　後の出来事は私への天罰だったのでしょう。

　昨晩、予め盗み見していた番号で電子ロックを開け中に入ると、見知らぬ男と鉢合わせしました。その瞬間、頭の中で罪悪感や羞恥心がごちゃ混ぜになり、男に摑みかかってしまったのです。気づいた時には男が倒れており、ぴくりとも動きませんでした。

　それからの行動はまるで現実感がなく、とはいえ鮮明に記憶に残っています。

　とにかく目的だけは果たそうと、男子立入厳禁と書かれている二階に女子ロッカーがあると当たりをつけ、広い部屋に辿りついたのですが、どのロッカーにも葛形さんの名前はありませんでした。隣の小部屋にはいくつかの衣装がかかっていたものの、やはり葛形さんの衣装は見当たりません。混乱するうちに階下で救急車を呼ぶ電話の声が聞こえ、私は捕まるのが怖くなりました。ドクロから身元がばれるかもしれないと置くのを断念し、辺りの指紋を拭き取って、声の主が外に出た隙を見て逃げました。

以上が私の行動のすべてです。誓って皆さんに危害を加えるつもりはありませんでした。謝罪の手紙ですら名乗る勇気がない私をどうかお許しください。今後皆さんに関わることはありません。

ご活躍を心からお祈りしています。


ワープロで書かれ署名もないことから、身元を明かしたくない意図が透けて見えるが、学業や実家に関するいくつかの記述は確かに医学生を思わせる。

「彼は葛形さんを女性だと勘違いしていたのか」

そのため彼は目的を果たせずドクロを持ち帰る羽目になり、侵入者の痕跡はあるのに目的が不明の現場ができ上がった。

書かれていることが真実だとしたら、手紙が届けられたのは事件の翌日だろうか。

「ひょっとしたら、手紙を届けた帰りに事故に遭ったのかもしれませんね」

葛形がしんみりと視線を落とした。他の二人からも、渡辺太郎を非難する言葉は出ない。興味を抱いても最初の一歩を踏み出せない、手紙を書いた青年の弱さや迷いが彼らには理解できるのかもしれない。

「とにかく、これであらかたの真相は分かったわね」

姫小松の声で現実に引き戻される。

「あの、依頼はどうなるんでしょう」

「どうもこうも、これで解決でしょ。君の先輩の出番はもうないわ」

まあそうなるよな。明智さんにとっては消化不良な決着だろうが、これも現実だ。

「でも姫先輩。この手紙の差出人が渡辺さんだと分かったのは、明智さんと葉村さんのおかげですよね。手紙には署名がないんですから」

「まあそうだけど」

葛形のフォローを聞きながら明智さんに電話をかける。三コール目で出た。

『葉村君か？　悪いな今警察署に来たんだがなかなか渡辺太郎の情報を開示してくれなくてだな、それから医学科の知人が渡辺氏と同級生と分かったから話を聞けるよう至急アポイントメントを取ることに』

いきなり早口の報告が流れてくる。探偵事務所の次は警察署にまで足を運んでいたのか。思った通り明智さんは自力で依頼を解決しようとするあまり、手段を選ばなくなっている。

「明智さん、ちょっと聞いてください。俺たちが動く必要はなくなったんですよ」

俺が手元にある手紙を読んで聞かせる間、明智さんは黙りこくったままだった。

「――というわけで、コスプレ研の皆さんも結果に納得されています」

あとはいつも通り。きっと明智さんは『うまくいかないもんだな』とぼやき、俺たちは日常に戻る。そう思っていた。

だが、

『まだだ』

「は？」俺は耳を疑った。

『渡辺氏が手紙を書いたという証拠はないんだろう』

明智さんの声は硬く、余裕がない。

「バレたくないからこそ署名がないんじゃないですか。でなきゃ直接謝罪に来たはずです」

『裏付けを取ればいい』

「どうやって？」

『決まっているだろう。彼の周辺に聞き込みをして事件前後の行動を洗ったり、実家から本当に模型を持ち出したのか調べたり、やり方はいくらでもある』

「ちょ、ちょっと待ってください」

思わず声が大きくなり、周りの三人がなにごとかとこちらを向いたのでスピーカーモードにする。

「ひき逃げで亡くなったんですよ。生前の行動を嗅ぎ回るなんて、遺族や友人に不快な思いをさせるかも」

『彼は建造物侵入罪の容疑がある上、泥棒に暴行を働いている。調査するには正当な名目だ』

理屈はそうかもしれないが、傲慢(ごうまん)すぎやしないか。

戸惑っていると、横に立った姫小松が俺の腕ごとスマホを引き寄せた。

「やめなさい。私たちはこれ以上渡辺さんの事情に深入りしない。調査は終わり」

『必要なのは感情に流されるのではなく証拠を揃えることだ。証拠が手元にない以上、裏付け調査は必要だ』

「誰のために？　私たちじゃない。気絶した泥棒？」

『……真実のためだ』

明智さんの声にはいつもの力がない。綺麗だけれど、からっぽでたやすく砕け散るガラスのような言葉に聞こえる。短い付き合いだが全然彼らしくなかった。

『君たちが依頼を取り下げるというのならそれもいいだろう。葉村君、俺は今から医学部に行き、渡辺氏の情報を集める。君もこちらに合流したまえ』

明智さんが当然という風に俺の名を呼び、三人の視線が「行くのか」と問うように俺に集まった。

どちら側につくべきなんだろう。

俺を必要としてくれる人か。常識的な人たちか。

趣味の合う人か。新しい価値観を与えてくれる人か。

俺はどうしたい？

好きなのはミステリだ。本気で探偵になりたいのか？　こんな思いをしてまで。

『葉村──』

「俺は行けません」

一瞬の沈黙が耳を打った。

「皆さんともう少し話したいことがあるので。なにか分かったら教えてください」

少し遅れて、無機質な声で『分かった』と返事が聞こえ通話が切れる。

スマホをポケットにねじ込み、心配そうにこちらを見る三人に頷いて見せる。

そこで初めて、全力疾走をした直後であるかのように心臓が暴れていることに気がついた。

7

その後、姫小松がなにを思ったか他の二人とともに昼食に誘ってくれた。

「期待してた形とは違うけど、君にも色々動いてもらったから、お礼」

考えてみれば、明智さん以外の先輩と学食で食事をするのは初めてのことだ。

俺と明智さんの関係が微妙にこじれたことを気にかけてか、三人はあえて事件に触れようとしなかった。

コスプレ研を初めて知った時は、メンバーはきっと変わった感性の持ち主なのだろうと思っていたが、今は違う。俺なんかよりよほど心の機微に敏く、空気を読める人たちだ。

俺は人付き合いが得意ではないし、趣味の合う明智さんと話すのは楽しい。けど今回の件で、居心地のいい場所に閉じ籠もるのは少しもったいないのでは、と感じた。

他の人が頼むメニューに考えを巡らすこともなく、ゆっくりと食事を終えた後も、俺たちはしばらく大学生活について話をした。

そのうち葛形が「今度の撮影会には、純粋に遊びに来てください」と誘ってきて、宇佐木も「体験入部したらどうだい。僕みたいに裏方に回るのもありだし」と同調する。姫小松は勧誘こそ口にしなかったが、

「色んなことに挑戦してみればいいかもね」

と言ってくれた。

一度もミステリの話題にはならなかったけれど、彼らとの話はちっとも苦ではなかった。

そこでテーブルの端に置いたスマホが震えた。メールだ。俺は緊張しながら開く。

「明智君から?」

宇佐木の言葉に頷く。

『生前の渡辺氏について医学部の学生に聞き込みをしていたら、教務課の人間に捕まって説教を

食らっている。身動きが取れないので、代わりにアポイントを取った知人に会ってほしい』

……駄目だ、全然懲りてない。

さっきのやり取りを気にしていたこっちが馬鹿みたいじゃないか。教務課が動くなんて、この短時間でどんな強引な聞き込みをしたのか。

とにかく相手にも無理矢理約束を取り付けたのだろうし、すっぽかすのはよくない。

明智さんの尻ぬぐいに向かう俺を見送る際、姫小松が心配そうに言った。

「君さ、これ以上彼に振り回されるのは本当にやめといた方がいいんじゃない？　後悔してからじゃ遅いよ」

明智さんが医学生の知人——薬師寺と会う約束を取り付けたのは、医学部キャンパス近くの雑居ビル二階にある喫茶店だった。近くに有名カフェチェーンもあるのにと訝りながら細い階段を上り、ドアを開けると煙草の匂いが鼻をついた。今どき珍しく喫煙可の店なのだ。店内を見回すと、明智さんから連絡を受けたらしい、隅の席で週刊誌を読んでいた男性が片手を挙げた。

遅くなった詫びと簡単な自己紹介をすると、薬師寺は「解剖実習を抜けてきたんだ。さっさと済ませちまおう」と俺に店のメニューを押し付けた。さすがにクリームソーダは場違いと思い、アイスティーを頼む。

「渡辺のことを嗅ぎ回って教務に連れてかれたんだって？　馬鹿だなあいつも」

薬師寺は医学生よりも芸能記者と言われた方がしっくりくるような、世慣れた印象の男だった。明智さんとは二回生の時に知り合い、一度相談を持ちかけたことがあると説明された。

「渡辺とは学籍番号が近いからな、ちょっとは話をした仲だ。成績は中の下くらいの奴だったよ」

まずは手紙の内容が本人と符合しているか確かめるべきだろう。

「渡辺さんの実家については聞いたことありますか」

「実家は確か三重だったか。両親は開業医、あいつは跡取り息子だった」

なるほどそれなら厳しい躾という記述も頷ける。

「渡辺がコスプレに興味があるなんてちっとも聞いたことなかったね。まあ厳しい両親に知られまいと隠していたんだろう。悪い奴じゃなかったが、いつも失敗に怯(おび)えているような、気の小さい奴だったな。あんなんで医者になれるのかと、正直心配だったよ」

薬師寺が語る渡辺太郎の人柄は、手紙の犯人像とぴたりと一致する。謝罪文に署名がなかったのも、両親の顔に泥を塗ることを恐れたのかもしれない。

ついでに現時点で推測される事件当夜の渡辺氏の行動を説明し、なにか引っかかる点はないか意見を求めたが、薬師寺から得られたのはむしろ賛同だった。

「近頃は解剖実習を二回生までに済ませちまう大学が多いんだが、うちは珍しい教育課程で三回生――つまりこの四月から始まってね。ここのところ日中は解剖室に籠(こ)もりきりなんだ。だから渡辺が日曜日のイベントに間に合わせるため土曜の夜に直接届け物をしたってのは、別におかしなことじゃないね」

いくつかのやりとりを続けたがこれといって新しい情報はなく、俺は質問を切り上げることに決めた。

「お手間を取らせてすみませんでした」

テーブルの伝票に手を伸ばすが、一瞬早く薬師寺が取り上げる。

「一回生に奢(おご)られてたまるか」

俺は小さく頭を下げ——テーブル上にあるべきものがなかったことにようやく気づいた。

「薬師寺さん、煙草吸わないんですか」

灰皿がない。そういえば俺が来た時からずっと薬師寺は煙草を取り出してすらいない。わざわざ喫煙できる店に来ているのに、なぜ。

「ああ。ここなら臭いを気にせずに済むからな」

「臭い？」

鼻をひくつかせるも、分かるのは店内に染み付いた煙草の匂いだけだ。

「さっき言ったろ。解剖実習だ。四月に入ってからずっとホルマリン処理された献体を解剖してる。洗っても落ちないくらい鼻につく臭いだから、外じゃ気を遣うんだよ」

ホルマリンの臭い。

——そうか。そうか！

薬師寺と別れた俺は、急いで医学部キャンパスに走り、教務課から明智さんが解放されるのを待ち構えて捕まえた。

こってり絞られたらしく、さすがに疲れた顔をしている。

「おお葉村君。面倒をかけて悪」

「手紙は本物じゃありません！」

俺の勢いに明智さんはのけぞるが、構わず続ける。

「渡辺さんはきっと解剖実習で身に染みついたホルマリンの臭いを気にしていたんです。だから俺たちが食堂で見かけた時も、わざわざ周りに人がいない席を選んだ。四月に入ってからのイベントでも、人混みに入ることを避けて一人離れた場所から見ていたんです！」

「お、おう。それがどう」

「もし渡辺さんが侵入者なら、揉み合いになった時に泥棒が臭いに気づくはずです！　なのに泥棒は一切臭いに触れなかった。つまり侵入者は渡辺さんじゃない！　彼は誰かに罪をなすりつけられたんです！」

みるみるうちに明智さんの顔に活力が戻っていく。

「でかした！　葉村君」

俺たちはタクシーを捕まえ、本学キャンパスに向かった。その間に明智さんが姫小松に電話をかける。今日はコスプレ研の活動もないらしく、帰宅の途中だった彼女は尖った声を出した。

『調査は終わりって言ったはずだけど』

「頼む、話だけでも聞いてくれ」

真剣な明智さんの態度に、ただ事ではないと察したのか、彼女は『……続けて』と促す。

俺たちは解剖実習の臭いを根拠として、渡辺犯人説を否定して聞かせた。姫小松は、反論こそしないものの、それを理由に依頼を振り出しに戻すことには慎重な態度を示す。

『さっき部員には手紙の内容を報せたわ。もちろん渡辺君の名前は出さずにね。皆これで一件落着したって喜んでるのに、今さら撤回だなんて不安にさせるだけよ。はっきりしたことが分からない限り、皆を巻き込めない』

「ひとまず君の協力が得られれば十分だ」

明智さんの声にはいつもの根拠のない自信が漲っている。しばしの沈黙の後、姫小松が根負けした。

『――分かった。なにをすればいい？』

「もう一度旧ボックスの二階を見せてほしい。渡辺氏に罪を着せようとした真犯人には、手紙の内容とまったく異なる目的があったはずだ」

　こうして俺たちは、事件の始まりの現場に戻った。

8

　旧ボックスに着くと、姫小松が一人で俺たちを迎えた。

「で、どうするつもり。さっきの話のとおりだとしたら、渡辺犯人説が白紙になっちゃったんでしょ」

　階段を上がりながら、姫小松が明智さんに問う。

「そうでもない。渡辺氏が無関係だと分かったからこそ、容疑者は絞られる」

　手紙の内容からしても、犯人が意図して渡辺太郎に罪を着せようとしたのは間違いない。死人に口なし。謂(いわ)れのない罪を渡辺が否定することはない。手紙が無記名だったのは、犯人がサインできないことに『正体を隠したいからワープロで謝罪文を書いた』という理屈を通すためだろう。

　しかし——もし俺たちの調査が渡辺太郎に辿り着いていなかったら、犯人はどうするつもりだったのだろう。差出人不明の手紙は渡辺と繋がることなく部員から警察に提出され、面倒なことになっていたのではないか。

　つまり犯人は俺たちが渡辺について調べていることを知っていたはずなのだ。

「渡辺氏の名前が捜査線上に浮かんだのは撮影会の後、会議室での話し合いの時だ。もしあの時

〝ぼっちさん〟の話題が出なければ、捜査がまったく別の方向に転んでいてもおかしくなかった。つまり渡辺氏を装う手紙を書くことができたのは、あの場にいた人間――俺と葉村君の他には、君たち幹部三人しかいない」

手紙は会議室での話し合いの後、犯人によって書かれ、あたかも生前の渡辺が出したように思わせるため海外出張中の顧問のもとに届けられたのだ。

「私とウサ君と葛形君のうちの誰かが、侵入者であり渡辺君に罪を着せた犯人……」

「そこから先はおそらく、事件の夜、なぜ侵入者がすぐ逃げずに二階へ上がったのかが鍵になる。我々は重要なストーリーラインを見逃していた」

二階に着いた俺たちが足を踏み入れたのはロッカーのあるたまり部屋ではなく、奥にある空き部屋だった。俺は姫小松に説明する。

「以前、明智さんが女子部員たちを疑ったことを覚えていますか。隠していた薬物かなにかを運び出したんじゃないかって。あの考え方は応用できると思うんです」

「どういうこと？」

「侵入者は、普段見つからないように隠しているものを、密かに回収したということです」

明智さんは隣のたまり部屋から以前と同じように机を運んできて、窓際に置いた。その上に立って調べ始めたのは、カビが浮き虫に齧られたカーテンの裏側だ。

「見たまえ、小さなポケットが縫い付けられている。ちょうど虫に食われた穴の位置だ」

そこまで見れば、姫小松にも事情が摑めたようだ。

「盗撮……？」

「ああ。衣装を置いて帰る部員がいると聞いた時点で、着替えの必要性にも考えを巡らせるべきだった。隣のたまり部屋は広いが、カーテンがないから夜に電気をつけて着替えることができん。当然この部屋で着替えることになる。しかもカーテンは常に閉め切っているから、カメラを仕掛けるのに好都合だ。虫食いの穴なんて誰も気にすまい」

明智さんがカーテンの裏側をこちらに向ける。俺は少し下の方に不自然な汚れがあることに気が付いた。粉っぽい、白い跡だ。

「これ、チョークの汚れじゃないですか」

泥棒と揉み合いになった時、廊下を転がって衣服に付着したものだろう。つまり犯人は、揉み合いの後にカーテンの裏に体を潜り込ませた。明智さんの推理を補強する証拠だ。

「盗撮なんて……最っ低」

心底からの軽蔑(けいべつ)を込めて姫小松は吐き捨てる。

「犯人はカメラの仕掛けや回収のため、これまで何度もこの空き部屋に忍び込んだはずだ。だが事件の夜に泥棒と鉢合わせし、格闘の末気絶させてしまった。しかも床に散らばった装飾品から、二階の、よりによってカメラが仕掛けてある空き部屋で盗みを働いたと分かる。犯人は焦った。泥棒が捕まれば、窃盗の現場である空き部屋に警察が入る。盗撮の露見を防ぐため、今すぐカメラを回収する必要があった」

ここまでが、タクシー内で明智さんと煮詰めた推理だ。犯人はまだ特定できていない。

「私は女だから容疑者から外してくれる……というわけにはいかないんでしょうね」

「無理だな。性別は関係なく論理的に絞り込まねば」

律儀に否定する明智さんに、俺は別の手がかりを投げかける。

「そういえば、泥棒の革ジャンと手袋を奪った理由はなんでしょう」

「それが不可解な点だ。カメラを回収する時に指紋を残さないために手袋を奪ったのか？　だが二階のドアや電子ロックについた指紋は念入りに拭き取られていた。矛盾している」

拭き取られた指紋。いや、手袋を着ければ付けずに済んだはずの指紋か。

――待て。なにか引っかかったぞ。

そういえば、以前にも指紋について言及したことがあったはずだ。確か女子部員に容疑が及んだ時、俺が反論したのだ。

日常的に出入りしている女子部員なら、指紋があっても問題ないはずだ、と。

「あっ」

俺は声を上げた。そうか。当日のことだけを考えるから気づかなかったんだ。

「さっき明智さんが言ったじゃないですか。犯人はこれまで何度も、盗撮のために忍び込んでいたんです。この空き部屋には過去の犯人の指紋がたくさん残っていた。そして犯人は、〝空き部屋に指紋があるのはおかしい〟人物だったんです！」

これから指紋を残さないよう工夫することはできる。だが過去につけた指紋は、拭き取る以外に方法がないのだ。

明智さんも「なるほどな！」と快哉（かいさい）を叫ぶ。

「犯人はカメラの回収だけでなく、過去の指紋を拭き取るために空き部屋に侵入しなければならなかった。だが空き部屋の指紋だけが拭き取られていたら、いかにも意味深だ」

「だから隣のたまり部屋の指紋も拭いたんですね」

俺と明智さんは取り憑（つ）かれたかのように、次々と推論を重ねていく。

「侵入者としては、泥棒が指紋を拭き取ったと警察に思わせたかった。だが、泥棒は手袋をしていた。これでは別の誰かが指紋を消したとしか考えられない」

「だから泥棒の手袋を奪い、あたかも彼が素手で盗みを働き指紋を拭き取ったかのようにした。泥棒は否定するでしょうが、警察が信じるかどうかは半々です。革ジャンは？」

「泥棒と揉み合った時に、たっぷりと犯人の指紋がついている。拭くより持ち去った方が早い」

そういうことか。

すべては自分の指紋が発見されることを恐れた犯人が、隠蔽に隠蔽を重ねたためにできた状況だったのだ。

もう犯人は明らかだ。俺たちは口々に告げる。

「まず普段から二階に自由に出入りできる姫小松さんは容疑者から外れます」

残り二人。

「葛形君はこれまでに何度か夜遅くまで先輩の撮影に付き合わされ、空き部屋にも入ったことがある。指紋が残っていても気にすることはない」

残るは一人、衣装を持たない裏方の男。

「ウサ君――宇佐木が犯人なの？」

気丈な姫小松もさすがにショックを隠せていない。副部長ともあろう者が仲間を深く裏切るどころか、亡くなった学生に罪をなすりつけるとは。

「警察が泥棒の言い分を信用しなかったため、綿密な捜査は行われなかった。だが事件を不審に思う部員がいたし、神経質な顧問が騒ぎを大きくする恐れがあった。宇佐木君としては、なにか偽の真相を用意し、皆を納得させたかったんだろう」

そこで目をつけたのが、事件の次の日に事故死した渡辺太郎だったのだ。

思い返すと、俺たちが捜査の方針を話し合う時、決まって宇佐木の助言があった。撮影会で見かけなかった人物に言及したのも彼。渡辺に葛形の名前を訊かれたと言ったのも彼。渡辺の写真を用意したのも彼。

そして、俺たちが渡辺の事故死を知った翌日に、顧問から手紙を受け取ってきたのも彼。

「渡辺君と宇佐木君は同学年だ。なにかの授業で知り合ったかもしれないし、渡辺君がイベントに来るようになってから交流があったのかもしれん。いずれにせよ死んだ人間は心情的に踏み込みづらい格好の隠れみのだ」

実際、俺たちは渡辺がすでに亡くなっていることを理由に、深追いを断念した。もし親族への聞き取りを行い、知り合いの探偵事務所にでも依頼して手紙に残った指紋を詳しく調べていれば、すぐに手紙は偽装だと分かったかもしれない。

だが一介の学生にとってそこまで踏み込むのは勇気のいることだ。明智さんのような、なりふり構わず真実に食らいつく人間を除いて。

姫小松は顔に両の掌（てのひら）を当て、声を絞り出した。

「今の話は筋が通っているし、私もあなたたちの言うとおりだと思う。でも宇佐木君を告発するには……足りない。物的な証拠がないもの」

俺たちは状況証拠を積み上げ、最も論理的な答えを出しただけだ。宇佐木が犯人だと示す物的証拠はなに一つないし、そもそも被害の実態がない。盗撮の映像でもあれば別だろうが、カーテンにそれらしき穴があっただけでは警察も動くまい。余計に部員らを混乱させるだけだ。これで彼を糾弾（きゅうだん）せよという方が無茶だろう。

これもまたミステリと違う点だ。納得できるだけでは解決にならない。

明智さんが口を開いた。

「確かに証拠はない。だが、ひょっとすると犯人をおびき出すことはできるかもしれん」

「どういうこと?」

彼は先ほど踏み台に使った机を指さした。

「この空き部屋には踏み台になるものがないから、前回も今回も隣から机を持ってきた。だが先月まで、窓の下にはオープンラックが置いてあったそうじゃないか」

姫小松が頷く。

「今は私が家で使ってるけど」

「もし隠し撮りが先月よりも前から始まっていたとしたら、君が持ち帰るまで、犯人はカメラを仕掛ける時にオープンラックを踏み台として使っていたはず。せっかく窓の下にあるのに、わざわざ隣から机を運んでくるとは考えられんからな」

そうか!

オープンラックにはその時の犯人の指紋が付いている。過去の指紋が残る、唯一の物証だ。実際は姫小松が綺麗に拭き取っているかもしれないが、ハッタリに使うには十分だ。

「君がオープンラックを持ってくれれば、犯人は指紋を消しにやってくる。そう思わんかね」

姫小松はしばらく唇を指でなぞっていたが、やがていつもの強気な笑みを浮かべた。

「いい考えね。――やるじゃない、探偵」


週明けの月曜日。

午後の講義が終わった後、明智さんと待ち合わせて大学を出た。行き先はいつもの喫茶店ではなく、十分ほど歩いた場所にある河川敷だ。

姫小松からメールが届いたのは、横断歩道の前で信号待ちをしている時だった。隣を見ると、明智さんもポケットをまさぐっている。

なんでも宇佐木が、旧ボックス階段下の物置で怪我をしたという。上の方に置いてあった工具箱がなにかの拍子に頭上に落ちたらしい。彼女が以前持ち帰ったオープンラックを物置にしまったと、部員たちの前で話した翌日の出来事だという。

いったいなんの用で物置に行ったのかと訊ねたが彼の答えはちっとも要領を得ない、と付け加えているあたり、部長様は相当にお怒りのようだ。

今のところ盗撮された映像が流出している様子はないが、今後は弁護士と相談の上、副部長のパソコンなどを精査する予定との旨まで確認し、俺はスマホの画面をオフにした。終わった依頼の話だ。今後どのように決着するのかは彼女たちで決めればいい。

「うまくいかないものだな」

前を行く明智さんが誰にともなく呟(つぶや)いた。

「依頼はちゃんと解決したじゃないですか。それに正直、明智さんのことを見くびっていたなと思います。俺も姫小松さんたちも、すっかり渡辺さんを侵入者だと信じてたんですから」

振り返ってみれば、明智さんが調査において口にしたことはことごとく的中したのだ。

――手がかりはすでに見えている。俺たちがそれに気づいていないだけだ。

事件の真相の手がかりは確かに現場の空き部屋にあった。さすがにカーテンの裏側は盲点だったが、着替えから盗撮へと想像が及んでいれば、もっと早くに気づけた可能性はある。

――何気ない会話ほど後々価値を持つものだ。

聞き込みの成果は芳しくなかったが、容疑者をコスプレ研の三人に絞り込めたのは、渡辺太郎の情報を共有したのが彼らだけだったから。本当に〝会話そのもの〟が重要な手がかりになった。

――必要なのは感情に流されるのではなく証拠を揃えること。

明智さんの粘りから薬師寺との対話が実現し、渡辺犯人説の矛盾に気づくことができた。ミステリの名探偵のように鮮やかではなかったかもしれないけれど、明智さんが関わったからこそ依頼は達成できたのだと、俺は考えている。

だが彼は悄然とした様子で肩をすくめた。

「俺にも未熟な点があった。理想を追い求めるあまり、依頼人やイベント参加者を不快にさせたこととかな。自ら味方をなくすような行為は慎まねば。――ここか」

住宅街を抜け、河川敷沿いの道に出たところで足を止めた。狭い一車線道路と土手を隔てる白いガードレールの下に、まだ新しい花や缶飲料が供えられている。

渡辺太郎の事故死現場に俺たちもそっと花を供え、手を合わせた。すでにひき逃げ犯は捕まっている。

コスプレ研のファンで、事件直後に亡くなったために利用されてしまった不運な学生。彼も死後にこんな形で名前が使われるとは思っていなかっただろう。

改めて事件に関わる責任の重さを思う。死者はなにも語らない。被害者としてだけでなく容疑者としても。俺たちはもう少しで彼に汚名を着せるところだった。

やっぱり探偵なんて目指したくない。ミステリを読んで一喜一憂する、傍観者の立場がちょうどいい。

合掌を続けていると、隣から明智さんの声がした。

「死力を尽くして真相を求める。俺はそんな探偵を目指している。だがアクセルを踏み続けるんじゃなく、時には立ち止まって周囲を確認することも必要なんだよな。じゃないといずれ大事故だ。だから」

顔を上げると、リムレス眼鏡の向こうから強い視線が俺を捉えていた。

「葉村君。君が俺のブレーキになってくれ」

……ブレーキか。

それなら俺にもできるかもしれない。恐れを知らない探偵ではなく、横に寄りそうワトソンなら。

自分の台詞に照れたのか、明智さんはこちらに背中を向けて声を張り上げた。

「ま、今回は途中から探偵うんぬんも忘れて、ただの先輩になってしまったわけだが」

「……えっ」

探偵うんぬんを忘れていた？

歩き出した明智さんの後を慌てて追いながら、俺は最後の言葉の意味に考えを巡らす。

ひょっとして。

今回の事件は俺がミス愛に入会して初めての依頼だったから、先輩としていい格好をして見せたかったのか？

渡辺犯人説を受け入れなかったのも、思うような見せ場がないまま事件が幕引きしそうだったから？

彼は探偵であるより先に、どこにでもいる一人の先輩として浮かれていたのか？

「ちょっと明智さん、今のはどういう」

「あー、未熟未熟。明日からまた修業だぞ葉村君！」

明智さんは変な先輩だ。本当に名探偵の才能があるのか、ただのトラブルメーカーなのか。

けどもう少し、俺の日常に現れた、この生けるミステリを追いかけてみることにしよう。

とある日常の謎について

1

「ありがとうございましたー」という間延びした声に送られ、加藤久夫（かとうひさお）は微妙にがたつく自動ドアから書店を出た。向かいの婦人服店の店主が通りに出していた商品ワゴンの片づけを終え、シャッターを下ろしているところだった。

「お疲れ様です」

と声をかけ会釈する。

夕方の六時過ぎ。南北に延びる藤町（ふじまち）商店街は、すでにほとんどの店が営業を終えていた。両側に無機質なシャッターが連なる通りを、まばらな人影が駅の方へと流れてゆく。

六月に入り、この時間になってもアーケード越しの空はまだ明るさを保っている。治安にとっては良いが、商店街の廃（すた）れ具合を見せつけられるようでもあった。

地区の境を示す「藤町二丁目」というネオンサインが見えるが、肝心の藤の字が消えたまま、もう半年は手つかずで放置されている。

店を構えてまもなく四十年を迎える久夫の体に負けず劣らず、この商店街もあちこちにガタが目立つようになってきた。

──やめやめ。先のことを考えても仕方ない。

久夫は悩みを打ち払うように、大きく息を吐き出した。

生きていれば解決の目処(めど)が立たない問題はいくらでも生じる。大切なのは潰(つぶ)れてしまわないよう、店も自分もうまくメンテナンスすることだ。

今日は土曜日、市民の多くが解放的になる日だ。久夫もまた例外ではなく、飲みに出てきたのである。飲食のチェーン店が立ち並んでいるのは駅前だが久夫は逆方向に向かい、商店街の途中で横道に折れた。

細い路地の右手に、赤い庇(ひさし)と出入口に吊るしたビニールの間仕切りカーテンが特徴的な立ち飲み屋がある。久夫は慣れた手つきでカーテンをめくった。

「どうも」

「おう加藤さん、出勤だね」

頭にタオルを巻いた大将が破顔する。毎週決まった時間に店を訪れる久夫に向けられた、恒例の冗談だ。すでにカウンターにいた、書道用具店を営む文田(ふみた)がこれに続く。

「そうだよ、出勤だよ。俺たちはこの店を支えるために、少ない小遣いをやりくりしてるんだよなあ、カトちゃん」

「忍者みたいにカミさんの目を盗んでね」

久夫も軽口を返した。

この立ち飲み屋とも、商店街に店を出してから四十年近い付き合いだ。L字形のカウンターしかなく、入れてせいぜい七、八人といった店構えはいかにも窮屈だ。客はほぼ商店街の人間か近所の住人たち常連が占め、新規客が少ない代わりに客離れもなく、不況の時代も安定した営業で乗り切ってきた。

もはやすべての品書きが頭に入っていたが、久夫は染みついた習慣で壁に貼られた品名を見上げる。

手羽先、だし巻き、ししゃも。続いておすすめの文字が躍る二九〇円のポテトサラダを視線がなぞった時、酸味とベーコンの脂身が絶妙にマッチした味がよみがえった。

「ビールとポテサラで」

ビールが三三〇円だから、あとは板わさでも頼むか、それか安い味付け海苔(のり)とサワーの組み合わせにしようとつらつら考えながら、隣の文田とジョッキを合わせた。

小皿に盛ったポテトサラダが出されると、久夫はまず目算で縦と横に三等分して、角の九分の一を箸(はし)でつまんで口に運んだ。いつだったか文田に貧乏くさいと笑われたが、酒に強くない久夫が飲み食いのペースを合わせるために考えた工夫だ。

そうして小腹を満たしながらジョッキに二回ほど口をつけた時だった。

「はい、いらっしゃい」

大将の声にわずかなよそよそしさが混じったのに気づき、久夫は顔を上げた。

「一人ですが、いいですか」

見慣れない若者がカーテンをめくり、人差し指を立てている。

「珍しい、ご新規さんだ」

文田が久夫の思いを代弁した。

新しい客は、シュッとしたという言葉がぴったりくる、縁(ふち)のない眼鏡をかけた背の高い青年だ。

おそらくまだ大学生だろう、還暦を過ぎた者にはつい羨(うらや)ましくなる、無垢(むく)な輝きが目にあふれている。商店街ではなかなかお目にかからない派手なアロハシャツが、この昭和然とした立ち飲み居酒屋とのギャップを生んでいた。

若者は久夫の隣、入り口に近い側に立ち、物珍しげに品書きを見つめた後でビールを注文した。久夫は彼の存在に興味を引かれたものの、客商売の直感として、話しかけるには少し時間をおいた方がよいと判断した。この若い客もまだ店の空気に身を馴染ませている最中だろうから。

しばし、反対隣にいる文田と月並みな会話を続ける。贔屓のプロ野球チームの調子、ワイドショーで持ちきりのゴシップ、年々増える常用薬について。毎週顔を合わせているのだから目新しい話題などあろうはずもないが、酒の席では〝代わり映えのしない話〟も楽しみの一つなのである。それに、この書道用具店の主は飲み仲間の間で最も座持ちがよいと評判だった。

半時間ほどだらだら話を続け、久夫は空になったビールジョッキと皿と引き換えに、九〇円の味付け海苔と二八〇円の梅サワーを注文した。

「そういえばカトちゃん、聞いたかい」文田が改まった口調で切り出した。「塗井のおっちゃん、あのビルを出て老人ホームに入るんだってよ」

それを聞いて久夫のみならず、調理中の大将も驚いて顔を上げた。

塗井は、久夫の店がある三丁目より一つ奥の四丁目商店街で、漆器店を営んでいた。三年ほど前に店を畳んだ後も、持ちビルなので二階と三階の住居部分に住み続けていたのだ。その塗井がビルを出るとは。

「本当に？　この前だって薫香堂の竹内さんが癌だなんて言って、蓋を開けてみればただのダイエットだったじゃない」

座持ちの文田の話の信憑性はスポーツ紙以下、というのが仲間内での常識である。

「間違いないよ、本人から聞いたんだから。柄にもなくニコニコして、老人ホームのパンフレットまで見せられたよ」

「塗井さん、ここが自分の死に場所だとずっと言い張っていたのに」

塗井は六十五歳の久夫よりも一回りほど年上のはずだが、それまで画廊だった中古ビルを買い取って漆器店を開いたのは久夫よりも遅い、二十年ほど前のことだ。クセの強い性格は有名で、誰に対しても高圧的な態度は客との間でもたびたびトラブルを引き起こしていた。店を閉めてからは顔を合わせる機会が減ったが、会えば強がるように他人の悪口を聞かされるので、久夫も辟易していた。

大将も眉を寄せて会話に入る。

「老人ホームって、あの人にそんな蓄えがあったのか？　娘さんともずっと没交渉だって言ってたのに」

久夫も同じ認識だった。塗井は早くに妻を病気で亡くし、その保険金をつぎ込んで漆器店を出したのだと聞いたことがある。それが原因なのか元々仲が悪かったのかは知らないが、娘とは疎遠で、「あの恩知らず、老いた親の面倒を見てもくれない」とよく恨みがましくこぼしていた。だからこそ店を閉めた後も一人でビルに住み続けていたわけで、老人ホームに入る余裕がどこにあったのだろう。

文田は「それがよお」と意味ありげに鼻をひくつかせる。

「あのボロビルを買い取りたいってやつが現れたらしいんだ。それで塗井さんにいくら入ったと思う？　これだぜ」

文田は人差し指と中指を立てる。二百万ならばビルの処分に困った塗井が涙を呑んだ、で済むのだが……。

「二千万。それにかかる税金や手数料を考えたら、とんでもない額になるぞ。ありえないだろう、こんなさびれた商店街で」

大将が馬鹿らしいとばかりに首を振る。

「本当だ。不動産屋のせがれのタカシの情報だ」

ビルの売買の仲介をしたのも、商店街の顔なじみなのだという。

顧客の情報を他人に漏らすなよ、と久夫は呆れるが、今話すべきことはそれではない。

文田が〝ボロビル〟と称したのは決して誇張ではなく、この商店街の建物はほとんどが築五十年以上経過した、年代物だ。塗井が売ったビルは商店街の中では比較的新しいが、両側を大きなビルに挟まれ肩をすぼめているかのような佇まい(たたず)に加え、これまで補修に手間も金もかけずにいたのか全体的に黒ずんでおり、周囲のそれよりも外観の劣化が激しい。

なにより、この商店街はここ十数年の間に店も人の流れも減る一方で、新たな商いを望む人間にとって魅力はないに等しい。だからこそ、塗井もここが自分の死に場所とまで嘯(うそぶ)いていたのに。

「まったく、訳が分からん」

三人して考えこんでいると、

「なかなか面白い謎じゃないですか」

隣の若者が久々に口を開いた。

「まるで割に合わない、しかも購入側が損をするとしか思えない取引が持ちかけられ、成立した。シンプルで魅力的です。塗井氏からボロビルを買い取った人物を仮にXと呼ぶとして、X氏にとってボロビルはいったいどんな価値を秘めているのか。いい謎は酒の肴(さかな)としても最高だ」

急に饒舌に語り始めた若者に、カウンターを挟んだ大将もちょっと引いている。シュッとしているくせにこんな場末の立ち飲み屋に一人で来るだけあって、やはり変わり者なのだ。ただ一人、話題を持ち出した文田だけは若者の反応に気を良くしている。

「そうだよな、兄ちゃん。不可思議で気になるよな」

「ええ。これも日常の謎というやつです」

一方で、大将がため息まじりにこぼす。

「なんでもいいが、悪いことに利用されなきゃいいけどな」

「悪いことって」

「最近は特殊詐欺とか、人を騙す手法を色々と聞くじゃないか。ネットとかで仲間を募って、足がつかないようにしてよ。今どき都合よく大金が転がりこむなんて、ろくなことじゃない気がするよ」

不穏な話になってきた。

久夫がサワーのジョッキを傾けると、氷がぶつかる空虚な音が響いた。いつの間にか飲み干していたらしい。時計を見ると七時半。ちょうどいい時間だった。

残っていた味付け海苔を口に放りこみ、久夫は箸を置く。

「ごちそうさま、お勘定」

千円札と引き換えに十円玉を一枚受け取る。

財布以外の持ち物はないので、忘れ物もない。

久夫はあとの二人に「お先に」と言い残して、カーテンを開いて外に出た。

夜風が気持ちよく火照った顔を撫でる。それだけで、つい先ほどまで頭を巡っていたボロビルの謎もどうでもいいように思えてきた。

所詮は他人の金の話だ。自分にはどうしようもないし、真相を知ったところで生活が変わるわけじゃない。

不景気も将来への不安も、自分の力で強引にねじ曲げられるものではない。けれどたいがいのことは、多くを望まず、目と耳を塞いでいればやり過ごせるものなのである。

そこでふと、謎に目を輝かせていた先ほどの若者を思い出した。立ち飲み屋のおっさんたちの会話さえ素敵な出来事の前触れかのように受け止める無邪気さ。

――今どきの若者は、ああいう変わった人が多いのだろうか。

そう思って、出てきた店を振り返る。

若者が、こちらをじっと見つめている。

いや、カーテンごしではっきりとはしないが、特徴的な縁なし眼鏡が久夫に照準を合わせたかのようにこちらを向いたまま動かないのが不気味だった。

久夫はついと視線を外すと、気を取り直して、いつもの酔いざましの散歩を始めた。

2

喫茶〈ポピー〉はいわゆる純喫茶と呼ばれる店で、コーヒーなどありふれた飲み物の他に、朝には目玉焼きとトーストのモーニングセット、ランチメニューとしてナポリタンとピラフとカレーライス、フルーツ缶詰を使ったパフェを出している。これといった特徴がない代わりに、今でも喫煙可にしているおかげで一日中常連客の誰かしらが居座っていた。

店を開いたのは久夫が二十六歳、結婚して三年目のことだった。当時勤めていた印刷工場を脱サラしての挑戦だったので、それを知った妻の両親が激しい剣幕で乗り込んできた。

飲食にこだわりがあったわけではないが、自分の店を持つというのが、子どもの頃からぼんやりと抱いてきた久夫の夢だった。女子大を卒業した後に見合い結婚した妻はそれに付き合わされた形だ。しかし商売を始めると、むしろ妻の方が接客や経営の機微（きび）に敏く、久夫は妻の尻に敷かれながら厨房を慌ただしく駆け回るようになった。

そうして四十年近く。よく続けてきたと思う一方、日々のことに追われるうちに時間が経ってしまったという気もする。

このように昔を振り返っているのは、アルバムを店の奥から引っ張り出す必要ができたからだ。日曜日の午後二時半、ランチの注文の勢いが収まり、店内には穏やかな時間が流れていた。

「ありがとうございます。お借りします」

カウンター席に腰かけた学生が礼を言って、ぱらぱらと写真を眺める。電車で二十分ほどの場所にある神紅（しんこう）大学の芸術学部の学生で葛形（くずかた）というそうだが、この小柄で可愛らしい顔立ちの大学生の性別を、久夫ははっきりと摑めずにいた。

細身の上にパンツルックなので服装でも判別がつかず、女子にしては声が低めな気がするものの、眉や唇に薄くメイクを施（ほどこ）しているようにも見える。とはいえ久夫たちの若かりし頃とは違って今は男性も美容に気を遣うので、ますます判断に困ってしまう。

葛形から連絡があったのは二週間前。なんでも近くのターミナル駅から延びる地下道の補修工事に伴い、彼（彼女？）ら芸術学部の学生が壁にグラフィティアートを描くことになったのだそうだ。葛形の班が任されたのが商店街の入り口に向かう地下道だったので、テーマを商店街の歴史にしようと決め、古くからある店の写真資料を集めているのだと聞き、久夫も昔のアルバムを貸し出すことになった。

「外観は開店当初からほとんど変わらないんですね」

「そうだね。植木鉢が入れ替わったのと、一度だけ看板を張り替えたくらいだよ」

　この店は道に面した大きな窓から、店内の様子が見て取れる。外観と内観を同時に描けるのだから、絵のモデルとしては好都合かもしれない。

「それに、あれ。実物は初めて見ました」

　葛形の視線を追って、久夫は店の奥を見た。

「よく働いてくれる、古株の店員なんだよ」

「あれも写真撮っていいですか」

　どうぞ、と久夫はくすぐったいような気持ちで答える。

「他にはどんな店を描くんだい？　昔からやってる店だと、遠山写真館とか？」

「はい、写真館も描く予定です。あとは途中にある氷野神社、おかき屋さん。それから一階にドラッグストアが入っている――」

「夢園ビルか」

　この近辺で最も活気のある、五階建てのテナントビルだ。

「夢園ビルって、今でこそテナントビルとして使われていますが、元々一九三〇年代に百貨店として建てられたと聞きました。アーケードに遮られて商店街の中からじゃ全体を見渡せませんけど、かなり貴重な建築ですよね」

芸術学部に通うだけあって建物のデザインに興味があるのか、興奮気味な葛形の口調に、久夫にも懐古の感情が芽生えてくる。

「昔は駅前に機械部品の大きな会社があってね。下請けの町工場も軒を並べていて、とても活気があったんだよ。働く人がいれば飲食店や宿所、娯楽の店も必要だからね。町全体の景気がよかった。だが安い海外製品が輸入されるようになると、大きな会社は撤退し、町の活気とともに商店街もどんどん廃れてしまった」

久夫の店が被った影響も深刻で、店のローンを返していけるのか、一人息子をいずれ大学に通わせてやれるのかという不安と、つねに隣合わせだった。

正直、久夫は何度も逃げ出そうと思った。今ならまだ勤め人に戻れるのではと、求人広告を眺めたことは十回や二十回ではきかない。

だがそんな考えもバブル崩壊によって打ち消された。下落した地価と残ったローンを見比べ、選べたのは店を続けることだけだった。

「それでも不況を乗り越えて続けてこられたってことは、地元の人々に愛された証拠ですよね！」

葛形が邪気のない笑顔で頷くので、久夫は苦笑して「そうだな」と話を合わせた。

「ここは憩いの場だし、常連のお客さんに救われたよ。これといった目玉や名物はないけど、コーヒーやトーストは生活から簡単になくならないし」

それに、思わぬ僥倖にも恵まれた。

そう告げようとしたとき、タイミングのいいことに〝僥倖〟が店にやってきた。

「おじちゃん、こんちはー」

「ちわー」「ちわーす」

のどかな雰囲気を吹き散らすような賑やかさで入ってきたのは、三人組の小学生の男子だった。それに気づいた常連客が、吸っていた煙草を灰皿に押しつけて消した。

純喫茶には不釣り合いな幼い常連客は、勝手知ったる様子でカウンターの前の通路を歩いて行く。

「あっ、もしかして」

葛形の声が期待の色を帯びる。

三人は店の奥にあるテーブル席を横並びに陣取った。正しくは〝テーブル型筐体〟か。

硬貨を入れると、電子音のBGMとともにドット絵のキャラクターがうじゃうじゃと動き出す。

これこそが久夫の言う、古株の店員の正体だ。

「家庭用ゲーム機やパソコンがまだほとんどなかった頃、このテーブル型を含めたゲームセンターの筐体がゲーム業界の主力だったんだ。中でもタイトーという会社が開発した『スペースインベーダー』が大流行してね。空から大量に押し寄せる宇宙生物を、砲台を操って撃ち落とすというう至ってシンプルなゲーム内容だが、社会現象になるくらい売れた」

久夫は誇らしげに解説をぶった。

面白いことに、当時筐体の導入先はゲームセンターよりも飲食店の方がはるかに多かった。大人たちが喫茶店で筐体に向かい、リトライ用の百円玉を積み上げている様は、今でも昭和の印象的な光景としてメディアに取り上げられる。

この店の筐体も、当時の流行に乗っかって導入したものだが、爆発的な流行はすぐに収まってしまった。プレイ料金を下げたものの、費用対効果はトントンがいいところで、その後の不況から経営を守るほどの収益をもたらしてくれはしなかった。純粋なテーブルとしては使い勝手が悪いわ、場所を取るわで処分しようかとも考えたが、面倒を理由に店の奥に放っていた。

すると何年か経った頃、親子連れでやってきた客が眠っている筐体の存在に気づいた。久々に電源を入れてやると、父親に教えられてプレイした子どもがたいそう喜んだ。以後もその子は友人を連れて遊びに来るようになり、筐体の存在を子どもから子どもに語り継いでいるのか、毎年新たな子どもたちが小銭を握りしめて立ち寄るようになったのである。

「そうこうするうちに、小学校からの帰りに寄り道する子が増えちゃってね。先生たちが日替わりで見回りに来るようになったんだよ。おかげで先生たちにも顔見知りが増えて、学校との関わりも深まった」

今では放課後の見回りはなくなったが、ある時は不登校の子どもがこの店で同級生と仲良くなって登校を再開することができたり、定年退職後も顔を見せてくれる元教師がいたりと感慨深いエピソードは絶えない。

懐かしく語り終えたところで、久夫は葛形が目立たぬように腕時計を確認したことに気づいた。

「ごめんよ、引き留めてしまったね」

葛形は少しほっとしたように、しかし礼を失することなく頭を下げる。

「とんでもないです。貴重なお話、ありがとうございました。それじゃあアルバム、お借りしますね」

「あ、ああ。かあさん、お会計」

久夫が声をかけると、テーブル席を片づけていた妻の智子(さとこ)が入り口横の会計台に向かった。礼を言って出ていく葛形を見送る。

先ほど話題にのぼった夢園ビルは、最初は百貨店として建てられた由緒ある建物だ。ここからは百五十メートルほど離れた場所にあるが、その威風の引き立て役であるかのように、すぐ横にへばりついている薄汚れたビルこそが、昨夜立ち飲み屋で話題になった、塗井に二千万円をもたらしたというボロビルだった。

昨夜帰宅してから智子にも話したが、彼女も初耳だったらしい。

売れたのが夢園ビルであったのなら、疑問はない。いや二千万円どころではすまないだろう。テーブル席でコーヒーを飲んでいた中年客が帰り、店内にはゲームで遊ぶ子どもたちの「今、今！」というはしゃぎ声と電子音だけが響いている。

妻の手が空いたのを見計らい、尋ねた。

「塗井さんのビル、周辺の店にも土地の買収の話が来ているってことはないかな」

目的がボロビルの辺り一帯の土地だったら、破格の買い取り金額にも納得がいく。ほんのわずかな土地の地主が首を縦に振らないばかりに、開発計画が進まないという話はよくある。

「そんな話があったら、さすがに商店街で噂になるでしょ」

智子は最近疲れがたまるという腰を伸ばしながら、否定する。

「文田さんの情報なんでしょ。デタラメじゃないの。前にも秋場さんの店に家宅捜索が入ったとか言って騒いでいたけど、店の前で酔っ払いが動かないから、通報しただけだったじゃない」

「そんなこともあったな……」

やはり信憑性は低いか、と考える。

「それにあのビル、できたのは商店街の拡張の時だったから、うちよりも少し新しいくらいのはずよ。二千万で買ってくれるんなら、ぜひうちもお願いしたいわ。死ぬ前に一度くらい海外旅行に行ってみたいし」

妻の言葉にどう答えたものか分からず、久夫の喉からは「んん」とうなり声が漏れた。下手につつけば日頃から溜め込んだうっぷんが飛び出しかねない。

ともかく、ボロビルの謎に頭を切り替える。

現在この商店街は一丁目から四丁目まであるのだが、元々は三丁目までしかなく、久夫たちが開業のために物件を探していた頃に近辺の再開発があり、周囲の店を取り込む形で商店街の拡張工事が進んだのだ。例のボロビルもその頃に新築された。

つまりボロビルと同じような条件の建物は、この店を含め商店街周辺にはいくらでもある。塗井のビルが選ばれたのはなぜなのか。

「おじちゃん。ゲーム、また消えちゃった！」

子どもたちの呼ぶ声がした。

見ると、筐体の画面が真っ暗で電子音だけが流れてくる。久夫は設定パネルの鍵を開け、一度電源を切って再起動を試みる。たいていはこれで直るのだが、今回は画面が暗転したままだ。こうなると久夫の手には負えない。

だましだまし使い続けてきたが、ここ数年でこういったトラブルが増えてきた。

「ごめんなあ。また直しておくからさ」

子どもたちにお金を返して謝りながら、先ほどの妻の言葉を少し真剣に考える。

――死ぬ前にやりたいこと、か。

「喫茶〈ポピー〉。あったあった」

「明智さん、ここが前に話していた？」

「ああ、謎を解く鍵がきっとあるはずだ。では行くぞ」

3

月曜日。〈ポピー〉は朝七時から開店となっているが、久夫は慌てることなくコーヒーを出す準備だけを済ませ、七時を少し過ぎてから店のシャッターを開けた。

アーケード越しの空は晴天だ。

最初の客がやってきたのは七時十五分。近所に住む西園という老人で、いつも週刊誌を読みながらホットコーヒーをきっかり二杯飲む。モーニングの注文が入り始めるのは、七時半から八時の間。四十年ほど店をやっていると、平日と休日、祝日での客の動きを体が覚えている。

天気予報では、今週は気温が高い日が続くと言っていた。暑さしのぎの客で混むかもしれない。

予想は当たり、いつもよりアイスコーヒーがたくさん出た。

そして午後二時を過ぎた時、予想もしなかった客が現れた。

入り口のドアが開くベルの音とともに妻の応対の声が聞こえ、視線を向けた久夫は思わず洗い物の手を止めた。

立っていたのは、土曜日に立ち飲み屋で隣にいた若者だ。後ろにはもう一人、後輩と思しき人物がついてきている。

若者はカウンター内の久夫に気がつくと、軽く会釈をしてからぐるりと店内を見回す。大小合わせて十卓ほどのテーブルのうち、壁ぎわのテーブルが二つ埋まっていることを見て、彼らは中ほどの二人がけの席に腰を下ろした。

立ち飲み屋で会った方の若者は、色違いではあるがあの夜と同じくアロハシャツを着ている。来店したのはただの偶然だろうかと思い、久夫はすぐにそれを否定した。

偶然なら、先ほど久夫を見てもう少し驚いたはずではないか。久夫がいることを知っていたからこその反応だったのだ。

立ち飲み屋で喫茶店の店主であることを話した覚えはなかった。自分が帰った後で、誰かから聞き出したのだろうか。でも、なぜ？

ささやかな疑念を抱いた久夫は、お冷(ひ)やを運ぼうとした智子に代わりに行くことを告げ、盆を手にした。

「こんにちは。この間はどうもありがとうございました」

第一声、若者がかけてきた朗らかな挨拶に、久夫は少し硬い笑みを返す。

「お兄さん、この辺の方なの？」

「神紅大学の学生で、明智と言います。こちらはサークルの後輩で葉村(はむら)君」

そう言って名刺を差し出してくる。学生なのに名刺があるのかと不思議に思いながら受け取った。

〈神紅大学　ミステリ愛好会会長　明智恭介(きょうすけ)〉

サークル活動用に作ったものらしい。

神紅大学ということは、昨日アルバムを貸した芸術学部の葛形と同じだ。

明智の向かいに座った葉村という学生は、目が合うとぺこりと頭を下げた。所作に初々しさがあり、入学したての印象を受けた。

「こちらのお店のことは、立ち飲み屋の大将から聞きまして。気になる謎があったので、一度ぜひお伺いしたいなと」

「ああ、二千万で売れたボロビルのことか」

一瞬明智は葉村と顔を見合わせてから、尋ねた。

「なにか分かりましたか」

久夫は昨日妻と話して判明した、辺り一帯の地上げでもなく、またボロビルが特別な条件を備えているわけでもないことを説明する。

「結局のところ、買い手の人の勘違いなんじゃないかと思うんだよ。例えば、本当に買いたかったのは隣の夢園ビルなのに、不動産屋さんに間違った住所を問い合わせてしまったとか」

「さすがにそれは非現実的でしょう」

明智は困ったように眉尻を下げる。

「仮に間違った情報を伝えたとしても、不釣り合いな金額を提示されたら不動産屋が確認するはずです。でなければ信用問題になる。なにより――」

眼鏡をくいと押し上げて言い放つ。

「ミステリとして、面白くありません」

別に面白さは求めていないのだけれど、考えを否定されて久夫は叱られたような気分になる。昔から自分なりの想像を並べたり、客観的な視点で検討したりするのが苦手なのだ。店の経営に関することでも、迷っているうちに妻に尻を叩かれ、唯々諾々（いいだくだく）と従ってしまうのが常だった。今回も、

「じゃあ、どういうことなんだろう」

と自力での解決を放り出すような言葉が口をついて出た。

明智は顎（あご）に手を当てて、こう提言した。

「いったんボロビルから離れてみませんか」

「離れる？」

「買い手である人物X氏の目的は、ボロビルやその土地を手に入れることではないと考えてみるのです。X氏がボロビルを購入する前と後で、どんな変化が生じるのか」

話の道筋を立ててもらえたら、久夫もすんなりと考えを口にできる。

「塗井さんが、老人ホームに入った。今まで強情に独居を続けていたけど、安心できる生活に移ったんだ」

それを聞いて葉村という若者が尋ねた。

「塗井さんという方がボロビルでの独居にこだわっていた理由はなんですか？」

「引っ越しするには金銭的な余裕がなかったのと、お子さんと折り合いが悪くて同居を断られたかららしい」

「ひょっとして、そのお子さんが本心ではお父さんの身を案じて、ボロビルを購入することで老人ホーム入所の資金を送ったということでしょうか」

なるほど、それはありそうだ。しかもなかなか泣かせる、美談じゃないか。

「葉村君、その説も大して面白くないぞ。ひねりがない」

「知りませんって。ありえそうなことから考えているだけです」

久夫がひねりとはなにかと考えていた時、

「あんた」

振り向くと、妻の智子が会計台に座ったままこちらを睨(にら)んでいる。それで自分がまだ二人の注文すらとっていないことを思い出し、慌てて「飲み物はそちらから」とテーブル上のメニュー表を指し示した。

明智はアイスコーヒー、葉村はクリームソーダ。そそくさと厨房に戻ろうとする久夫に向けて、智子が言う。

「ビルを買ったのは、塗井さんのお子さんじゃないと思うよ」

久夫はびっくりして妻を見る。

「塗井さんの向かいに、煙草屋の駒場(こまば)さんがいたでしょ。去年店を閉めなさったけど、前にあの人から塗井さんのお子さんについて聞いたことがあるのよ。塗井さん、面倒を見てもらえないって周囲には散々言いふらしてたけど、実はそうでもなくて、毎月少しの仕送りはもらっていたんだって」

そんなこと初耳だ。

「仕送りと言っても一万円か二万円かで、塗井さんがそれにも厚かましく愚痴(ぐち)を言っていたって話だったね」

それを聞いた明智が、なぜか満足げに頷く。

「塗井さんと不仲なのに、お子さんは仕送りをしていた。その額からしてご家庭の経済事情に余裕があったとは思えない。そんなお子さんが、二千万円でボロビルを購入するのは考えにくいですね」

久夫はまたしても己の浅慮を恥じた。

だいたい塗井の年齢からして、孫がいる可能性は高い。二千万という大金があるのなら、学費など孫の将来への投資を優先するはずだ。なにが悲しくて、不仲で年老いた親のボロビルを買い取るのか？　俺なら絶対にやらない。

久夫が厨房で注いだ飲み物を、妻が伝票と一緒に二人の元に運ぶ。

ちょうど他の客足が途絶えたところで、若者二人の会話はカウンター内にまで聞こえてくる。

「塗井さんが嘘をついている可能性はないでしょうか」

と葉村が話し始めた。

「嘘？」明智も興味を示す。

「X氏は塗井さんに脅迫されて、ボロビルを二千万で購入せざるを得なかったんです」

話が突然不穏な方向に舵(かじ)をきったことに、久夫は驚きつつも感心する。若いと、そんな大胆な発想が出てくるのか。

すでに店を畳んでいるとはいえ、商店街の仲間が犯罪に手を染めているとは考えたくない。だが塗井が老齢に至ったことで人生の行き詰まりを悟ったのだとしたら……、ありえないことではない。

「これまで出た説の中では、一番面白いな」

「不謹慎の塊(かたまり)ですね」

葉村の苦言も意に介さず、明智は検討を始める。

「脅迫というのなら一度きりでは終わらず、複数回にわたって金をせびろうとするはずだ。一度に二千万というのはいささか欲張りすぎじゃないか。X氏も告発を恐れるあまり、破産してしまっては元も子もないだろう」

「X氏がそれに応えられるだけの資産家だったか、どれだけ大金を積んでも代えられないくらい重大な秘密なんでしょう。例えばX氏には愛娘（まなむすめ）がいて、彼女の婚姻を破談にさせかねない秘密とか」

なるほどなあ、と久夫もカウンターの奥で唸（うな）る。

自分も大資産家で同じ状況に立たされたら、脅迫に応じてしまうかもしれない。実際には娘はいないけれど。

その大胆な設定に、かえって明智は不自然な点を見つけたようだ。

「ずいぶん塗井氏に好都合な設定だが、それにしては彼の行動に余裕がないとは思わないか」

「余裕というのは？」

「安定志向すぎるということさ。打ち出の小槌（こづち）のような脅迫相手がいるというのに、まずは売り時を逸（いっ）したボロビルを買い取らせ、自分は老人ホームの入所契約を済ませるなんて。言っちゃあ悪いが、塗井氏はあと何十年と生きられる年齢ではあるまい。贅沢（ぜいたく）や豪遊をするなら今のうちだろうに」

「なるほど、そういう考え方もありますね」

葉村も同意する。

久夫の目には、二人は真相に先にたどり着くことを競うより、様々な可能性について考えを巡らせることを楽しんでいるように見える。

ともあれ、今の明智の反論を聞いて、久夫にも一つ、思うところがあった。先ほど妻の智子の話にもあったように、塗井は元々厚かましく、身勝手な性格の持ち主だ。だからこそ商売も子どもとの関係もうまくいかなかった。

そんな塗井が、都合のいい金づるを手に入れたとして、大人しく老人ホームになど入るだろうか。商店街でこれ見よがしに散財し、ボロビルの一室から逆転した自分の強運をひけらかす……気がする。

今回の説も否定寄りの保留となり、明智は一拍おくようにストローに口をつけた。

「まあ、あとはX氏の目的が、塗井氏をボロビルから引き離すことだったとかな」

「まるで『赤毛組合』ですね」

と葉村もクリームソーダを飲みながら笑う。久夫の知らない言葉だった。

その意味を尋ねようとした時、学校を終えた低学年らしき小学生男子の二人組が店のドアを開けて顔を覗（のぞ）かせた。

久夫が心苦しさを感じつつ、

「ごめん、ゲーム機は故障中なんだよ」

と伝えると、可愛らしく「えー」と口を揃（そろ）えながら、会計台にいた智子が差し出した飴玉（あめだま）を受け取り、外に駆けていった。

やりとりを見ていた明智が店の奥に視線を巡らせ、鎮座するテーブル型筐体に気づいた。

「おお、インベーダーゲームですか」

すかさず葉村が指摘を加える。

「正しくは『スペースインベーダー』ですね」

「正式名称は、な」

それを聞いて、つい久夫は嬉しさから口を挟んでしまった。

「正しくは、『スペースインベーダー』ではないんだよ」

きょとんとした二人だったが、明智は筐体の側（そば）に歩み寄り、眼鏡に人差し指を添えてまじまじと観察する。久夫もカウンターから出て近くでその様子を見守る。

四角いテーブルの真ん中に真っ暗なブラウン管の窓があり、座席側の正面の操作盤にコントロール用のレバーとボタン、その右横にコイン投入口がついている。素人目（しろうとめ）にはテレビでたまに見かけるスペースインベーダーそのものだが、操作盤にプリントされた文字を読んだ明智は、「なるほど」と声を上げた。

「海賊版ですか」

そのとおり。この店に置かれた筐体はタイトーの『スペースインベーダー』を真似て作られた、いわゆるコピー製品なのだ。

久夫は得意顔で語り始める。

一九七八年に『スペースインベーダー』が発売された直後は凄まじい人気で、注文が殺到したため製造が追いつかず、タイトーがゲーム業界紙に謝罪文を掲載したほどだった。もちろん他社がタイトーからライセンスを購入し、代わりに筐体を製造販売するシステムはあったのだが、当時は無許可でプログラムを模倣し、コピー製品を販売する行為が横行していた。一説によると出荷された正規品が約十万台なのに対し、コピー製品は約三十万台にのぼったという。

「これも正規品がなかなか流通しなかった時に出回ったものさ。当然販売元のメンテナンスなんてないから、なんとか修理しながら動かしているけど、昨日また故障してしまった」

久夫が語り終えてもまだ、明智は筐体の前にしゃがみこみ、操作盤を眺めている。

「どうかしたかい？」

「……いえ、残念ですね、プレイしてみたかったのですが」

その時、入り口が開いて客が入ってきた。常連の一人で、開口一番「ホット一つ」といつもの注文を告げてから席に座った。

久夫が二人に頭を下げてカウンターに戻ろうとすると明智が、

「では、我々もそろそろ失礼します」

と立ち上がるが、テーブルの伝票を手にしたまま尋ねてきた。

「このお店はずっと奥様と二人で？」

「ああ。そろそろ四十年になるよ」

「調理や、このゲーム筐体の管理はあなたが？」

「そうだね。お互いの得意な持ち場で頑張ってる」

智子も調理自体はできるのだが、夫婦で味に差があると嫌だからと、店を始めてすぐに今の形に落ち着いたのだ。

「なるほど――それは、素晴らしい」

満足げな笑みを残し、明智は二人分の会計をまとめて済ませて出て行った。

やはり変わった若者だった、と久夫は最後の会話のやりとりに違和感を抱きながら厨房の仕事に戻った。

グラフィティアートの件といいボロビル購入の件といい、日常から外れた物事は足並みを揃えてやってくるものなのだろうか。どうもあの若者には、久夫との会話以上の目的があったように思えてならない。

久夫は、先ほどの葉村の一言を思い出し、智子に尋ねた。

「『赤毛組合』って知ってるか？」

かつて文学少女だった彼女は、眉をひそめて言う。

「聞いたことないの？　シャーロック・ホームズの短編よ」

「あの有名な作家か」

「作家はコナン・ドイル。ホームズは主人公ね」

今度こそ完全に呆れた顔が向けられた。

「どんな話なんだ？」

今では滅多に本を読まなくなった妻だが、ミステリのオチをばらすのは主義に反するのか嫌な顔をする。それでもざっくりと作品の概要を説明してくれた。

そして最後に、久夫の目を見て告げる。

「――つまりは銀行に忍びこむ計画なのよ」

4

夕方六時。閉店時刻間際（まぎわ）になると、客の姿はなくなり、久夫は厨房の片づけに、智子はレジの締め作業に取りかかる。そんな中、

「ただいま」

という声とともに息子が店にやってきた。手には工具箱を持っている。

「良平（りょうへい）、もう来てくれたのか。急がなくてもよかったんだぞ」

「なに言ってんの。〝自慢の店員〟だろ」

と良平は笑う。今年四十歳になる彼は中小企業の電機メーカーに勤めており、ここから車で三十分ほどのアパートに住んでいて、店のゲーム筐体の調子が悪くなるたびに、修理に来てくれるのだ。久夫ら夫婦に機械の知識はからっきしで、久夫は電源を入れることと集金することしかできず、智子などは触れようともしない。

良平はさっそく筐体の電源を入れ、今回の状況を確認し始めた。久夫は「コーヒーでいいか」と尋ねてから、片づけたばかりのカップを取り出す。

良平が機械に興味を示し始めたのは、なにがきっかけだったか。クリスマスの懸賞で当たったサンタクロースの首振り人形が動かなくなった時、故障だからと諦（あきら）めた両親をよそに人形を分解し、歯車の噛（か）み合わせがずれたのが原因だと突き止めたのがそうか。

それからというもの、目覚まし時計やラジカセといった小物が壊れるたびにそれらは良平の研究対象になり、やがてご近所に壊れた家電はないかと尋ね回るほどになった。

息子の思わぬ特技に夫婦は喜んだ。店の経営が苦しい時期に工業高校に行って就職すると言い始めた息子を説得し、なんとか大学まで進学させたのは、そうでもしないと商売にしがみつく気力すらなくしてしまいそうな、親の身勝手からくる意地だった気もする。

だからこうして、満身創痍（まんしんそうい）のゲーム筐体の修理に来てくれた息子の背中を眺めるのは、久夫にとって嬉しい一時（ひととき）だった。

さっきの大学生二人の顔が浮かんだ。良平にとって機械がそうだったように、彼らにとっても謎とは、不明瞭なまま目の前に転がっているのを放っておけないものなのか。ひょっとすると、謎との付き合いによって彼らの生き方が大きく変わることがあるかもしれない。

六時を過ぎた。今度こそ店を閉めようと表の電飾付き看板を片づけ、入り口のシャッターを半ばまで下ろす。そしてシャッターをくぐって中に入った時、

「カトちゃん！」

と通りから声がかかる。

中途半端に下りたシャッターをくぐってきたのは、立ち飲み屋でもなじみの書道用具店の文田だった。

「びっくりしたよ、俺は」

興奮気味でまくしたてるので、いったいなんのことだと問い返す。文田はごくりと唾を飲みこんでから言った。

「例のボロビルの買い主のことさ」

一日の労働を終えてゆるんでいた糸が、ぴんと張りつめる。

伝票を整理していた智子が顔を上げた。良平も修理の手を止め、なにごとかとこちらを窺う気配がした。

「今朝のことさ。いつものように五時半くらいに散歩に出て、六時頃に帰ってきたんだ。その時には空もかなり明るかった。そうしたら男が一人、例のボロビルの前で立ち止まって、建物を見上げているじゃないか。いつもの散歩の時には見かけない姿だ」

そもそもそんな早朝に商店街を通る人は珍しい上、ほんの二日前に話題にした建物なのだから、

気持ちは理解できる。

「その男、年配なのは後ろからでも分かったんだが、映画俳優みたいな品のいいジャケットを着て、ハットまで被っているもんだからここの雰囲気から浮いているんだ。俺に気づいたのか男は会釈をするとその場を立ち去ってしまった。男の額に大きなほくろがあるのが一瞬見えて、どこかで見覚えがあるような気がしたんだが――」

文田自身が驚きを抑えられないというように、目を一際大きく見開いた。

「中絵図さんだよ。覚えてないかな。昔、夢園ビルにデザイン事務所を構えていた」

珍しい名前ゆえに久夫の知り合いには一人しかいない。だがその姿を思い出すのに少しの時間が必要だった。


文田が帰るのを見送り店のシャッターを下ろすと、智子は二階に上がってしまい、父子二人だけになった店内を沈黙が満たした。

止めていた作業を再開しながら良平が、

「中絵図さんって人がどうかしたの」

と尋ねてきたので、久夫はボロビルを巡る一連の情報と、昼間に明智らとの間で繰り広げた推理について聞かせた。

「お前はまだ小さかったから、覚えていないだろうな。この店にもよく来てくれていたんだが。中絵図さんは俺より一回り年上で、夢園ビルの二階にデザイン事務所を構えていたんだ」

先ほどの文田の話では、昼間に不動産屋を訪ねると、口の軽いタカシはボロビルの購入者が中絵図という名前であることを白状したという。良平と同年代のタカシや、およそ二十年前に商店街にやってきた塗井が中絵図のことを知らなかったのも無理はない。

「中絵図さんはどうして商店街からいなくなって」

「他の場所に移っていかれたんだ。……一緒に働いていた奥さんが、交通事故で亡くなって」

久夫の声は自分でも驚くほど沈んでいた。

無意識のうちに店の中央、昼間に明智と葉村が座っていたテーブル席に視線が移る。

三十数年前、中絵図が妻の事故の一報を聞いたのは、まさにその席でのことだった。

中絵図はかつて勤めていた大手デザイン事務所で妻と出会い、結婚を機に独立してこの商店街にやってきた。背が高く、いつも仕立てのいいスーツに身を包んでいた。

脱サラして店を持った久夫に独立後の自分の苦労を重ね合わせたのか、よく夫婦で店に昼食を食べに来てくれた。今思えば、あれだけ仕事の評判もよく金に不自由しなかったであろう二人だ。当時はこの商店街の近くにも手の込んだ料理を出す店はいくつもあったのに、

『ここのスパゲティが、味と量のどちらもお昼にちょうどいいんだよ』

と誉めてくれた。

すると、二階に上がっていた智子が階段を下りてきて言った。

「しばらくは別の会社で働いて、その後また名古屋で新しい事務所を開いたんだよ」

智子が持ってきたのは、年賀状の束だった。どれも一目で市販品ではないと分かる独創的な干支のイラストに、直筆で短く現況が記されている。

「年賀状のやりとりがあったのか」

「十五年前までだけどね」

久夫はばつの悪さを感じながら手渡された年賀状に一枚ずつ目を通す。

お中元やお歳暮のやりとり、知人へのお祝いといった行為を、昔から智子に任せきりにしていたのである。きっと妻のことだから、毎年のように年賀状の内容も話してくれていたはずなのに、久夫はちっとも覚えていない。

中絵図の年賀状に書いてある名古屋のデザイン事務所をスマホで検索した良平が、驚きの声をあげる。

「結構大きい事務所だよ。大手の飲料メーカーのパッケージも手がけているんだって。代表者は違う名前だから、引退したのかな」

「もう八十歳近いはずだからな。ともかく、これだけ成功していたのなら、二千万円を即金で払うことができても不思議ではないはずだ」

しかし良平は腑に落ちない顔をしている。

「中絵図さんは今さらボロビルなんかを買い取ってどうするつもりなんだろう」

久夫は専門の仕事に長年身を捧げ続けたであろう中絵図の心中に思いをはせる。仕事においては情熱を燃やし尽くし、いずれ訪れる人生の終わりに向けて心残りを消化していく段階にあるのではないだろうか。

その上で再びこの商店街と関わりを持つ理由があるとすれば、在りし日の奥さんと開いたデザイン事務所のことしか思いつかない。

「最初に奥さんと独立した思い出の土地で、残された時間を過ごしたいと考えたんじゃないだろうか。それで隣のボロビルの店が閉まっていることを聞きつけ、ビルごと買い取ることにした」

記憶にある優しい中絵図なら考えそうなことだ、と久夫は感じた。

二千万円というボロビルにそぐわぬ大金で買い取ったのも、八十近い年齢を迎えた中絵図が急いていることの証左のように思える。

しかし智子は違った考えのようだ。

「思い出の場所で過ごしたいのなら、隣のボロビルじゃなくて、はじめから夢園ビルを選ぶんじゃないの」

「え？」

「中絵図さんの事務所だった二階は輸入雑貨の会社が使ってるけど、三階はしばらく借り手がついていないはずよ。隣とはいえ全く別のビルを買うより、同じビルの別フロアを借りた方が、思い入れのある間取りだし、経済的だと思うけど」

夢園ビルに空きがあるとは知らなかった。

ではなぜ？

最愛の妻を亡くした中絵図。夢園ビルの空きフロア。隣に建つボロビル。二千万円。出ていった塗井。

これまでの情報が久夫の頭を巡るが、昼間の明智たちのように筋の通った推論を組み上げることができず、いつまでもガチャガチャとぶつかり合っている。諦めかけた時、目の前に立つ妻の姿から一つの会話を思い出した。

『――つまりは銀行に忍びこむ計画なのよ』

家族三人で夕飯をとった後、良平を近くのコインパーキングに停めてある車まで見送ろうと、二人で外に出た。

ゲーム筐体は良平が中古で買いだめしているパーツを使い、ちゃんと起動するように直してくれた。

「これ以上の故障となると、中の基盤自体を入れ替えなきゃいけなくなりそうだ。中身が全く別のゲームになってしまうから、どうせなら新しい筐体を買った方が面倒は減るだろうね」

良平自身も遊んだことがあり、あのゲーム筐体が店に様々な縁をもたらしてくれていることを承知しているからこそ、そう言うのだろう。しかし、

「その時が潮時なのかもなあ」

と久夫は吐き出す。

「店、辞めるの？」良平が尋ねた。

智子にはまだ相談もしていない。だが、塗井や中絵図のことがあり、自分たちの今後について真剣に考えるべきタイミングが訪れたような気がした。

「今すぐというわけじゃないが、建物が無事なうちに買い手を探しておいた方がいいかもしれない。古くなればなるほど大がかりな修繕が必要になるだろうし。それに、俺もかあさんも勤め人ならもう定年をこえている。思い残しのないように時間を使わないと」

年末年始をのぞけば店の休みは毎週水曜日のみ。夫婦で旅行をしたのは、新婚旅行が最後だ。これまで店を守っていくという理由で、どれほど智子に我慢を強いてきただろう。

「そうかなあ。もちろん母さんが頑張って支えてくれたと思うけど、お互い様だよ。父さんだって、ろくに小遣いもないのに我慢してきてくれたじゃないか」

久夫はつい言葉に詰まる。毎週末の飲みにまつわる秘密に、息子や妻はどれくらい気づいているだろうか。

コインパーキングで久夫が料金を払い、車が通りに出るまで見送る。

するとと運転席の窓が下がり、良平が告げた。

「父さんはさ、自分のことを頼りないとか母さんに迷惑をかけたとか思ってるかもしれないけど、母さんが嫌がることは絶対にしなかったじゃないか。そういうところ、実はすごいことなんだってこの歳になって思ったよ」

久夫が返事に詰まるうちに、車は角を曲がって視界から消えた。

母さんが嫌がることは絶対にしなかった。

その指摘は、予想外だった。

これまで妻には散々せっつかれ、呆れられ、尻を叩かれてやってきた。それは、嫌な思いをさせるのとは違うのだろうか。

小さく地味にまとまって、中に詰まったものを知り尽くしたつもりだった自分の半生に、見知らぬ箱が隠れているのを見つけた気分だ。

知らず、足は自分の店でなく件のボロビルの方に向いていた。時刻はもう午後八時を過ぎ、ほとんどの店が今日の営業を終えている。ボロビルの隣に建つ、夢園ビルの一階のドラッグストアもまた、白衣を着た店員が目の前でシャッターを下ろすところだった。

その夢園ビルから三十センチほどの隙間を挟み、塗井が手放したボロビルが建っている。まだ次の開業に向けて手がつけられた様子はなく、通りに面したどの窓も暗く沈んだまま人の気配を感じない。

元は百貨店として建てられた大きな夢園ビルと、身をねじ込むように建つボロビル。二つの建物の隙間から見上げてみると、それぞれの二階と三階の窓がほぼ向き合う位置にあるのが分かった。夢園ビルが完成した後に建ったボロビルの窓は、かろうじて人がくぐり抜けられるくらいしかない。換気さえできればよいということか。

　久夫の中で、不穏な想像が頭をもたげる。

　もしボロビルを買い取った理由が、ボロビル自体ではなく、隣の夢園ビルにあるとしたらどうだろう？

　商店街の象徴でもある夢園ビルはテナントが入っているぶん、メンテナンスや日頃の管理もきちんとされている。ビルの入り口はもちろん、各フロアのドアも防犯対策が施されているだろう。だが、ボロビル側の壁にある窓は別だ。夢園ビルの窓さえ開けるなり割るなりすれば、ボロビルから移るのは簡単に思える。

　どこかのテナントに金になるもの――なにかの権利書であったり、誰かを脅迫できるような情報か――があるのなら、ボロビルを買う理由になる。夢園ビルの、空きフロアを借りるのでは駄目なのだ。

　中絵図は商店街を去った後もデザイナーの仕事を続け、新たに立ち上げた事務所も軌道に乗せるなど成功したようだ。しかしあくまでそれはネットに載っていた、表面上の姿だ。

　何事も表と裏の顔がある。勢いのある、華やかな商売が安泰だとは限らない。商店街で生きてきて、久夫は色んな人生を目の当(ま)たりにしてきた。時流にのって繁盛していたはずなのに、わずか数年で閑古鳥(かんこどり)が鳴いた店。商売を続けるため、もっと安い土地に移っていった隣人。商店街では朗らかな人柄で知られていたのに、困窮(こんきゅう)からスーパーでの万引きに手を染めた老人。そして商売は順調だったが、突然の不幸によって家族を失う者……。

　いつ、どこに落とし穴があるかは分からないものだ。志高く特定の分野の高みに上り詰めた人にしか分からない悩みがあってもおかしくはない。

だが、それでも。仲睦まじい夫婦だった中絵図が、思い出の場所の近くで犯罪に手を染めるとはどうしても思えなかった。

と、久夫は背後に人の気配を感じた。

ずっと突っ立っていたので怪しまれたかと思い振り返ると、そこには仕立てのいいジャケットに身を包んだ老紳士が立っている。アーケードの照明は明るく、その顔はよく見えた。

この紳士のしゃんとした立ち姿、そして文田の話にあった額の大きなほくろ。

「――中絵図さんですか?」

遠慮がちに呼びかけると、老紳士は最初こそ警戒するようにこちらを見たが、ややあってその目を見開いた。

「ああ……、ひょっとして、喫茶店の」

「加藤です」

待ちきれず久夫が名乗ると、老紳士の顔から硬さが消えた。

「懐かしい。元気にされていましたか」

「いや、はい。相変わらずで」

まるでドラマか小説のような巡り合わせに、久夫はうまく言葉を繋ぐことができなかった。

「中絵図さんの方は、なぜこんな時間に? たしか今は名古屋で……?」

「昨年、現役を引退しまして。今は後輩たちに会社を任せています」

昔のままの、低く落ち着いた話しぶりである。

懐かしさがこみ上げると同時に、夢園ビルへの侵入と窃盗なんてやはり勘違いだったのだと、久夫は自分に言い聞かせた。

「中絵図さん」だからこそ、はっきりと否定してほしい。「この商店街に戻ってこられるんですか」

中絵図の目が、かすかに泳ぐのが分かった。

「噂で聞いたんです。中絵図さんが、このボロビルを購入したって。本当に？」

少しの沈黙の後、中絵図が吐露（とろ）した。

「私がビルを買ったのは、本当です。しかし商売を始めるわけではありません」

「なら、どうして」

「思い残したことがあるんです。このままでは、私は絶対に後悔してしまう」

なおも質問を重ねようとする久夫を遮るように、中絵図は深々と頭を下げた。

「商店街の皆さんには、ご迷惑をかけると思います。お恥ずかしい限りですが、ご勘弁願います」

不意を打たれて固まった久夫を置き去りにして、中絵図は踵（きびす）を返し去っていく。

追いかけるのもはばかられ、その姿が消えるのを見送ってから、久夫は最後のやりとりを反芻（はんすう）してみた。

中絵図は「迷惑をかける」と言った。やはり彼はボロビルを利用して、なにかをするつもりなのだ。しかし、「思い残し」という言葉からは金銭的なトラブルの匂いがしない。

ため息をつきながら家路につく。

もし本気で中絵図の真意を質（ただ）すのであれば、名古屋のデザイン事務所を介して連絡を取ることくらいできるだろう。だが、久夫に染みついた臆病さが、そうまでして他人の事情に深入りすることを躊躇（ためら）わせる。

記憶の中の格好いい中絵図のままでいてほしかった。辛い経験から立ち直り、報われた人生であってほしかった。

——なあ、お前だってそう思うだろう?

久夫は一人、虚しげに通りを照らす商店街のネオンサインに語りかける。

5

翌朝。開店の準備を進めながらも久夫の頭からは、昨夜会った中絵図の姿が離れなかった。

智子には会ったことを話していない。彼が商店街になんらかの損害を与えることを計画しているなんて、言いたくなかったのだ。もしそれについて尋ねられたとしても、答えられることなどないのだし。

——今日は、あの若者たちは来るだろうか。

久夫は昨日現れた明智と葉村の姿を思い浮かべた。

この謎を知って目を輝かせていた彼らは、中絵図の行動を元にどんな知恵を働かせるだろうか?

「もうこんな時間か」

久夫は時計を見て独りごちた。思っていたよりも早く開店時間が迫っている。のろのろと考えごとをしているせいで作業の手まで遅れていた。

「あんた、昨日これを見つけたんだけど」

二階から下りてきた智子が、古びた冊子を差し出した。それは家族写真を収めたアルバムだった。智子が示したページには、息子が小学生だった頃まで商店街で行われていた、春の〈藤まつり〉の写真があった。

「芸術学部の子に渡してあげた方がいいかしら」

〈藤まつり〉を描くかどうか分からないが、渡しそびれた資料があるというのは心残りだ。採用されるかどうかは別として、できるだけの協力はすべきだと思った。

「そうだな」

開店後、暇を見計らって葛形に電話する。午後に時間があるのでお店に伺いますと、明るい声で返事があった。

午後二時を過ぎた頃、学校を終えた小学生二人組がインベーダーゲームをしにやってきた。息子が修理してくれたばかりのゲーム筐体はなにごともなく作動し、さらに後からやってきた三人組と入れ替わった頃、葛形が姿を見せた。

「うわあ、ありがとうございます」

三十年前の〈藤まつり〉の写真を前に、葛形が嬉しそうに両手を合わせる姿を見て久夫は安堵した。

葛形がアルバムを傷つけないよう、鞄の中を整理するため他の預り物を取り出した時、クリアファイルに他の店から預かったらしき写真が挟まれているのが目に入った。

「その写真は……？」

久夫が気を引かれたのは、そこに写っているのが白無垢と紋付き羽織袴の結婚写真で、やや色が褪せながらもプロが撮影したと分かる一枚だったからだ。

「写真館の方から提供してもらったんです。この商店街の方が結婚した際に依頼されて、お店の前で撮ったそうです。出来が良かったので、許可をもらってしばらく見本写真として飾っていたんだとか」

構図は少し引き気味で、クリーム色のモダンな造りのビルに対してやや斜向(はすむ)きに新郎新婦が立っている。そのビルは随所にモダン建築風の意匠が施(ほどこ)され、正面入り口や側面の壁にしつらえられたお洒落(しゃれ)なアーチ窓には二人の門出(かどで)を祝う花飾りがあふれていた。

だが久夫は腑に落ちない思いで首を傾げた。

「これは……どこの建物なんだ？」


週末の土曜日。六時を迎え、夫婦は締めの作業に入る。久夫は今日も子どもたちが遊んでいったゲーム筐体の電源を切り、一週間分の売り上げを回収して伝票整理をしている智子に渡す。

何十年と繰り返してきた作業だが、今日の久夫は久しぶりに晴れやかな気分だった。

「出てくるよ」

妻に伝え、いつものように飲みに出ようとして、久夫は足を止めた。

「どこか、行きたい場所はあるか？」

唐突な問いに、智子は怪訝(けげん)な顔になる。

「なによ、急に」

「海外旅行に行きたいって言ってたろう。店を始めてからずっとそんな機会はなかったし……後回しにしてるうちに、お互い体が動かなくなってもアレだしな」

これまでお前のおかげで店を続けてこられたし、息子も立派に育てることができた。

久夫はそんな普通の感謝すら言えず、もごもごと口ごもってしまう。

「気持ち悪いわねえ。なにか企んでいるの」

「そうじゃなくて、苦労をかけてばかりで贅沢もさせてやれなかったし」

「そんなのあんたも同じでしょうに」

そうじゃないんだ、と久夫は肩を縮こまらせた。

長年積もらせてきた罪悪感をここで清算しなければ。

「あのな、俺はずうっと昔から土曜日には散歩のふりして、飲みに行ってたんだよ」

それを聞いて智子はぐうっと眉根を寄せ、

「知ってるわよそんなこと」

なにを言ってるんだこいつは、とばかりに返してきた。

「まさか隠しているつもりだったの？　あんたの秘密のお小遣いのことも？　呆れた。こりゃあ あんた、一生悪いことはできないわね」

予想外の智子の反応に、用意していた言葉は吹っ飛んでしまった。

智子はやれやれとばかりに右肩を回しながら言う。

「私だって自分のやりたいことを選んで生きてきたし、迷惑だと思ったらそう言うわよ。苦労なんて言い始めたら、どんな生き方をしたって逃れられないものでしょう」

実に智子らしい、あっけらかんとした物言いである。

「それに自分でどう思ってるのか知らないけど、あんたは偉ぶらず無茶もしないし、月に数千円ぽっちでガス抜きしてくれるんだから、私にとっちゃいい〝物件〟だわよ。そういうわけだから早く行ってきなさいな」

まるで化かされたような気分のまま、久夫は店を出ようとする。

「海外旅行のことは覚えとく」

小さくまとまった、たかが知れた人生だと思っていた。けれど妻や息子にとってそう悪いものではなかったのだとしたら、なにがそうさせてくれたのだろう。久夫はずっと妻を騙しおおせていると思っていた。妻はそれに気づきながら、暗黙の了解のつもりで見逃していた。もし指摘されていたら小心者の久夫は立ち飲みの習慣をやめ、それが不満を積もらせる要因になった可能性もある。正解は分からない。だがつまるところ、家族としてうまくやってきたということなのだろう。

そう久夫は自分を納得させ、いつものように書店に寄ってから立ち飲み居酒屋に足を向ける。

「いらっしゃい」

間仕切りカーテンを開けると大将の呼び声とともに、

「どうも、また会いましたね」

先にカウンターの奥でビールジョッキを傾けていた、アロハシャツの青年が挨拶をした。明智である。他に客はいない。

なんとなくだが、久夫も彼に会いそうな気がしていた。三度目の邂逅（かいこう）に動揺することなくメニューを眺め、三三〇円のビールと二五〇円のだし巻きを注文する。

「葉村君は一緒じゃないの？」

「彼はまだ未成年なので」

明智の答えに、今の時代はそういうのが厳しいんだな、と久夫は思った。

ビールを少し飲んで一息つき、久夫は切り出した。

「君たちも追っていた、謎が解けたよ」

「ほう」明智が目を丸くする。「例のボロビルのことですか」

「小説の主人公のように格好良くはいかなかったが、いくつかの偶然のおかげで分かったんだ」

久夫は今週の月曜、明智らが喫茶店に現れた後に起きたことを順序立てて説明する。

昔、夢園ビルでデザイン事務所を立ち上げた中絵図という人物がいたこと。夫人の死後、彼が商店街を去ったこと。例のボロビルと夢園ビルはほとんど接するくらいの距離にあり、それぞれの窓を通って侵入できるのではないかと考えたこと。同じ日の夜、ボロビルの近くで中絵図と再会し、その際彼から「迷惑をかける」と言われたこと。

そして最後に、葛形が写真館から提供してもらったという、新婚夫婦の写真について。

「不思議なことに、俺ははじめ、その写真に写っている建物がどこか分からなかったんだ」

「なぜでしょう」

明智は端的に先を促す。

「今と建物の様子があまりにも違っていたからだよ。当時拡張工事が始まったばかりの場所ではアーケードがついてなくて、建物の上に広々とした青空が広がっていた。その上、周囲には建物が少なくて、今では見ることができないビルの側面が写っていたから」

それに気づいた時、久夫の中で絡んでいた糸がするりと解けた。

「写真の建物は夢園ビルで、新婚夫婦は中絵図さんたちだった。二人は勤めていた事務所から独立したのと同時に結婚式を挙げ、夢園ビルに自分たちの事務所を構えたんだ。あの写真は、中絵図さんにとって人生で最も幸福な時間の一つを写したものなんだと思う。——だから人生を振り返った時、中絵図さんはもう一度新婚時代の、先行きは不安だったけれど楽しかった日々の光景を目に焼きつけたいと願ったんじゃないだろうか」

「すると、中絵図氏が隣のボロビルを買い取ったのは、夢園ビルに侵入するためではなく……」

「ボロビルを解体し、夢園ビルの側面を露出させてかつての姿に近づけるためだった。彼は解体するだけのために、二千万を払って塗井さんに生活の場を移させたんだ」

いかに寂れた商店街といえども、店舗から人を立ち退かせるのは容易なことではない。今回も金銭で話をつけられるのは右隣に建つボロビルだけだった。しかし、思い出の写真の光景を再現したいのなら、正面と側面の二面が見えていれば十分だ。

「迷惑をかけるというのは言葉の通りで、解体作業にかかれば騒音や粉塵で気を遣うからね。中絵図さんからすれば、我欲のために商店街の平穏を乱すようで申し訳なく思ったんだろう」

まして三十年以上前に商店街を離れた身でそういった行動を起こすのだから、中絵図としては余計に後ろめたさを感じたはずである。

話を聞き終えた明智は、三分の一ほどビールの残ったジョッキを揺らしながら、深く感じ入るように頷いた。

「事務所として使うのでも、侵入経路として利用するのでもなく、ただ壊すために大金をはたいて購入したとは。小説でもなかなか見たことのない動機ですね。その後、中絵図氏とは？」

「昨日、名古屋の事務所を介して連絡を取ったよ。やっぱり推測は当たっていた。そもそも八十年ほども前に建てられたビルが当時の姿のまま残っていることが奇跡的だから、中絵図さんは今回の計画を思いついて、どうしても諦められなかったそうだ」

中絵図夫妻が再び揃って写真に写ることは叶わないし、夢園ビルも今では他人の職場だ。それでも二人の輝かしい生活がスタートした時の光景を見ることが、少しでも中絵図の救いとなるのなら、力になりたい。例のグラフィティアートの企画を通じて商店街の組合に夢園ビルの価値を訴え、汚れているであろう側壁を綺麗にするよう働きかけるとか。中絵図に恩を返せるのなら、ここで歳をとった意味も増す。

　黙って話を聞いていた大将が感慨深げに声を漏らす。

「もうすぐボロビルがなくなる代わりに、約四十年ぶりに夢園ビルの側面が拝めるわけか。そりゃあ楽しみだな」

「明智君たちも気になっていたみたいだし、こうして結果を話せてよかったよ」

　たくさんしゃべったせいか、いつもよりもジョッキが空になるのが早い。久夫は壁に貼られた品書きに目をやり、今日は謎の解決祝いも兼ねて四二〇円の芋焼酎(いもじょうちゅう)の水割りにしようと決める。

「大将、次は——」

「芋焼酎、ですか？」

　不意に挟まれた明智の声に、久夫は思わず彼を見た。彼と飲みの場で会うのはまだ二度目だ。注文するものが分かるはずがない。

「どうして分かった、という顔をしていますね」

　明智が得意げに、人差し指で眼鏡を押し上げる。

「あなたは一つ勘違いをしてらっしゃる。俺と葉村君がボロビルの謎に興味を抱いて喫茶店に来たとお考えのようですが、俺たちの目的はまったく違うものにあったのです」

「それはいったい……」

　久夫は仄(ほの)かな酔いも忘れ、背筋が寒くなるのを感じた。

「俺たちが追っていた謎とは、加藤久夫さん、あなたのことなのですよ」

明智の思わぬ発言に、久夫もカウンターを挟んで立つ大将も訳が分からぬといった顔で動きを止めた。

「俺が、君たちが追っていた謎だって？　自慢じゃないが四十年間、喫茶店を切り盛りしているだけのただの親父だよ。特別なこともできやしないし、中絵図さんのように蓄えがあるわけでもない」

「だからこそ興味深いのです。あなたは意図せずして、我々の間でも有名なある日常の謎に関与し続けていた。それは――『五十円玉二十枚の謎』」

聞き覚えのないフレーズだ――しかし。

それを耳にした時、久夫の脳裏に「まさか」と閃くものがあった。

明智はいかにも楽しそうに説明を始めた。

『五十円玉二十枚の謎』という本は、作家の若竹七海氏が大学生の頃にアルバイト先の池袋の書店で経験した話が元になっている。土曜日の夕方になると、その書店にある男性客がやってくる。彼は書棚ではなくまっすぐレジに向かい、五十円玉を二十枚並べて千円札に両替するように頼む。それが毎週同じように続くのである。

彼はなぜ毎週書店で五十円玉を千円札に両替するのか。そして五十円玉はなぜ毎週彼の手元にたまるのか。

「元になった体験は、一九八一年頃の出来事であったと考えられます。それから三十年以上経ったつい先日、この商店街の書店でバイトをしている大学の友人が、まったく同じ話を俺に聞かせてくれたのです。しかも東京ではなくこの関西で。言うまでもなく我がミステリ愛好会ではこの謎を喫緊のテーマとし、その書店で男性が現れるのを待ち構えました。そして現れたのがあなたでした」

つまり先週、この店に来る前から久夫の行動は見張られていたわけだ。

「それなら直接訊いてくれればよかったのに」

「それじゃあミステリを愛する者として芸がなさすぎます。――ともかく、この謎を構成する要素の一つ、『なぜ五十円玉を千円札に両替するのか』に関しては、すぐに答えが見つかりました」

明智はすっと久夫の前に並ぶ品物を指さした。

「あなたは前回、三三〇円のビールと二九〇円のポテトサラダ、そして九〇円の味付け海苔と二八〇円の梅サワーを注文しました。そして今回は三三〇円のビール、二五〇円のだし巻き、四二〇円の芋焼酎の水割り。これらの法則性は簡単に分かります。あなたは毎回合計千円ギリギリになるよう注文をしている。センベロというやつです」

明智いわく、センベロとは千円でベロベロに酔える店を示す俗称で、作家の中島らも氏が広めた言葉とされているらしい。

指摘の通り、久夫はこの店で使う金額を毎週千円だけと決めているが、一つの反論を試みた。

「それでもさっき、残金の四二〇円以内で注文できるものは他にもあった。どうして芋焼酎だと分かったんだ？」

「そりゃあ、だし巻きは半分残っていて、グラスだけが空になっていましたからね。前回ポテトサラダの食べ方を見て分かりましたが、あなたは飲み食いのペースを細かく考えるタイプだ。今回は飲み物のおかわりだけで残金を使うのではないかと考えたまでです」

それにメニュー当てには経験がありますから、と明智は付け加えた。

「五十円玉を千円札に両替する理由は、外で使いやすいからと考えるのが普通でしょう。この店で毎週五十円玉を二十枚も渡すのはさすがに迷惑がかかる。それに比べたら他で両替した方がいいと考えたのでしょう」

もちろん当初はそれが理由だった、と久夫は内心で頷いた。

けれどもう一つ大きな理由がある。それはこの店の常連客、文田の存在だ。先週もここでビルの件を話したように、彼は明智が思う以上に噂好きなのである。もし五十円玉での会計の様子を彼に見られたら、どんな変てこな噂として商店街に広まるか分かったものではない。だから事前に千円札に両替してくる必要があった。

明智の説明は続く。

「毎週五十円玉を二十枚も集めるのも、商売をしている人間であればそう難しくはない。ただその場合、自分の店に千円札があるはずですし、集まった五十円玉を釣り銭として使うこともできます。なぜ〝わざわざ書店で〟両替するのかの説明が必要になります」

明智に言われて初めて、久夫にとっては当たり前であった行動が、他人にとってはいかにも不可解に見えていたことに気づく。

「理由はいくつか考えられますが、一つは商店街の営業時間です。この藤町商店街では、加藤さんの喫茶店が閉まる午後六時以降も営業している店はそう多くない。さらに飲み代(しろ)に使うことを考えれば、両替はなるべくこの立ち飲み屋の近くで済ませたい。それらの条件を満たすのがあの書店でした」

明智の言うとおりだ。書店の店長とは昔からの顔見知りだし、喫茶店に置く週刊誌やファッション誌をあの書店で購入し続けているため、毎週の両替にも文句を言われず習慣化していた。

明智は続ける。

「もう一つの理由は、加藤さんの喫茶店に行ったおかげで分かりました。やはり推理に必要なのは、現場に足を運ぶことですね。あの五十円玉は、ゲーム筐体のプレイ料金で集まったものだったんですね」

久夫は頷いた。

一九七八年にスペースインベーダーが流行し、それに陰りが見え始めた頃から、久夫は店にあるコピー筐体のプレイ料金を半額に——つまり五十円に引き下げた。その頃から久夫の手元には大量の五十円玉が集まっていたのだ。

スペースインベーダーの最盛期には到底及ばないが、今でも毎日数人の小学生がプレイしに訪れるため、毎週二、三千円分の五十円玉が貯まる。そこから千円分を飲み代に使うのが、もう三十年以上続く久夫の習慣だった。

「ここで重要だったのが、奥様の存在です。店内での役割分担を見る限り、厨房には加藤さんが立つ代わりに、会計の仕事は必ず奥様がやっていた。となると伝票の整理も奥様が担当しているのでしょう？　そこに五十円玉の両替の件を合わせて考えれば、一つの仮説が浮かびます。ゲーム筐体から取り出した五十円玉を飲み代にしていることを、奥様に知られたくないのではないか？」

久夫の口から力の抜けた笑いが漏れた。まさかそんなことまで見抜かれてしまうとは。

「その通りさ。カミさんに面と向かって小遣いをせびる勇気も、俺にはなくてね。カミさんが機械に触ろうとしないのをいいことに、ゲーム筐体の五十円玉をちょろまかして飲み代に使うようになったんだ。千円を超えた分はちゃんと渡しているけどね」

それが妻にもバレていたと分かった今、つくづく浅ましい企みだったと思う。

しかし明智の言う『五十円玉二十枚の謎』の元となる出来事が東京であったのだとしたら、遠く離れた土地にも自分と同じ境遇の人間がいたのかもしれない。それはそれで愉快な気がした。

焼酎が体を巡り、ほどよい心地よさが頭を揺らす。久夫は明智に尋ねた。

「こんな真相だと分かって、魅力的な謎のままであった方がよかったとは思わないかい？」

「とんでもない。謎はそのままで魅力的な面もありますが、それでは自分の見えていないものに気づけません。加藤さんの人生あってこその解決、堪能させてもらいました」

そうか、と久夫は呟（つぶや）く。

胸を満たした感情の正体が、久夫にはよく分からない。ただ、自分が大した価値を認められずにいた人生も、他者の目を通せば意外と味のあるものなのかもしれないと思う。

知らず知らずのうちに、自分が日常の謎という物語の中心にいたように。

その時、明智のジョッキが空になっていることに気づいた。

「大将、彼におかわりをあげてくれ。俺の持ちでね」

明智が今日初めて、驚いた表情を浮かべる。

「いいんですか？　千円を超えてしまいますよ」

久夫は弾んだ声で返す。

「構わないさ。我知らず日常の謎の中心にいた出題者からの、ささやかな賞金だよ」

商店街の外れ、小さな立ち飲み屋で三十年続く息抜きだが、今日ばかりは少し長引くはずだ。

泥酔肌着引き裂き事件

1

最初に感じたのは耳障りな振動音だった。

ついで、微妙な肌寒さ。

目蓋(まぶた)越しにぼんやりと光を感じたところで、ようやく意識が浮上する。

わずかに開いたカーテンの隙間から差し込んだ日光の筋が、目を直撃していた。

振動音の正体がスマホのバイブレーションであることにはすぐ思い至ったが、長く聞き慣れない音のパターンが不安を呼び、眠気が晴れた。

メールではなく電話着信か、と鈍(にぶ)い頭で理解するが、スマホは勉強机の上にあり手を伸ばしたところで届かない。とりあえず枕元の液晶の置き時計に目をやると、時刻は午前九時過ぎ。ただし曜日を示す〈ＳＡＴ〉の文字を見て、寝過ごして講義に遅れたわけではないと安心する。

スマホは俺を詰(なじ)るように振動し続けている。仕方なくベッドから起き上がると、後頭部でばね仕掛けのように寝癖が跳ねるのが分かった。

ようやくスマホを手に取る。

《明智(あけち)さん》

画面に表示された名前である。

はっきり言って、いつもなら厄介ごとが持ち込まれる前兆なのだが、彼のスマホからは昨夜電話を受けたばかりだ。用件に察しがついたので、迷わず電話に出る。

俺だ、と聞き慣れた声が聞こえた。

「おはようございます。昨夜は大丈夫でしたか」

『そのことで訊きたいことがある』

おや、予想した展開と違う。てっきり開口一番、「昨日は迷惑をかけた」という労いの言葉がかけられると思っていたのだが。

「明智さん、もしかして昨夜のこと覚えてませんか」

『これっぽっちも。さっき同級生に連絡して、君の世話になったと聞いたところだ。それについては礼を言おう』

どうやらがっつり二日酔いらしく、声に覇気がない。

「それで訊きたいこととは？」

『さっき起きたんだが、極めて不可解な状況なんだ。なぜこんなことになっているのか、途方に暮れているところだ』

「なにが起きたんです」

『説明するよりも見てもらった方が早い。悪いが今から来てくれ』

こうなったら明智さんは意見を曲げないし、こちらとしても現場の様子に興味が湧く。

電話を切り上げると、手早く着替えと身支度を済ませ、家を出る。明智さんの住む単身者用マンションは隣駅のエリアにあり、自転車で十五分ほどだ。

俺はペダルを漕ぎながら、昨夜の出来事を整理した。

昨夜、明智さんのスマホから着信があった。午前中に台風が過ぎ去り、全国的に蒸し暑い午後を過ごした深夜零時近くのことだった。

俺は古書店を探し回ってクレイグ・ライスの『マローン殺し』を入手し、読書に最適な角度に整えたビーズ入りクッションに身を沈めて読み進めるうちに、ウトウトと居眠りしていた。湿気を払うためにつけたエアコンを切り忘れていたせいで、部屋は寒いほどだった。

こんな時間に珍しいと電話に出てみると、スピーカーから聞こえてきたのは明智さんではない人の声だった。

『もしもし、葉村君ですか』

そう歳は離れていないだろう男性の声。同じ大学の人らしいと察して、俺は訊いた。

「そうですが、どちら様でしょう」

『理学部三回生の只野と言います。夜分に申し訳ない。これ、明智君のスマホなんだけど、彼のことで頼みがあって』

只野の説明によると、先日終わったある専門科目のグループワークの打ち上げとして、明智さんを含む同じ班のメンバー六人で飲みにいくことになったそうだ。

『明智君って普段、同じクラスの人間と飲みにいくことがないから、どんな飲み方、酔い方をするのか分からなくてさ。酒好きが多かったのもあって、彼も酒が進んだみたいで……』

上機嫌だった明智さんがいつの間にか泥酔してテーブルに突っ伏しており、解散の時間になってもまるで足腰の立たない状態らしい。

一応、声をかけると「大丈夫」と返事があることから急性アルコール中毒の心配はないと見たが、送って行こうにも明智さんのマンションの場所も分からず、皆が途方に暮れる中、一人があることを思い出した。

「よく明智と一緒にいる、後輩っぽい子なら知ってるんじゃないか」

寝ている明智さんの指でスマホの指紋認証を解除し、通話履歴を見ると、アルバイト先と思われる探偵事務所の他に、頻繁にやり取りのある名前が一つだけあった。それこそ目的の後輩の番号だとあたりをつけ、電話してきたのだという。

学年が二つも上の先輩からの頼みを断るわけにもいかず、また明智さんの失態によく分からない申し訳なさを覚えた俺は、教えられた店までタクシーで乗りつけ、明智さんの身柄を預かってマンションまで送り届けたのである。ちなみにタクシー代は只野らが出してくれた。謎な部分が多い明智さんの学生生活だが、同級生に嫌われているわけではなさそうだと知って安心した。

その後、帰宅した俺は念のため一時半頃に明智さんに電話をかけてみた。明智さんは夢うつつの状態で出たのか、何事かをむにゃむにゃと呟くのが聞こえた後、通話が切れてしまったのであった。

2

約九時間前に来たばかりのマンションを訪れると、建物の前に明智さんがやや血色の薄い顔で立っていた。額に手の甲を当てているところを見ると、まだ二日酔いに苦しんでいるらしい。

自転車を停めている途中で、その格好が昨夜見た、明智さんお気に入りの青いアロハシャツとベージュの半ズボン姿のままだと気づく。よく見ると寝癖も残っているし、着替える気も起きないほど特異な事態に見舞われたのだろうか？

「おはようございます。調子はどうですか」

「人生で指折りの絶不調だ。日本酒とは、ここまでダメージが残るものなのか。あと、昨夜のことは謝る」

普段、俺の前で飲むことがあっても、明智さんはビールか酎ハイがほとんど。俺が未成年なのもあるだろうが、「度数の高い酒を楽しむ」ことがない。友人のペースに流されてしまったのか、よほど日本酒との相性が悪いのか。そうなるくらい楽しい会だったとしたら、良かったと思うのだが。

「それでなにが起きたんです？」

明智さんに続いてオートロックの入り口ドアに向かおうとしたところで、先を歩く明智さんが足を止めて尋ねてきた。

「まあ待て。情けないが、俺は葉村君に送られた記憶もないのだ。帰る道中、俺はおかしな行動をとらなかったか」

「行動もなにも、ぶっ潰れててタクシー内で話しかけてもほとんど反応しませんでしたよ」

タクシーを降りると「大丈夫だ」と言って自力で歩き出し、オートロックを開けてマンションに入って行ったので、俺は安心してそのままタクシーで帰宅した。

そう話すと明智さんは、

「分かった。だが、まずは先入観なしに現場を見てほしい」

と先に立って入り口を潜った。明智さんの部屋は七階建てのマンションの四階、エレベーターを降りてすぐ右前にある。明智さんは鍵を開け、

「現場は極力、俺が起きた時のままにしてある。服装もな。だからいたずらに物を動かさないようにしてくれ」

と注意してくる。着替えていなかったのも、そのためらしい。

ドアが開かれ、中を覗く。

一目見た玄関は、散らかっていた。

蹴飛ばされたのか、互いにあさっての方を向いたサンダルと、片方がひっくり返ったスニーカー。三和土には洋傘が倒れており、その近くに黒い布が落ちている。ハンカチだろうか？

「朝見た時、鍵もここに落ちていた」

明智さんはそう言って、持っていた鍵を入って右手にあるシューズボックスの手前に置く。

二人とも注意しながら靴を脱ぎ、短い廊下を進む。一度来たことがあるので、１ＤＫの間取りは知っている。廊下の途中にある二つの扉は、手前が洗面所と洗濯機置き場と浴室、次がトイレだ。廊下の先には狭いダイニングキッチンがあり、左手に流し台とコンロと小さな冷蔵庫、右手に食器棚と炊飯器やトースターの載ったキッチンラックがあるが、綺麗に片付いているのは前に来た時の記憶と同じだ。

その先が六畳ほどの部屋で、手前の勉強机の上には開かれたノートパソコンと大学のテキストが置かれている。その奥の、レースカーテンがかかった窓際に置かれたベッドの上では、タオルケットが蹴飛ばされたように足元に寄せられており、枕元には半分ほどになったお茶の五百ミリリットルのペットボトル。部屋の左手はほとんどが本棚になっており、ミステリの本が詰め込ま

れ、入りきらない分は床に積んであった。少し本が増えただろうか。入り口側の壁にはクローゼットがある。

「どう思う?」

どう、と言われても。玄関は散らかっていたが、泥酔状態の明智さんが帰ってきた際に散らかしたのか、荒らされたのかすら分からない。

「なにか盗まれたものでもあるんですか」

「いや」

「いつもと違う匂いがするとか?」

「いや」

たどりつく先が見えない問答に、いい加減じれったくなる。

「わざわざ呼び出そうと思ったほど、おかしなところがあるんなら言ってくださいよ。ちょっとばかり玄関が散らかっているだけじゃないですか」

「全く分かっていないな」

明智さんががっかりしたような表情で首を振った。

「君はすでに重要なものを目にしたのに、見落としているのだ」

そう言って玄関まで戻り、洋傘のそばに落ちていた黒い布を、鑑識官のような慎重な手つきで拾い上げる。

改めて見るとそれは綿生地で、丁寧に細く引き裂かれ、途中で切れているものの元々はハンカチ以上の大きさがありそうだ。

「ひどいですね。これは朝起きた時に見つけたんですか?」

「そうだ」

「なんのための布ですか」

尋ねると、明智さんはしばしの沈黙を挟み、

「……パンツだ」


と答えた。

「は？　パンツ？」

思わずオウム返しに訊いてしまう。

わずか数歩先には洗面所と脱衣所を兼ねた洗濯機置き場がある。何者かが忍び込んだのなら、そこから下着を持ち出すことは簡単だろう。明智さんに対して執着心を抱く者の仕業だろうか。

「これ、真面目に通報した方がいいんじゃないですか。住居侵入や器物破損だけじゃなく、ストーカー行為とか脅迫の可能性もあるわけでしょ。衣類の中から下着を取り出してこんな風にするなんて……」

「そうではない」

明智さんは深刻な口調で俺の言葉を遮る。

「これは昨日、俺が穿いていたパンツだ」

「……は？」

「だから」明智さんは俺に言い聞かせるように続けた。「朝起きた時、俺は何故かパンツを穿いておらず、そのパンツはこんな状態で玄関に落ちていたんだ」

「酔った勢いでパンツを脱ぎ捨て、破いたってだけじゃ」

「違う。ズボンは穿いていたんだ！」

さすがに意味が分からない。言葉を継げずにいると、明智さんは痺れを切らしたようにまくしたてる。

「頭が痛すぎて目覚めた時、タオルケットはかかっていなかったものの、ちゃんとベッドで寝ていたのだ。アロハシャツも半ズボンもこの通り身に着けてな！　用を足そうとトイレに行き半ズボンを下ろして、俺はこの異状に気づいた。まったく度肝を抜かれたぞ！」

それはまあ、そうだろう。うっかり落とすものでもないし。

「昨夜の記憶がないのでとりあえずスマホを見たが、充電がなくなっていたので電源に繋いでから室内を確認したんだ」

昨夜の通話が突然切れたのは、スマホのバッテリー切れが原因だったのか。

「玄関の有り様はさっき見てもらった通りだ。ちなみに入り口の鍵も、窓の鍵もちゃんと掛かっていた」

そこでようやく、上がり框の手前にズタボロになったパンツが放置されていることに気づいたという。

「昨日一緒だった只野君にさっき電話して訊いたが、俺が居酒屋で服を脱ぎ散らかすなどということはなかったそうだ。つまり葉村君と一緒にタクシーを降りた後に、俺の身になにかが起きたことになる。この実に不可解な謎を解き明かすのは、俺たちの命題だろう」

重々しく告げる明智さんだったが、俺は今すぐ回れ右して帰りたい気持ちだった。

日常の謎、という人気ジャンルがミステリにはある。だが、こんな謎を加えたくはない。

前後不覚になった酔っ払いが脱いだパンツを引きちぎり、記憶をなくしただけだ。

ひでえバカミスである。

そしてなによりも辛いのは、謎を解いたところで誰が救われるわけでもなく、世の悪が滅びるわけでもなく、俺の休日が有意義になるわけでもないこと。無からエネルギーが生まれないように、破れたパンツから生じる価値などない。

なので俺はきっぱり言った。

「酒の犠牲者は明智さんだけで十分です。帰りますね」

「まあ聞け」

説得は厳しいと感じたのか、明智さんはここまでの考えを述べる。

「単純に考えれば、パンツを脱いだのも引き裂いたのも俺の仕業だ。酔っ払いなら、衣服を脱ぎ散らかすこともあるだろう。だが俺はわざわざ半ズボンを穿き直している。この通り、ベルトまでしっかり締めた状態でな。いくら意識朦朧（もうろう）でも、そんな無駄なことをするだろうか」

「パンツを穿きたくない理由があったんじゃないですか。その、品のない話ですが粗相（そそう）をした、とか」

「その痕跡がないことは確認した」

「ですよね」

それで呼び出されたのではあまりに休日が浮かばれない。

俺は明智さんが寝ていた様子をイメージしようとベッドのある部屋に戻った。これも現場保存のためかエアコンはつけられておらず、七月の気候で部屋はムシムシしている。夜に寝苦しさを感じて服を脱ぐことはあれ、わざわざ着るのは考えにくい。ましてパンツではなくズボンだけを穿くなんて。

「明智さんがやっていないのなら、他の誰かがやった、と考えるしかないのでは」

誰かにパンツだけを脱がされる。

気味の悪い考えではあったが、可能性として無視はできない。

明智さんもこの説を不快に思ったのか、室内の暑さに耐えられなくなったのか、リモコンを手にとってエアコンをつけた。

「この部屋の施錠は窓を含めて完璧すぎるほどに完璧だった。うちの鍵はピッキングが難しいディンプルキーで、合鍵を誰かに貸したこともない。外部から誰かが侵入することはあり得ないし、俺が一人でマンションに入ったことは君が目撃している。その後は、インターフォンになんの記録もなかった。当然、部屋の鍵を紛失したこともないし、このマンションは管理人が住んでいないから、頼んですぐに開けてもらうこともできん」

ただそれは、正規の方法でマンションに立ち入った者がいない、ということに過ぎない。他の住人の出入りに合わせて、マンションのオートロックを突破することは誰にでもできる。

問題は、どうやってこの部屋に入ったかだ。

「本当に、誰も部屋を訪ねてきませんでしたか？」

「俺がそいつを招き入れたって？　そんなことがあれば、さすがに記憶に残るだろう。しかも寝落ちした酔っ払いが、玄関ブザーを鳴らされたくらいで起きるとも思えんしな」

ハン、と小馬鹿にしたように鼻を鳴らすが、その酔っ払いとはあんただ。

「帰宅後でないとすれば、前は？　出かける時、ちゃんと鍵は閉めました？」

「髪のセットに手間取ったせいで慌ただしく部屋を出たが、今まで一度たりとも掛け忘れたことはない。玄関の散らかり具合のいくらかは、急いでいたせいだ。靴を蹴飛ばしたし、シャツの袖を洋傘に引っ掛けたのか、ドアを閉めてから倒れる音がしたことは覚えている」

それだけはっきりと説明できるということは、外出時の施錠に問題があったわけではなさそうだ。

それに、万が一明智さんが鍵を掛け忘れたのだとしても、その偶然を利用して部屋に上がり込んでずっと隠れていたとは考えづらい。

侵入したのでも、招き入れたのでもないということは――。

明智さんが宙を見つめながら呟く。

「俺と一緒に部屋に入った、のか？」

あまりにも不穏な想像だ。なにかの目的があってマンション内をうろついていた何者かは、ひどく酔っぱらって帰宅した明智さんをたまたま見つけた。その機に乗じ、前後不覚状態の明智さんの後に続いて室内に侵入したのか。

「そういえば」

俺は一つ、部屋で見て気になっていたことを尋ねた。

「ベッドにあったペットボトルのお茶、自分で買ってきたんですか？　それとも買い置きしてあったとか」

「なんだと？　あれは葉村君が持たせてくれたものではないのか」

明智さんが目を丸くする。

俺は買っていないし、昨夜の明智さんは手ぶらで財布とスマホだけを尻ポケットに入れていたはずだ。

これは部屋に第三者が上がり込んだ証左と言えるのではないか。

そこまで考えて、俺はさっきの明智さんの言葉を思い出す。

「でも、朝見たらドアには鍵が掛かっていたんですよね」

侵入できたとしても、外から施錠するには鍵を持ち出すしかない。しかし明智さんが起きた時、鍵は玄関の三和土に落ちていた。ということは、やはり侵入者はいなかった、のか。

「ああ、鍵は厳重すぎるほど掛かっていた」

明智さんは奇妙な言い方をする。

「厳重すぎるとはどういうことですか」

「いつもは掛けない、ドアガードまで掛かっていたんだ」

もう一度玄関まで移動して、実物を確認する。

ドアガードとは、ドアバー、ドアチェーンなどとも呼ばれる室内側の簡易的な施錠で、金属製のアームやチェーンを掛ける仕組みだ。

明智さんの部屋の玄関扉はドアノブの少し上にU字形のアームがあった。それをすぐ横の壁にある金属の突起に引っ掛けることで、五センチ程度しか開かないようにするのだ。

そのドアガードが今朝に限って掛けられていたのは、どういうことだろう。

いや待て。

ドアガードを掛けたのが、明智さんとは限らないではないか。

「侵入した何者かが、鍵を閉めてドアガードを掛けたんじゃないですか」

「は？」

「そして明智さんが起きた時もドアガードが掛かっていたということは、そいつはまだ室内にいたんじゃ……」

「待て待て、怖いことを言うな！」

明智さんが俺の言葉を遮るように手をかざす。

「だってそう考えるしかないですよ。何者かは明智さんと二人きりになれるよう、鍵を閉めただけでなくドアガードまで掛けたんです。そうして夜通し部屋で過ごしたそいつは、目覚めた明智さんが俺を迎えに外に出た時に逃げたんだ」

「結論を急ぐなと言うに！　思い出せ、二人で上がってきた時、俺は鍵を開けて部屋に入っただろう」

確かにそうだった、と早計を恥じる。

侵入者が逃げたのなら、鍵は開いたままのはず。

「……じゃあ、まだ部屋にいるんじゃないですか」

二人で顔を見合わせる。

「ま、まさかー」「ですよねー」などと言いながら、俺たちは恐る恐る人が隠れられそうな場所をチェックして回ったが、何者かが隠れているということはなかった。

気づけば、すぐ帰るつもりだったのにがっつりと明智さんの謎解きに付き合わされてしまっている。しかしこのまま答えが見つからないのも落ち着かない。

俺は気を取り直して議論を再開した。

「それでも、ドアガードが掛かっていたというのは、異変を示唆（しさ）していると思いませんか。酔っ払ってすぐにでもベッドにダイブしたいはずの明智さんが、そんなものをわざわざ掛けるなんて」

「なにか身の危険を感じることがあったというのか……」

記憶を失うというのはおそろしい。真剣な顔で記憶を辿ろうとする明智さんだったが、我に返ったように尋ねてくる。

「……だからといって、パンツだけを脱ぐ理由になるか？」

知らんよ、本人に訊かれても。

誰かの侵入を阻（はば）むためにドアガードを掛けたのなら、廊下で何かトラブルが起きたのだろうか。近隣の住人に聞こえていた可能性もある。聞き込みをすべきではないかと提案すると、明智さんは頷（うなず）いた。

「それなら、右隣のオコラさんに話を聞けるかもしれんな」

「オコラさん？」

「ケニアから働きに来たそうだが、日本文化の勉強に熱心な人でな。引越してこられた時に挨拶に来てくれて、顔見知りになったんだ。土曜の午前中なら多分部屋にいるはずだ。ちなみに左隣は空室だ」

そう言って明智さんは玄関に向かう。

上がり框の前には引き裂かれたパンツが置きっ放しにされている。

それを見た俺はある重大な懸念を抱き、前を行く背中を呼び止めた。

「明智さん、今ズボンの下は、ちゃんと穿いているんですよね」

明智さんは振り返り、堂々と告げた。

「極力、起きた時の状態のまま保存してあると言ったろう」

3

外の廊下に出て待っていると、着替えを終えた明智さんが出てきた。ズボンを穿き替え、アロハシャツは青色から黄色のヤシ柄のものに替わっている。

室内から洗濯機が回る音が聞こえてきた。

「洗っちゃったんですか」

「アロハにはおかしな点は見当たらなかった。あれはお気に入りの一着なんだ。汗の匂いが付いたし洗いたい」

「部屋着もアロハなんですか」

「Tシャツの時もあるが、アロハ一枚の方が快適でな」

「中に肌着は？」

「ハワイとかでは着ないのが普通らしいぞ。日本は湿度が高いから不快に感じるかもしれんが、俺は好きだね」

玄関に向かって右隣の部屋のドア横のプレートには、『オコラ』と書かれた紙が差し込まれていた。明智さんがインターフォンを鳴らすと、「はい」と返事がある。

「急に申し訳ない。隣の明智ですが」

するとバタバタという足音の後、すぐに玄関が開き、Tシャツ姿の細身の男性が顔を見せた。聞いていた通りアフリカ系の外見で、俺には年齢が判別できない。ツヤツヤと健康的な肌のオコ

ラは明智さんを見るなり、流暢な日本語で、

「明智さん、おはようございます。昨夜は大丈夫でしたか。僕、心配してたんですよ！」

気になることを口走った。

あのあと人と会っていたのか、と俺たちは驚きで顔を見合わせる。

明智さんはオコラに俺を紹介してから尋ねた。

「俺としたことが、昨夜のことを覚えていないんです。オコラさんはなにかご存じなんですね？」

オコラは気の毒げな表情を浮かべ、

「ああ、ひどく酔っ払っていましたもんね」

と昨夜の出来事を語ってくれた。

深夜の零時半過ぎ、オコラが就寝前にシャワーを浴びようとしていた時、外の廊下からガコン、ガコンという聞き慣れない音が響いた。

気になったオコラがそっとドアを開いて様子を見ると、アロハ姿の明智さんが自宅の玄関ドアに背をもたれさせ、うずくまっていたという。

なにを尋ねても、明智さんは俯いたまま「大丈夫」と繰り返すばかり。飲み会で只野たちに告げたり、俺との電話で言ったりしたことと全く同じだ。オコラにも、不調であることは容易に窺い知れた。

「だから僕、うちからペットボトルのお茶を取ってきて、渡したんです」

「あれはオコラさんがくれたものだったのか」

さっそく疑問の一つが氷解し、明智さんはほっと胸を撫で下ろす。

オコラが言うには、お茶を少し飲むと、明智さんは立ち上がってオコラに礼を言った。心配で

はあったが、明智さんが家の鍵を握っていたこともあり、オコラは部屋に戻った。

「明智さんは、それからすぐに部屋に入ったんでしょうか」

「シャワーを浴び始めたのでよく分からないんです。ただ、しばらくは外から物音が聞こえ続けていました。浴室から出てきた時にはもう収まっていましたけど」

他の人を見かけることも、第三者の声を聞くこともなかったとオコラは言うが、耳にした物音からはトラブルを想像したらしい。

「このマンションは二人入居は禁止なんですけど、もしかしたら明智さんは誰かと同棲していて、喧嘩(けんか)をしたんじゃないかと思ったんです。すごく酔っ払っていたことが原因で部屋から閉め出されたのかなあ、と」

そう言うとオコラは閉めたドアを揺すってみせた。

「そうそう、シャワー中に聞こえたのはこの音だったと思います」

明智さんが訊いた。

「最初に聞こえたガコン、ガコンという音もこれですか」

「うーん、少し違うような。もっと大きな音に聞こえました」

俺は先ほどの明智さんとのやりとりで思い当たることがあった。

「明智さん、一度中に入ってドアガードをかけてもらえませんか」

ドアガードがかかった状態で、再びドアを開けようとする。すると金属製のアームが突起に引っ掛かり、大きな音を立てた。

「これ！　この音です！」

オコラが嬉しそうに手を打った。

明智さんが部屋に入ろうとした時、ドアガードがかかっていたのは間違いなさそうである。しかし、謎はよりはっきりと、不可解な形を顕にしたとも言える。

——明智さんは、いったい誰に閉め出されていたのか？

「魅力的な謎が出てきたじゃないか」

明智さんが不敵に微笑む。パンツについては綺麗に忘れていそうである。

「当然だが、俺は誰とも同棲してなどいないし、来客の予定もなかった」

部屋に戻りベッドに腰掛けた明智さんはそう断言した。

となると考えられるのは招かれざる客の存在である。

俺は勉強机の椅子に座った。

「ストーカーに心当たりはないんですか。明智さん、見た目だけなら十分にハンサムなんですし」

「色々と言いたいことはあるが、まるで覚えがないな。誰かにつけられた記憶もないし、不審なメッセージが来たこともない」

と充電ケーブルに繋いだままのスマホを確認する。

「考えてみたら、俺がこのマンションに住んでいることを知っているのは、親とバイト先である田沼探偵事務所の人たち、あとは葉村君だけだ。だからこそ、只野君も困って君に連絡したのだろう」

しかし、他人を尾行することに慣れた人ほど自分が尾行されることには鈍感だ、という言説がある。

「歪んだ好意が理由でないとしたら、恨みの線ならどうですか。最近また変なことに首を突っ込んで、誰かの不興を買った覚えはありませんか？　あるでしょう」

明智さんは不服そうに腕組みする。

「失礼なことを言うなと言うに。俺とて経験を重ねて学んでいるのだ。ブレーキ役である君のいない場での振る舞いには気をつけている。今回はミス愛の活動と関係のない飲み会だったから油断しただけだ」

本当にそうならいいのだが。

「警察に通報しようにも、具体的な被害があるわけではないですしね」

最終手段として田沼探偵事務所に頼んで指紋の検出をしてもらうこともできるが、侵入者の身元の見当もつかないのであれば、照合のしようもない。

「明智さんに心当たりがないのであれば、犯人像から推理を進めるのは無理です。もう一つの謎である、パンツを脱がせた理由を考えてみましょう」

「いいだろう。今君は『パンツを脱がせた』と言ったが、もう少し細かく考えていこうじゃないか。犯人の目的は本当に〝脱がせる〟ことにあったのか」

これほど気乗りのしない謎解きがかつてあっただろうか。

仮に犯人に邪（よこしま）な目的があって明智さんの服を脱がせたのならば、わざわざズボンを穿かせ直した説明がつかない。しかもパンツを脱がして裂くほどの理由は？

「いや、ちょっと待ってください。もしかしてパンツは脱がした後に引き裂いたのではなく、脱がすために引き裂いたのでは？」

酔い潰れて身動きのできない男性から、ズボンやパンツを脱がすのは重労働だ。その後にズボンを穿かせ直すなんて、なおさら。だったら、最初からパンツを引き裂いてしまう方が簡単じゃないか。

「簡単は簡単だが」明智さんは首を傾げる。「その場合、目的はやはりいかがわしい写真を撮るとか、そのへんだろう？　だったら脱がさなくても、ずらせばよくないか」

「……正直、そんな変態的な理由を前にして、こうすればよくないかと言われても困るのですが」

やはり犯人の目的は〝脱がせる〟ことではなく、パンツを〝引き裂く〟ことだったのだろうか？

しかし、明智さんの所有物を破損させてショックを与えようとしたのなら――。

「明智さんなら、本を破かれる方がショックを受けそうですね」

「ああ、この部屋を見れば誰だって分かるだろう。そうしなかったということは、犯人も俺と同じく読書好きだとか……？」

だとしても代わりの破損対象にパンツを選ぶ理由にはならない。

――そう、他のどんな目的があったにせよ、〝パンツに手をかけなくてはならない〟理由が思いつかないのだ。

「パンツがないことをきっかけにして、犯人の目的が達せられたと考えるのはどうでしょう」

「なんだそれは。具体的に言ってくれ」

「起きた後、肌触りなどでパンツを穿いていないことに気づいたら、明智さんはどんな行動をとるでしょうか」

明智さんは宙を見上げ、

「そりゃ一応、ズボンを下げて確認するだろ。今回は落ちているパンツを見つけるより先にトイレに行ったから気づいたわけだが」

つまり、パンツを穿いていないことによって、寝起きにトイレに行かなかった場合でも、明智さんがズボンに触る可能性を高めることができた。

明智さんは続きを待っている様子だ。

我ながら唐突だと分かっていたが、話を続けるしかない。

「……ズボンの留め金のあたりに毒や劇物が塗られてはいませんでしたか。明智さんが触れた時には犯人のアリバイが確保されている、時間差トリックですよ」

「えらく遠回りで不確実なトリックだな」

当然ながら一蹴される。

「そんな面倒くさいことするなら、ペットボトルのお茶にでも薬を入れておけばいいだろう。リスクを冒して深夜のマンションに忍び込んだくせに、時間差トリックというのもちぐはぐだ。誰かに姿を見られたら全部おじゃんになる」

「分かってますよ、そんなコテンパンに論破しなくても」

やはり、ズボンに手をかけたことで明智さんになにか変化があったわけでもない。

俺の推理が行き詰まったと感じた明智さんが、

「一度、思考の方向を変えよう」

と言い出した。

「方向と言うと?」

「今は仮説のつじつまを合わせることよりも、より自由な発想が求められているんだ。ミステリでも、序盤に登場した何気ない情報が真相に関係していた、ということはよくある」

「ああ、登場人物の職業や趣味、たまたまラジオや新聞に出ていた、巷で起きた事件とかですね」

ミステリを読み慣れてくると、冒頭の情報だけで後の展開が推測できることも珍しくない。

明智さんはレースカーテンを開け、外を眺めながら言う。

「今日は快晴だ。昨日までの台風で飛んできたのか、電線にプラ袋が引っ掛かってる」

「発想というより、見たものをそのまま言っている感じですが」

明智さんは構わず続ける。

「昨日の午前中には雨が止んでいてよかったな。傘も乾いたし。湿気は紙の天敵だから床の本も一度整理した方がいいかもしれん。……そういえば葉村君が借りたいと言っていた本があったような」

むしろ思考が散らかっている気がしないでもないが、ここはひとつ俺も真似してみるか。

洗面所の方で、洗濯機のものらしき電子音が鳴った。洗濯が終了したらしい。かなり時間が短かったことからすると、洗濯物の量は少なかったようだ。

それとも、生地を傷めないように気を遣って、おしゃれ着洗いのモードにしていたのだろうか。

明智さんはあの青いアロハがお気に入りだと言っていたし。

気を遣うと言えば、そうだ。あのパンツを見た時にも、丁寧に引き裂いてあるように思えたのだ。

なぜだろう？　パンツは破損を目的に引き裂かれたのではないのか。

方向の転換に効果はなく、明智さんはやれやれと首を振る。

「……全く分からんな。パンツだけが狙われた理由が、本当に存在するのか？　こんなの、俺たちを混乱させるためだけにやったと考えるのが、一番筋が通っているぞ」

俺たちって。その場合、嫌がらせの真の対象は俺ではないのか。

と、そこで明智さんは動きを止めた。

なにか閃(ひらめ)いたかと思い見守っていると、虚空を見つめていた瞳がみるみるうちに焦点を結び、その先に俺を捉えた。

「なんですか」

「俺としたことが。こんな簡単な可能性を見落としていたとは」

嫌な予感が、怒濤(どとう)のごとく押し寄せてきた。

「葉村君——、君が犯人だったのだな」

4

予感的中。犯人扱いされることより、その内容がパンツ脱がしであることに、胸の内で不満が吹き荒れる。それを必死に抑えながら俺は尋ねた。

「むしろ、どこをどうしてその結論に至ったのか興味があります」

「では心して聞くがいい。この事件の第一の謎は、犯人がどうやってマンションと部屋への侵入を果たしたかだ。だが俺を送り届けた葉村君なら、造作のないことだな。俺がドアを開けたのを見計らって先に室内に入った君は、ドアガードを掛けて俺を廊下に閉め出した。この時にドア越しの攻防があり、その物音をオコラさんが聞きつけたのだろう」

「閉め出したって、なんのために」

「無論、真の目的を果たすためだが、そのことについては後で説明しよう。目的を果たした後、君はドアガードを開けて俺を招き入れた。すでにグロッキーだった俺はふらふらのままベッドに倒れ込んで熟睡。その状態の俺から、君はパンツだけを引き裂いて脱がせた」

そこだ、そこそこ！

悪霊に取り憑かれていたのでなければ、俺がそんなことをする理由がない。

そう訴えた俺に、明智さんの指が突きつけられる。

「その通りだ、葉村君。〝そんなことをする理由がない〟、それこそがパンツを引き裂いた理由なのだから！」

もはや二日酔いの頭痛さえ麻痺したのか、明智さんは得意満面で推理を展開する。

「意味の分からない物証を残した目的は、俺に無駄な推理をさせ、真の目的を隠蔽することにあったのだ。パンツを引き裂いたことに意味などなかった。まさに俺の思考を誰よりも知るワトソンだからこそ可能な、悪魔的な犯行だ！」

……うーん、意外なことに、割と筋は通っているように思える。

謎を出しておいて明智さんの注意を逸らせようというのは、確かに俺が考えそうだ。

「でも、真の目的ってのはなんなんですか」

「君、ずいぶん前にクレイグ・ライスの『マローン殺し』を読みたいと言っていたな？」

まさか、そこに繋がるのか。

「俺はその本を持ってはいるが、本棚に入りきらず箱詰めにしてクローゼットにしまっているせいで、どの箱にあるのか分からず貸してやれなかった。あれから時が過ぎ、俺の部屋にあるのは分かっているのに手が出せないという煩悶に苦しみ続けた君は、俺の泥酔という千載一遇のチャンスに巡り合い、『マローン殺し』を探し出したのだ！　元からしまい場所を忘れた本だ、盗まれたことにすら気づけないだろうからな」

「明智さんに探せない本を俺が見つけられるわけないでしょう。それにその本、昨日古書店で買えたんですよ」

「見え透いた言い逃れを。しかもあれは酔っぱらった弁護士マローンがトラブルに見舞われる話だ。昨夜の俺に対するあてつけとしても格好の獲物だったわけだ」

違うんだって！

これが冤罪を着せられた被疑者の気分だろうか。

『マローン殺し』だって、そこまで稀少な本じゃない。そのためにパンツを引き裂くなんて、あんまりな冤罪だ。探偵に正義の心はないのか。

「俺が部屋を出た後、鍵はどうやって閉めたんですか。ドアガードも」

「深夜一時半頃、君から着信した履歴があった。ちゃんと戸締りをするよう、電話で俺に吹き込んだんだろう」

……無茶苦茶だ。

この推理が成り立っているのは、唯一の当事者である明智さんが昨夜の出来事をなにも覚えていないからだ。誰の姿を見たのか、部屋でなにがあったかを少しでも覚えていたら、こんな疑いをかけられることはなかったのに。

「さあ葉村君、認めるがいい。君が俺のパンツを」

「すみません、あまり大声で言わないでもらえます？」

隣人に聞かれて近所関係が悪くなるのは明智さんだ。

俺は冷静に、今の推理の問題点を挙げることにした。

「俺が計画したのなら、明智さんが記憶をなくすことに頼りすぎでしょう。いや、ひどく酔いつぶれていたからこそ、その場でとっさに犯行に及んだ——のか？」

自分でも何を言っているのか分からなくなってきた。

「納得できないんなら、クローゼットの中を大捜索してくださいよ。『マローン殺し』が出てきたら、今の説を否定できるわけでしょう」

すると明智さんは力強く胸を張った。

「自説が否定されると分かっていて、探すはずがなかろう！」

駄目だこの人。

本当に人生で最も不名誉な疑いをかけられたままになりそうなので、俺はもう一度玄関に戻ってドアの近くを入念に調べまわった。今のところ、オコラという第三者によって確認されているのは、ドアガードの掛かったドアを開けようとする音、そして閉めたドアが揺らされる音のみ。ここになにか突破口となる手がかりはないだろうか。

慌てて出かけた明智さんが散らかしていったという玄関には、履(は)き物の他に洋傘が倒れている。拾い上げると、生地をまとめるためのネームバンドが外れており、傘は緩(ゆる)く開いた状態である。と、その下の三和土部分に水が少し溜まっていることに気づいた。

——昨日の午前に過ぎ去った台風。

——乾かしていた傘。

「これって、どこに立てていたんですか」

尋ねると、洗濯物を取り出そうとしていたのか、明智さんが洗面所から廊下に顔を覗かせた。

「シューズボックスの横に」と言いかけ、「いや違うな。空気によく晒したかったから、ドアガードに持ち手の部分を引っ掛けてぶら下げていたんだ。いつもそうやって傘を乾かしている」

ここでドアガードという単語に繋がったのは偶然ではないと信じたい。

明智さんが昨日出かける前にしていたように、洋傘の持ち手をドアガードのU字形のアームに引っ掛け、吊り下げてみる。ドアガードも取っ手もドアの右側についているので、傘はちょうどドアの開く側にぶら下がっている形だ。慌ててドアを少しだけ開け、身をすべりこませようとすると、ちょうど傘が邪魔になる。

この先なにが起きたか。

俺は昨日の再現をするために、わずかに開いたドアの隙間から駆け足で出ようとし、傘に左腕をぶつけた。傘はドアと左腕に挟まれる形で少し引きずられる。そして俺が外に出ると、

「あっ」

傘が引っ張られて大きく揺れ、本来はドアに張り付く形で折りたたまれているアームがわずかに開いた。

昨日の夕方、明智さんが今よりももっと強い勢いで体をぶつけたとしたら?

その結果、アームが引っ張り出された状態になり、勢いあまって引っ掛かっていた傘が落ちたとしたら?

「明智さんが外に出た後、ドアガードが掛かったのか！」

この発見を俺が叫ぶと、明智さんも洗い立てのアロハシャツを手にしたまま驚きの表情を浮かべる。

「そんなことが……、仮にそれが正しいとしたら、この部屋には侵入者などいなかったことにな

る」

明智さんは、自分自身に閉め出されたのである。

オコラが最初に聞いたドアガードがぶつかる音は、酔った明智さんがそうとは知らずドアを開こうとした時のものだったのだ。

「だが待て。そうなると今度は、誰も室内に入れないことになるぞ。鍵を持っていても、ドアガードは外からじゃどうしようもない」

問題はそこだ。侵入者がいないのでは、誰も明智さんを中に入れてくれない。

しかも普通の明智さんではなく、泥酔状態の明智さんである。

「ドアは数センチだけ開きますから、明智さんもドアガードが掛かっていることは理解できたはずです。問題はそこからどうしたか」

「普通ならマンションの管理人に連絡するか、鍵開け業者を呼ぶかだろう。だが管理人はここに住んでいないから、連絡先は部屋に保管している書類を見なければ分からん。鍵開け業者については、業者が来るのを待つ時間を惜(お)しんだか、現金の持ち合わせがなかったか」

オコラに頼めば、そのどちらも可能だったのに、やはり頭がまわっていなかったのか。どうやって自力で解決したのだろう。

そういえば昨晩電話をかけた時に、通話中にスマホのバッテリーが切れた。

そのタイミングが手がかりにならないだろうか。

「明智さん、昨日の飲み会の時に、スマホのバッテリーはなくなりそうでしたか?」

この質問に、明智さんははっきりと首を振った。

「今のスマホは大学入学時に買ったものだからだいぶバッテリーがへたってきたが、毎晩寝ている間に充電して、普通に使えば一日は十分にもつ。飲み会の間にスマホは触らなかったから、短時間の電話で切れるとは思えないな」

只野が連絡をくれた時も、あちこちに電話をかけたとは聞いていない。あのタイミングでバッテリーがなくなるのは、どうにも不自然だ。

明智さんはスマホを使ってなにかをしたのではないかと考え、アプリを順番に開いてみた。通話記録をはじめ、メッセージや投稿型のSNSにも、誰かに助けを求めたような痕跡はない。続いて期待薄だと思いながらも地図、電子マネー、ネット通販と様々なアプリをチェックした後、明智さんはあるアプリにたどり着き——声を上げた。

「なるほど、そういうことか」

手元を覗きこむと、それは誰もが知る、有名な動画視聴アプリだった。

明智さんが開いた視聴履歴には、同じジャンルの動画がずらりと並んでいる。

「俺はこうやって調べたのか。〝ドアガードを開ける方法〟を。バッテリーをたくさん消費したのは、長時間動画を見ていたからだ」

こうなるともう疑いようがない。明智さんは偶然掛かってしまったドアガードを、動画を参考にして開けて部屋に入ったのだ。普段掛けないドアガードを掛けていたのも、苦労して開けたことで防犯意識がかえって強まり、元に戻したせいだろう。

最後に残った謎は、なぜパンツが脱がされ引き裂かれていたかだ——が、それも最も新しい履歴の動画を見ると答えが分かった。

そこでは、わずかに開いたドアの隙間から細い紐を入れてドアガードのアームのU字の間を通した後、閉じたドアの上から外に出し、引っ張ることで、突起に掛かっていたアームを外す手順が実践されていた。

「この方法では、それなりの長さのある細い紐が必要だ。だが俺はそんなものを持っていなかった。そこで……パンツを紐代わりにするため、細く裂いて使ったんだ。途中で切れていたのは、アームが突起から外れた後で千切れてしまったんだろう」

パンツの残骸を確かめた時、意図的に引き裂いたように見えたのもそのためだ。アームに通した上でドアの上部まで引っ張るには、少なくとも一メートルほどの長さが必要なので、相当慎重にパンツを裂いたはず。泥酔した状態でその作業をやり遂げたのは、素直に感心してしまう。

オコラがシャワー中に耳にしたドアを揺らす音も、この方法でドアガードを開けようと試行錯誤している時のものだったのだろう。

しかし俺はここで異論を唱えた。

「だったらアロハシャツを使えばいいじゃないですか。上半身裸になるくらい、我慢できるでしょう」

明智さんは肩をすくめ、まだ干さずに持っていた青いアロハシャツを俺の前で広げる。

「これは俺のお気に入りの一着だ。どんな理由でもボロ切れにすることなどできん。前後不覚の状態でも、その精神は失わなかったということだ」

明智さんの顔には誇らしげな笑みが浮かんでいるが、それよりも失うべきじゃないことがたくさんあったと思う。

「でも、やっぱりパンツを選ぶのはおかしくないですか」

「いや、むしろそれ以外の選択がないとさえ思う。ベルトは短すぎるし、ハンカチでは一メートルもの長さを確保するように引き裂くのは難しい。耐久性からしても、アームを引っ張る際に千切れないか不安だ。かといってズボンは厚みがあって閉じたドアの隙間を通らないし、引き裂くのも大変だ。オコラさんのような他の住人に見られる可能性もあるから、パンツ姿になりたくないとも思ったはずだ」

そりゃあ、パンツを穿いてなくても一見してバレはしないだろうが。

パンツを脱いでいる時、住人が通りかかったらどうするつもりだったのだろうか。数秒であれば大丈夫だという自信があったのか、それとも酔っ払い特有のおかしな思い切りの良さがあったのか。

真相を知るのは、犯人であると同時に被害者でもあり、探偵まで演じた目の前の人物なのだが、悲しいことにその記憶は綺麗さっぱり失われている。

オコラに世話をかけた以外、マンション内で騒動にならずよかったと思うしかないだろう。

腕時計を見ると、針がちょうど正午を指したところだ。

俺の貴重な土曜の午前は、酔っ払いが引き起こした一人相撲によって食いつぶされた。

「さて、俺はシャワーを浴びて二度寝する。ほっとしたら頭痛が戻ってきた。ご苦労だったな。お詫びと言ってはなんだが、読みたい本があれば適当に持っていってくれ」

言葉とは裏腹に上機嫌でアロハシャツをベランダに干す明智さんに、嫌味の一つも言いたくなる。

「羨ましいですね。泥酔すれば自分を飽きさせないくらいの謎を作り出せるんですから、これからも退屈せずに済みますよ」

「そう言うな。外からドアガードを開ける知識が、今後どこかで役に立つかもしれんだろ」

気分を害した風もなく、夏の日差しのように晴れやかな笑い声が響く。

ため息を残し、俺は逆光に佇（たたず）む明智さんに背を向けて部屋を出た。

この日の出来事を誰かに話す日が来たら、思いっきり間抜けな事件名をつけて語ってやろうと思いながら。

宗教学試験問題漏洩事件

1

七月中旬の木曜日。暑さはピークに近づく一方、アパレルショップでは早くも秋物を見かけ始める季節。学生にとっては重要なイベント、二週間にわたって行われる期末試験の開始を来週月曜に控え、緊張が高まってきた。俺の通う神紅大学でも、対策や過去問題の情報交換を行う姿がいたるところで見られる。

——だというのに。

額からぽたりと汗が落ちた。はじめこそいちいちハンドタオルで拭っていたが、きりがないと分かってからは流れるに任せている。

ここに身を潜めてはや三十分。せめて直射日光は避けようと民家のコンクリート塀の陰にいるものの、体感温度は高止まりしたままだ。

（……どうして俺は張りこみなんてしているのだろう）

今日何度目かも覚えていない疑問が頭をよぎった時、隣に立つ男が囁いた。

「こういう時こそ、『見えない男』になれたら楽なのにな」

透明人間に変身したがっているわけではない。彼、明智恭介がミステリを偏愛していることを知っていれば、その意味するところは明らかだ。

「チェスタトンですか」

「ちゃんと読んでいるようで安心した」

明智さんはリムレス眼鏡を拭きながら頷く。イギリスの小説家、G・K・チェスタトンのブラウン神父シリーズに、そのタイトルの短編小説があるのだ。

「読者の中でも賛否両論あるが、葉村君はあれを読んだ時どう思ったね？」

「すみません、実は小説を読む前にネットでネタバレを見てしまって。新鮮な気持ちでは読めなかったんです」

「そいつは残念」

有名な作品では、そんなこともある。

詳細は避けるが、「見えない男」は文字通り、事件現場にどうやって犯人が出入りしたのか分からず、その方法が大きな肝となった作品だ。

なにも知らないまま読めていたらどうだっただろう、という思いもあるが、トリックを仕掛けた著者の努力に注目しながら読むこともできるから、悪いことばかりではない。

「あのトリック、現実ではさすがに無理でしょうけど、逆に言えば小説の利点をうまく使ったとも言えますよね」

「そうした議論が起きること自体が、いい作品であることを――おっと、来たぞ」

明智さんの視線を追うと、一軒の住宅の敷地から、塀の上に一つの影が現れた。住宅街の閑静な空気の間隙を縫うように、しなやかな身のこなしで地面に降り立つ。

「……写真と似てる気がしますが」

「早まるな。相手は常習者だ。警戒されるわけにはいかん」

そのやりとりが聞こえたのだろうか。影は俯(うつむ)かせていた顔を上げて視線を巡らし――俺たちに目を留めた。

しばし俺たちは互いに睨(にら)み合う。

遠く、蟬(せみ)の鳴き声が聞こえる。

先に緊張を解いたのは隣にいる明智さんだった。

「違うな。体の色は似ているが、鼻筋にブチがない。ターゲットじゃない」

立ち上がり、ポケットから取り出した茶色い固形物を投げる。

相手はナァ、と鳴いてそれに飛びついた。

依頼を受けて三日目。まだ迷い猫は見つからない。

神紅大学にはスポーツ系、文化系を問わず数多くの公認サークルがあり、ミステリ好きたちが集うミステリ研究会、通称ミス研もそのうちの一つだ。発足して十年足らずだが、毎年少なくとも五人以上が入会する、安定した人気のサークルといっていいだろう。

俺もミステリに対する熱意とその読書経験にはそれなりの自信がある。ところがなにを間違ったのか、俺が所属しているのはミス研ではなくミステリ愛好会なる大学非公認の組織だった。

俺以外のメンバーは設立者であり会長を名乗る三回生の明智恭介ただ一人なのだから、組織というより二人組と呼んだ方がいいかもしれない。

明智さんはミステリを愛好しているが、それ以上に作中に登場する名探偵や、奇怪な事件に対する愛が強い。常日頃から大学関係者や警察に名刺を配り歩き、近くの探偵事務所でアルバイトをするなどしてアンテナを張っているのだが、彼が携われる事件といえばほとんどが浮気調査かペット探しなのだ。

残念なことだが、学内でも探偵というより便利屋として明智さんの活動は認知されている節がある。

今回の依頼人は、理学部数学科の里中教授。教授は男の一人暮らしで、大学キャンパスから徒歩十分とほど近い住宅地に家があるため、今日は講義を終えてからその近隣で猫探しをしていたのだ。

里中教授は猫探し依頼の常連で、明智さんはすでに四度同じ猫を探したことがあるのだとか。

「そこまでいったら、むしろ猫は飼われたくなくて逃げているのでは」

「そんなことはない。教授に返した時は嬉しそうにじゃれついているから、関係は良好だ。おそらくご主人様が毎日出かけていく外の世界が気になるんじゃないか。里中教授の家の出入口は引き戸で、鍵さえかかっていなければ猫でも開けられるんだ。好奇心旺盛な性格で、よその猫や犬に絡んだりするし、拾い物を持ち帰ってくる癖もある。その分目撃されやすいから、次はもう少し範囲を広げて聞き込みをした方がいいかもしれないな」

そう言いながら人差し指で押し上げた眼鏡がきらりと光る。

入学以来、大小含めて明智さんとともに首を突っこんだ事件は両手の指で足りないくらいあるが、彼が頼りがいを発揮するのは断然猫探しの時である。

俺たちは一度大学に戻り、本日の捜索結果を報告するため、教授の部屋がある研究棟に向かった。

棟の自動ドアをくぐると、すぐ横に受付窓があり、入館者の名簿に名前を書く。見ると、今日のページに俺たち以外の名前はない。普段から出入りしている教授たちはともかく、研究室を訪ねてくる学生たちはいちいち署名しないのだろうか。窓の向こうにいる職員の女性も特にこちらに注意を向ける様子はなく、このシステムが形骸化していることが見て取れる。

　四月に旧ボックスと呼ばれるサークル棟に窃盗犯が侵入するという事件が起きたのに、この大学のセキュリティはまだまだ緩い部分がある。

　歩を進めるとちょうど目の前でエレベーターの扉が閉まったので、階段を使って上に向かう。着いた先は三階のエレベーターホールで、そこから延びる廊下の両側に無機質な扉が並んでいる。ここに来るのは三度目だが、いつも静まり返っている。この階の部屋はすべて、実験室など専門的な設備を必要としない分野の教授たちに割り当てられている。

　研究室を訪ねると、里中教授は回転椅子に腰かけた姿勢でかかとをパイプ椅子に乗せ、四×四のルービックキューブをいじりながら気の抜けた声を出した。

「そーお。今日もいなかったかー。ま、しょうがないよね」

　室内には、手前に俺たちの座る応接用の小さなテーブルとソファ、左手の壁に本棚、奥に出入口側に向いた教授のデスクがあり、上には書物や論文らしき紙の束、あるいは数式を書き殴ったプリントが溢れかえっている。デスクの脇には出前をとったと思しき丼の器と、大手ネットショップの空き段ボール箱が置かれていて、中に説明書らしき紙が見える。教授の背後の窓にはブラインドがかかっている。右側には小さなキャビネットがあり、上に電気ポットや雑貨が無造作に載っていて、下のスペースには小さな金庫があった。

　俺のイメージどおりの、数学者らしい乱雑な部屋だった。

「ガウスもこの暑い季節によく外に行くよねー。絶対うちにいる方が快適なのになぁ」

ガウスとは飼い猫の名前だ。逃げられ慣れているだけあって、里中教授に切迫した様子はない。

「以前ちょっかいを出していた近所の雌猫のところや、教授から聞いた好みの周回コースを張ってみたんですが、まだ発見に至らず。目撃者も見つかっていません」

「了解了解。今日の代金はそこに置いてあるから。もうしばらく捜索を続けてみてよ」

テーブルの上には皺のついた千円札が三枚ある。成果に拘わらず日当三千円というのが明智さんとの間での契約なんだとか。

明智さんはそれを二本の指で挟むと、芝居がかった仕草で振った。

「それでは失礼。次はいいご報告ができるよう努力します」

部屋を出ると、明智さんは千円札を一枚と自分の財布から取り出した五百円玉を俺に寄こした。二時間の捜索で千五百円。今どきのアルバイトにしては安いが、成果なしに手にする金額としては妥当かもしれない。

「こっちがサボっても分からないでしょうに、里中教授は気にしない人なんですかね」

「過去四回の依頼のうち、三回はちゃんと見つけたからな。信頼は仕事の実績で得るしかない」

明智さんにとってこのバイトも他人からの信頼を得るための下積みだということか。

もっとも、その努力が報われるためには明智さんを満足させるような事件がいつか持ち込まれなければならないわけで。

「どうした葉村君、溜め息なんてついて。幸せが逃げるぞ」

「幸せが逃げたら、事件が寄ってきますかね」

「なにを弱気なことを。助手たる君がそんなことでどうする。あれか、夏バテか？　その収入で精のつくものでも——」

話しながら階段を下りていた時だった。

二階の廊下から一人の女子が飛び出してきた。

ぶつかりはしなかったが、彼女の呼吸は乱れ、青ざめている。

俺たちを見ると開口一番、

「こっちに、誰か来なかったですか？」

「我々は下りてきたところなんだ。なにかあったのかね」

明るい金髪のミディアムカットで、さらに右側の一房を紫色に染め、服装も薄手のカーディガンの下はロックTシャツ、ショートパンツと派手だ。白黒のボーダー柄のソックスも相まって、海外原産の蜘蛛（くも）をほうふつとさせる。緑色のトートバッグを持つ手が少し震えている。

「試験問題が……」

彼女は縋（すが）りつかんばかりの勢いで叫んだ。

「金庫が破られて、期末試験の試験問題が盗まれたんです！」

明智さんは首だけを回し、背後の俺を見る。

「……でかしたぞ葉村君。これからも存分に溜め息をつきたまえ」

女子学生から見えないその表情は、どうにも場に似つかわしくなく、浮かれて見えた。

2

明智さんの行動は迅速だった。

盗難が起きて間もないことを女子学生に確認すると、まずはすぐそばにあるエレベーターの表示が二つ上の四階になっていることを確認。続いて俺をその場に残し、長い廊下の反対側にあるもう一つの階段の方に走っていった。そちら側の一階には職員用の裏口がある。

その間に俺は女子学生に話を聞いた。

彼女の名は久守（くもり）みのり、理学部の二回生。試験問題の入ったＵＳＢメモリがあったのは宗教学の柳（やなぎ）教授の研究室だという。詳しい事情を聞きたいところだが、久守は落ち着きを失っており、

「早く教授に言わなくちゃ……」

と階下へ向かおうとする。そこに明智さんが戻ってきた。

「向こうの階段の下では二人の教職員が立ち話をしていた。ここ十分ほどで通った者はいないらしい」

ということは、犯人は俺たちより先にこちらの階段を使って逃げた可能性が高い。

「盗難が起きたのはどの部屋だい？」

堂々とその場を仕切る明智さんの態度に、怪しむことも頭に浮かばないのか、久守は廊下の真ん中辺りまで俺たちを案内し、ある部屋の前で立ち止まった。扉には『柳　宗佑（そうすけ）』とネームプレートが貼られている。

久守が扉を開けようとするのを制し、明智さんがポケットからハンカチを取り出してドアノブを掴み、回す。扉が開くと、ひやりとした冷気とともにほのかな芳香剤の香りが鼻腔（びこう）をくすぐった。

「これはこれは……」

その惨状に、明智さんは踏み出しかけた足を止める。肩越しに、何者かが手当たり次第に引っ

かき回した状態の室内が見えた。

　大学の支給品であろうテーブルや本棚は里中教授の部屋と同じ配置だが、本はほとんどが床に落ち、デスクの中も漁られたのか書類やファイル類が床に散乱している。

　そして久守が指す方向を見ると、デスクの右横、キャビネット下のスペースに置かれた小さな金庫が開いており、空の内部が覗いていた。

「私がお手洗いに立った隙にやられたんです」

「その時、ドアの施錠は？」

　久守が首を左右に振る。

「だって鍵を預かってなかったし、泥棒が入るなんて思ってなくて！」

　すると左隣の部屋の扉が開き、高齢の男性教授が出てきた。俺たちの様子に眉根を寄せる。

「どうしたのかね」

「空き巣に荒らされたようなんです」

　いたずらに大ごとになるのを避けるためか、明智さんは試験問題のことは伏せた。

「この数分の間、大きな物音が聞こえませんでしたか？」

「いやあ、すまんが儂はちょっとばかし耳が遠い上に、ずっと電話をしていたものだから……」

　老教授はばつが悪そうに禿頭を掻く。今も騒ぎを聞きつけたわけではなく、たまたま所用で部屋を出ただけのようだ。

「すぐに柳教授を呼びたいんですけど、連絡先を知りませんか」

「ああ、スマホに番号がある。ちょっと待っておくれよ」

　教授の部屋のドアには『宇田川　小鉄』とある。宇田川教授は慎重な手つきでスマホの画面を叩き、大声で話し始めた。

「あー、柳さん？　宇田川だけども。おたくの研究室で盗難が起きたっちゅうて、学生さんが呼んでるよ」

『はああ？　いったいどういう……とにかくすぐ戻ります！』

普段から通話の音量を上げているのか、こちらにもやりとりがはっきり聞こえた。

それから一分も経たないうちに、四十歳過ぎと思われる小柄な教授が一人の男子学生を引き連れてやってきた。

「宇田川さん、盗難とはどういうことですか？」

彼が柳教授か。無造作に真ん中で分けた髪型で、柳を思わせる線の細さだ。目鼻の小さい顔を真っ赤にして声を荒らげる。

「久守君、君が部屋にいたんじゃないのか！」

久守が事情を説明すると、

「なにそれ、マジで？」

教授と一緒に現れた学生がそう言って、興奮した様子で室内を覗きこんだ。細身のジーンズに大きめのTシャツ、傷んだ箒(ほうき)のようにボサボサに広がった髪型——だらしなさそうな雰囲気の男だ。

一方で柳教授は久守を問いつめる。

「金庫が？　じゃあさっきしまったＵＳＢは」

「なかったんです！　それで、通りかかったこの人たちに」

「そいつらが犯人なのか！」

「そうじゃなくて……」

今にも泣き出しそうな久守と、興奮状態の柳教授では埒があかない。そうこうするうちに老教授から報告を受けた職員がやってきた。俺たちはこの件について口止めされ、現場保存を理由に部屋から遠ざけられてしまった。

事情の聞き取りのために本部棟にある教務課に連れて行かれる柳教授と久守らを見送りながら、明智さんは言う。

「期末試験は来週から、早いものは四日後に始まる。試験問題が用意されたタイミングを見計らっての犯行か」

「データのバックアップは取っていないんですかね」

「あるとしても、外に漏れてしまった以上、試験には使えまい」

だとすれば、宗教学の試験は予定通りには行われないかもしれない。犯人の苦労も水の泡ということか。

もやもやした思いを抱えながら研究棟を後にし、帰ろうとしたのだが、明智さんは門とは真逆の方向に歩き出した。

「どこに行くんですか」

「君こそどこに行く。目の前で事件が起きたというのに」

嫌な予感がする。

「久守君たちの事情聴取が終わるのを待つぞ。君も付き合いたまえ」

「えぇー……」

炎天下での猫探しで、俺はすぐにでも寝たいくらい消耗していた。試験問題の盗難というのも、重大事とはいえ、正直なところミステリ的な美しさとは縁遠くて好みではない。

しかし明智さんは猫探しの時とはまるで違って、子どものように目を煌めかせている。

——まったく。俺は事件に向き合った時のこの人の行動に、ミステリと同じくらい惹きつけられているらしい。

「分かりましたよ。放っておくと、明智さんが騒ぎを大きくしそうですからね」

「聞き捨てならんがそういうことにしといてやろう。では本日二度目の張り込みといくか」

購買パンとジュースを補給しながら、本部棟の外で待つこと三十分。十七時まであとわずかになった頃、派手な見た目の久守が、疲れた空気をまとって出口に現れた。すぐ後からもう一人の男子学生も出てきたが、顔も合わせないまま久守を追い抜いていく。

「どうしましょう。二人とも呼び止めますか」

「個別に聞く方が望ましい。今日は久守君だけにしよう。彼女が現場の状況に一番詳しいはずだ」

俺たちが近づいて行くと、久守は顔を上げた。

「お疲れのところ申し訳ない。先ほどの事件について、我々にも話を聞かせてもらえないだろうか。まず君があの研究室にいた経緯だが」

早くも明智さんが会話のステップを無視しようとするので、慌てて口を挟む。

「俺は経済学部一回生の葉村です。この人は理学部三回生の明智。俺たちミステリ愛好会というサークルに所属していて」

すると久守は目を大きく見開いた。

「もしかして、あの便利屋の？」

「違う」「それです」

言葉は百八十度違えど、どちらも「おお、ご存じでしたか」の意味なので問題ない。

久守の顔にわずかに活力が戻った。

「私の友達も以前、お世話になったんです。ＳＮＳでの匿名のトラブル相手を投稿内容から突き止めてもらったとか」

「ああ、昨年の『版権イラスト大量投下事件』だな」

なんだそれはと思ったが、結果的に久守から一応の信頼を得られているようなので、俺は構わず続けた。

「今回の事件について、久守さんの知っていることを教えてもらえませんか」

久守は溜まったものを吐き出すように重い息をついたが、ややあって頷いた。

俺たちはいつもミス愛の活動で使っている、大学近くの喫茶店に移動する。カウンターにしか客はおらず、離れたテーブル席に着いた。

明智さんと久守はアイスコーヒー、俺はクリームソーダを注文。互いに一息ついたのを見計らい、明智さんが話を切り出す。

「教務課でのやりとりを含めて聞かせてほしいのだが、口外を禁じられたかい」

「いたずらに言い触らさなければ大丈夫じゃないですかね。それに、私にとって状況が不利すぎて、相談できそうな人もいなくて困っていたんです」

久守はそう前置きして話し出す。

きっかけは今日の四限目の宗教学の時間だった。

講義が終わり、あとは終了の時間を待つばかりとなったタイミングで、柳教授が突然出席日数のことを話し始めたのだという。

神紅大学では通常、十五回ある講義のうち五回まで欠席が許される。だが六回以上欠席をしては、いかに成績が良くとも単位が与えられない。当然学生たちはそれを計算した上で、事情がある場合、あるいは単に休みたい時に講義を欠席する。

柳教授は、本来出席日数が足りないにも拘わらず、卑怯な手段でそれを誤魔化す方法——つまり代返について糾弾した。

柳教授の講義では毎回一番前の座席に出席簿を置いており、始まる前に自分でチェックを入れることで出席確認となる。受講人数が多く、代返がしやすいことで有名で、そこにいるほとんどの学生は身に覚えがあったのだ。

柳教授は出席日数が単位取得の条件にある以上、代返はカンニングに相当する悪行であることを滔々と述べ、こう続けた。

「とはいえ、期末試験の直前に不可を申しわたすのは残酷というものだ。よって特別に救済措置を講じる。これからその該当者を呼ぶから、教卓まで来なさい」

そこで久守みのりと、寺松颯の名が呼ばれたのだという。

先ほど柳教授と一緒に現れた男子学生が、その寺松である。

久守の口調に、初めて苛立たしさがにじむ。

「絶対おかしいんです。そりゃ代返は何度か使いました。でも宗教学をとっている学生はみんなやってることだし、どうして私たちだけが叱られるのか」

「もう一人の、寺松君とは元々知り合いなのかい？」

首が横に振られる。

「喋ったのは今日が初めてです。もっとも向こうはよく講義中にいびきをかいて居眠りするので、ある意味有名人ですけど」

　寺松の方は柳教授に目をつけられる理由があったわけだ。久守自身は素行にこれといった心当たりはなさそうだから、外見が目立つせいで覚えられやすかっただけかもしれない。

　講義後、二人は柳教授に連れられて研究棟にやってきた。柳教授の部屋に入ると応接用のソファに向かい合って座らされ、それぞれ白紙のコピー用紙を渡された。

「代返をして不正に単位を取得しようとしたことについて、直筆で反省文を書きなさい。そうすれば期末試験を受けることを認めよう」

「家で書いてきたら駄目なんすか」

　寺松が不満を漏らすと、柳教授は不快そうに鼻を鳴らした。

「どうせネットで探した文例をコピーするつもりだろう。自分の言葉で反省を書かないと意味がない」

　久守はこれまでの人生で反省文など書いたことがなかった。時には友人の課題を見せてもらったり授業をサボったりもするが、悪目立ちしない程度に要領よく生きるのがモットーなのだそうだ。

　彼女が苦労しながらペンを動かしている間も、柳教授は横に立ってぐちぐちと説教を垂れていたという。なんのために授業料を払って大学に来ているのか、我々がどれだけ苦労して講義の準備をしているか等々。

「単位取得の状況は就職活動にも影響することがある。だからこそ我々は学生にとって公正で意義のある試験になるよう頭を悩ませ、毎回試験問題を用意しているというのに」

　そう言って掲げられた柳教授の右手には、黒いＵＳＢメモリが握られていた。中に試験問題が保存されているというわけだ。

久守と寺松の視線がそちらに向けられると、教授はプイと踵を返し、キャビネットの下にある金庫の中にそれをしまい、扉を閉めてしっかりと施錠した。

「あからさまに、私たちから手元を隠す仕草をして鍵をかけたものだから、頭にきちゃって」

久守が言いながらグラスを握る手に力をこめた時、店のドアベルが鳴った。カウンター席にいた客が帰り、店内の客は俺たちだけになる。

問題はこのあと、と久守は続ける。

柳教授のスマホが鳴ったのだ。

「もしもし。——なに？」

電話に出た教授が困惑の色を浮かべた。さらに二言三言交わすと通話を切り、

「ちょっと席を外すから、反省文を書き終わったら帰ってよろしい」

そう言い残して部屋を出ていった。

すると驚くことに、それから一分も経たないうちに寺松がペンを置いて立ち上がった。

「それじゃあお先に帰るわ。反省文、ここに置いておけばいいんだよな？」

紙を覗くと、小学生のような語彙の、汚い文字の羅列がたった三行ほど並んでいるのが見えた。とても反省文と呼べるような代物ではなかったが、寺松は気にするふうもなく部屋を出ていく。

こんなやつと一緒にされたのかと、久守はさらに暗い気分になったという。

「私はもう少し粘って書こうと思ったんですけど、冷房がきつくて体が冷えたせいか、その後すぐお手洗いに行きたくなっちゃって」

「確かトイレは廊下奥の階段の手前だったね」

明智さんの言葉に久守は頷く。

「せいぜい三分ほどで戻ったはずです。そうしたら、研究室の中があの通り荒らされていて。最初は呆気に取られていたんですけど、金庫が開けられて空っぽになっていることに気づいて、とにかく柳教授に知らせなきゃと外に出たんです」

俺たちと鉢合わせしたのはその時だ。

時刻でいうと、十六時十分から二十分頃のできごとだろう。

奥の階段は、直後に明智さんが立ち話をしていた二人の教職員に確認して、誰も通らなかったと証言を得た。しかし俺たちのいた側の階段については誰が通ったか分からないし、エレベーターが使われた可能性もある。通りかかった人をリストアップし、そこから容疑者を絞りこむのは望み薄だろう。

「それ、俺たちと会った時も持っていましたよね。手洗いにも持っていったんですか」

隣の席に置いてある緑色のトートバッグを示すと、久守は中身が見えるように口を開いた。

「教務課の人には、私がUSBを盗んだんじゃないかって疑われて、服のポケットまで調べられたんだけど、当然なにも見つからなくて」

A4サイズのノートが入るくらいのトートバッグには、小物ポーチと長財布、スマホ、タオルハンカチに、ルーズリーフと文房具など最低限の勉強道具が入っている。

「しかし常識的に考えて、金庫なんてそう簡単に開けられるものではないだろう。部屋に一人で残っていたというだけで久守さんが疑われるのは不自然だ」

久守は頷く。

「金庫の鍵は四ケタの数字のダイヤルを合わせるタイプでした。教務課の人が言うには、その番号は施錠者が自由に設定できるんだそうです」

「ホテルの客室とかで見るやつだな」

「はい。もちろん私たちに見えないよう施錠されましたし、柳教授は番号をメモ書きなどはしてなかったと言ってます。誕生日などから推測できる番号でもなかったそうで」

「適当に開けようとしたら、一万通りか」

「私が一人になってから開けようとしてもとうてい無理な話なんですけど……、どうも外見が印象悪いみたいで」

久守は投げやりに長い前髪をかき上げた。金と紫に染められた髪やバッチリ施されたメイク、パンク系のファッションは、確かにアウトローな印象を受ける。だが話を聞く限り、彼女はあくまで常識の範疇で要領のいい方法をとるというだけの、普通の学生だ。

今のところ彼女はシロに思える。

「部屋が荒らされていたことからすると、犯人は手当たり次第に漁ったようです。久守さんは目の前でＵＳＢが金庫にしまわれるのを見たんだから、その必要がないでしょう」

しかし明智さんは一笑に付す。

「そんなの、容疑から逃れるためにあえて部屋を荒らした、と言ってしまえばそれまでだろう」

「いつ柳教授が戻ってくるか分からないのに、わざわざ時間をかけて、ですか」

「それを言い始めたら、そもそも盗み自体リスクが高い行為だ」

やりとりを聞いていた久守が不満げに口を挟む。

「というか、私は試験問題を盗む必要なんてないですから。宗教学を落としたとしても単位は足りる計算ですし、こう見えて単位を落としたこともないです」

彼女の言い分を信じるとしたら、代わりに容疑者となるのは、もう一人の当事者の寺松である。

「反省文すらちゃんと書かない性格で、講義中もよく寝ているんですよね。彼なら試験問題を盗むこともありえるんじゃ？」

「やや偏（かたよ）った推理だが、確かに彼も金庫にＵＳＢがあることを知っていたんだしな」

ところが、久守がこれを否定した。

「さっき聞いたところでは、先に部屋を出た寺松君は研究棟の出入口で柳教授と会ったそうです。宇田川教授から盗難が起きたという連絡が入るまで、二、三分ほど立ち話をしていたって」

久守が部屋を不在にしていた時間は三分。その前に部屋を出た寺松が、一階に下りて出口で二、三分ほど喋っていたのであれば――。

「彼には戻って盗みを働く時間はないということか」

まして部屋を荒らす余裕まではなかったはず。

出入口には防犯カメラがあり、教務課が映像を確認したという。久守は見せてもらっていないが、柳教授と寺松が疑われていないことからしても、彼らの姿はちゃんと防犯カメラに映っていたと考えるべきだろう。ちなみに受付の名簿はやはり有名無実化していたらしく、人の出入りの証明にはならなかった。

こうなると、手洗いに立ったという久守の説明の方が疑いを持たれたのも頷ける。

「他になにか、部屋の様子で気がついたことはなかっただろうか」

「そう言われても……」

久守は困り顔で頭を抱えた。

「最初入った時、芳香剤の匂いがしたのは意外だったかな。教授のキャラに合わないっていうか。

でも部屋が片づいていたから、綺麗好きなのかも。反省文の紙とペンは教授が用意して。本棚は……よく覚えてない。専門書が並んでいたけど、ぎっしり詰まってなくてすいた段もあった。荒らされた後はそういう本が床に散らばっていて……。そう、トイレから戻ってきた時も部屋がまた寒くて」

明智さんが腕組みして耳を傾ける横で、俺は彼女の証言を書き漏らさないように必死でメモを取る。

「例えば、最初に君たちが部屋を訪れた時から、中に誰かが隠れていた可能性は？」

「えっ」久守が顔を引きつらせる。「室内に隠れるような場所はないと思いますけど」

「窓から誰か出入りした様子は？」

「ブラインドが下りていたので、なんとも……」

確かにそうだった。冷房の効果を高めるために日差しを防いでいるのだろう。

そこで久守はようやく心当たりを口にする。

「さっきの聞き取りの時、柳教授が気になることを言っていたんです。教授が部屋を出るきっかけになった電話表示は非通知だったって。相手は息子さんの名前を名乗り、大切な用事があって訪ねてきたから、研究棟の前まで出てきてほしいと言われたとか」

なんとも不穏な匂いがする。

「それで、指定の場所で待っても息子さんの姿は見当たらなかった？」

「教務課の部屋で息子さんにかけ直して確認したら、そんな電話はしてないと言われて」

身内を騙って呼び出すのは、特殊詐欺の手口だ。

「息子さんの声かどうか、分からないものなんですね」

「オレオレ詐欺の被害件数を考えれば、致し方ないだろう。我々だって電話越しに親だと言われれば間違うかもしれん。そもそも声の波形をそのまま伝える固定電話と違い、スマホのような無線での通話で聞こえているのは本人の声に似せた合成音声だ」

こういう豆知識は明智さんの得意分野だ。バイト先の探偵事務所の所長が雑学好きで、話し相手をしているうちに覚えたのだとか。

「いずれにせよ、今回の犯行は計画的なものみたいですね」

「だが久守君たちが反省文を書かされていたのは想定外だったはず。二人とも下手をしたら、犯人と鉢合わせしていたかもしれん」

しかし、久守は根本的なところで疑問を感じているようだ。

「こんなことまでして宗教学の試験問題が欲しい人がいるでしょうか？　やらなくてもせいぜい単位を一つ落とすだけのことじゃないですか。一般教養の科目だし、まだ前期なんだからいくらでも挽回できるのに」

これが大学の入試問題であれば、盗んででも入手したいと思う人だっているはずだ。だが確かに、たかが一科目の期末試験では……。

「来週から試験が始まりますけど、宗教学はいつですか？」

「ちょうど一週間後の木曜。でも、試験問題が盗まれたんだから、このままやるってわけにはいかないんじゃない」

「犯人の目的はそこかもしれませんね。単位はともかく試験を中止、もしくは延期にしたかったとか」

「なんにしても、いい迷惑だよ」

久守は暗い顔で零した。

「教務課の人たち、完全に私のこと疑ってた。もう宗教学は諦める。試験を受けても、絶対にズルしたと思われるだろうし。単位を落とすよりも身に覚えのない罪で陰口を叩かれる方が、きついよ」

久守が先に店を出た後、明智さんがスマホを取り出した。しばらく画面を見つめ、低くうなってテーブルに置く。

「理学部の後輩に、久守君について訊いてみたんだが、めぼしい情報はないな。成績はよく、友人も多い。本人も言っていた通り、留年とは縁遠い学生らしい。この後輩も宗教学をとっていて、ほとんどの学生が代返をしているのにあの二人だけが呼び出されたのは疑問だと」

「久守さんは目立ちますから、講義にいなかったらすぐ分かるじゃないですか。代返もバレやすかったんでしょう」

今日呼び出されることは久守には予想できなかったし、試験問題を盗む必要がないとなると、単に運の悪かった第三者と見るのが妥当だろう。

「極端な話、動機は見当たらないが犯行が可能だった人物と、動機はあるが犯行が不可能な人物がいたら、葉村君はどちらを疑うかね」

「現実には前者ですが、ミステリ的には後者でしょう」

「その通り。これは現実の事件だが、我々はミステリを愛しているわけで……おい、この流れだと、どっちを疑えばいいいんだ？」

真面目な顔で考えこむ明智さんを横目に、俺はグラスの底に残る緑のソーダをズズと吸い上げた。

「なんにせよ、関係者全員を疑って、犯行不可能な人を除外していくしかないでしょう」

「そうだな、かのホームズもそんなことを言っていた」

明智さんはけろりと立ち直る。

現時点で久守が疑われているのは、一人きりだった時間がある上、手洗いに立った隙に事件が起きたのも、話としてでき過ぎだからだ。だが逆に言えば、そんなあからさまに疑われるような状況で盗みを働くのも、自らが第一発見者となって騒ぐのも不自然だ。

一方、寺松と柳教授は建物の出入口で話をしていたためアリバイが証明されているように思える。この先の捜査で状況がひっくり返ることがあり得るのだろうか。

俺たちが愛するミステリのように。

3

翌日の金曜、明智さんは寺松について知人からの情報を辿り、受講している講義を突き止めると、終了後に彼を待ち構えた。当然俺にも招集がかかり、

「大学初めての期末試験を控えているんですが」

と断りを匂わせたのだが、

「落とせない専門科目は来週末だろう。まだまだ余裕がある」

きっちり調べを入れられていた。

もちろん明智さんが摑んでいたのは俺のスケジュールだけではない。教室前の廊下で寺松を待つ間、事件関係者の情報を教えてくれる。

「柳教授はあまり教育熱心ではなく、大学で職を続けることが大事という考えの持ち主のようだな。研究室の学生に聞いても、指導らしい指導をしてくれない、とっつきにくい人物らしい。お酒が好きで、勤務後にこの近辺の居酒屋でよく姿を見かけるそうだ。だが大学や学生とのトラブルの噂はなかった」

事件の時も、状況を整理しないうちに久守に詰めよるなど、短気そうな印象だった。

「寺松君は工学部の二回生だ。実家がお寺で、厳しい両親から逃れるために進学したようだな。学費は実家に出してもらっているが、すでに一年留年していて仕送りを打ち切られそうだと友人にこぼしたらしい。一度テニスサークルに入ったが、ほとんど練習に顔を出さず辞めている。バイトも長続きせず飽き性だが、かなり楽天家で、落ち込むタイプではないらしい。口癖は『一切皆苦(いっさいかいく)』」

「……どういう意味です？」

「ざっくり言うと『なにごともうまくいかないけど、しゃあない』だ」

そこで仏教らしさを出さなくても。

講義が終わり、寺松が教室から出てきた。

明智さんが聞き取りを求めると、最初は乗り気ではなかったが、飯をおごると言うとあっさり態度を翻(ひるがえ)して、近くの焼き鳥屋を指定した。

「ここ、来たかったんすよね」

「有名な店なのかね」

「いや、昨日柳センセから聞いて」

事件が起きている時、そんな話をしていたのか。テーブル席についた寺松はビールと一番高い盛り合わせを注文し、

「で、昨日のことだっけ」

と進んで機嫌良く話を始めた。自分が疑われているとは微塵も思っていない様子だ。

明智さんと俺はウーロン茶だけを手に話を聞く。

彼もまた、代返の件で呼び出しを食らったのは予想外だったという。

「この単位落としたらマジでやばかったんで、俺」

「久守君の話では、君たちが反省文を書いている途中で柳教授が電話を受けて、部屋を出て行ったと」

「そうそう。息子からだと思ったらいたずら電話だったんだって」

「通話の内容は聞こえたのかい？」

寺松は思い出そうとするように斜め上を見たが、すぐに「いいや」と首を振った。

「とにかく柳センセがいなくなってラッキー、としか思わなかったよ」

「君はずいぶん早くに反省文を書き終わって出ていったらしいね」

「短いけどちゃんと『すみませんでした』って書いたから大丈夫でしょ」

悪びれずに笑い飛ばし、ちょうど運ばれてきた焼き鳥の串に手を伸ばす。具がどれも大ぶりで、おいしそうだ。その分値段も張るが。

「教務課の人にも話したけど、俺が研究棟を出るまで誰とも出くわさなかったよ」

「出入口では柳教授と会ったんだね」

「そう。柳センセは電話の相手を探してキョロキョロ辺りを見回してて、俺と目が合うと『もう書き終えたのかね』って睨んできてさ。ちょっと不味いかなと思って、なんとか近くの居酒屋のことに話題を逸らしたんだよ。柳センセが酒好きって話は聞いたことあったからね。あ、この店のこともその時に聞いたわけ」

それから研究室が荒らされたという電話が入るまで、二人は最近見つけたいい飲み屋の話をしていたらしい。

防犯カメラに映っていたこともあり、彼はアリバイに自信を持っているようだ。

「それに俺が試験問題を盗もうと考えたなら、逆に部屋に長居して久守さんがいなくなるのを待つはずだろ」

「念のため訊くが」明智さんが声を潜めた。「研究室にいる間、久守君が手洗いに立ちそうな様子はあったかね」

これには寺松も嫌そうな顔をした。

「そんなもん分かるかって。寒そうにしてたから、部屋を出る時にエアコンの設定温度を何度か上げてやったけどさ」

「部屋に入ってから飲み物は？」

「口にしてないよ」

明智さんは、利尿剤などを盛られて手洗いに立つよう誘導された可能性を考えたのかもしれない。

質問が途切れると、寺松はすかさず店員にビールのおかわりを注文した。すでに顔が真っ赤だ。

俺は明智さんの言葉を思い出した。動機は見当たらないが犯行が可能だった人物と、動機はあるが犯行が不可能な人物、どちらを疑うべきか。

動機の点でいえば久守よりも、単位を落とすわけにはいかなかった寺松の方が疑わしいが、彼には部屋を荒らし、試験問題を盗み出す時間がない。

すると、当の寺松の口から思わぬ言葉が飛び出した。

「疑われている久守さんも可哀想だよな。あの子が犯人だったら、俺のスマホを持って行くはずがねーもん」

「君のスマホ？」

初めて聞く言葉に俺たちは顔を見合わせる。

「聞いてない？　俺、テーブルの上にスマホを置き忘れたんだよ。出入口で柳センセと喋っている時に気づいてさ。取りに戻らなきゃって思ってたら、ちょうど盗難の知らせが入ったんだ」

「そのスマホが盗まれたのか？」

「そ。俺も事件後の部屋には入れてもらえてないけど、中を調べた教務課の連中がスマホはなかったって言うんだ」

「久守さんはそんなこと話してくれませんでしたね」

俺が言うと、寺松はこちらに指を突きつけた。「しょうがねーだろ。久守さんは俺がスマホを忘れたことには気づいてたらしいけど、盗難があってからはパニック状態だったんだから。一切皆苦」

それ、使い方合ってるか？

とはいえ彼の言うとおりだ。目の前に開いた金庫があるというのに、ほかのことに目を留める余裕はない。

「きっと犯人は俺のスマホをセンセのものと勘違いしてぇ、USBのついでに盗んでいったんだ。久守さんならそんな勘違いしねえ」

「スマホは探してみたのかね」

「二階の廊下にもトイレにもなかったって。聞き取りの時に電話をかけてもらったけど、柳センセや久守さんの服や荷物から着信音は聞こえなかった。だから犯人はあの二人じゃなくて、外から来た誰かが持ち去ったんだら」

だらってなんだ。ビール二杯で酔いすぎだ。

「でもいいんら。大学は警さちゅ沙汰にはしたくないって、スマホを弁償してくれるんら」

寺松の破滅的な酒の弱さは予想外で、その後はなにを質問しても要領を得ない答えが返ってくるばかりだった。これ以上は無駄だと悟ったのか、明智さんは聞き取りをお開きにした。

頼りない足取りで去って行く寺松を見送りながら、己を律することができる人間かどうかは、こんな形で人前にさらされるものなのだと学んだ。お酒って怖い。

「試験問題のUSBだけでなく、寺松さんのスマホも盗まれた。これは重要な情報ですね」

寺松が話した通り、久守が犯人ならスマホには手をつけないはず。そう俺が言うと、

「久守君が自分から疑いを逸らすためにあえて盗んだ、という可能性もある。部屋を荒らすことに加え、スマホを盗むことで、USBの在処を知らなかった人物の犯行という印象は強くなるからな」

と明智さんはあくまで慎重な推理を展開する。

「盗んだ後はどうしたんですか。結局スマホはどこからも見つかっていないんですよ」

明智さんは考えを整理するように歩き出した。俺も後を追う。

「では寺松君の言うように、外から来た誰かが犯人だったとして、具体的にどんな動きをしたのか。あくまで、犯人にとって久守君と寺松君が柳教授の部屋に呼び出されていたことは想定外だったとしよう」

「柳教授を電話で外におびき出せば、部屋は無人になると思っていたんですね」

「犯人が部屋を訪れた時、久守君はトートバッグを持って手洗いに行っていた。そんなことはつゆ知らず、犯人は教授が戻ってくるまでにことを済ませようと、部屋中を漁った。金庫には四ケタの数字で鍵がかかっていたが、運よく二、三分の間に解錠に成功すると、中のＵＳＢとともにテーブル上のスマホを持ち去った」

犯行のタイミングといい金庫を開ける早さといい、さすがに運に恵まれすぎている。可能性がゼロとは言い切れないが、ミステリとしては面白みに欠ける真相だ。

その時、一つのアイデアが頭に降ってきた。

「――あ」

「どうした」

「犯人からの電話で柳教授は研究棟の出入口まで下りて、盗難が発覚するまでそこで寺松さんと立ち話をしていたんですよね」

「ああ」

「その間に同じ人物が目の前を出入りしたら、絶対に目立つと思うんですよ。でもそんな話は出てきていないし、防犯カメラにも映っていなかったんでしょう。ということは」

明智さんにも意図が伝わったようだ。

「すでに研究棟の内部にいた人物が犯人、ということか」

4

翌日の土曜、俺たちは柳教授から話を聞くため、再び研究棟を訪れた。盗難事件の後なので建物に入れてもらえないかもしれないと心配したが、杞憂に終わった。前回のように受付の窓口で入館者名簿に記入すれば入ることができた。さすがに大学もセキュリティを見直すよう通達したのか、今日はページの頭から学生や配達業者と思われる名前がずらりと書かれている。

二階に上がっても廊下には誰の姿もなく、立入禁止にもなっていない。

「寺松さんが言ったとおり、この件は警察に相談しなかったんですかね」

「このところ立て続けに学内の事件が新聞に出ているし、これ以上大学の評判を落としたくはないだろうからな」

その事件の多くに関わっていることを考えると、明智さんには割と探偵の素質があるのかもしれない。

明智さんは廊下を進み、柳教授の部屋のドアを躊躇なくノックする。土曜は講義がないので不在かもと思ったが、すぐ返事が聞こえた。

「はい?」

「理学部三回生の明智です」

それはそうなのだが、教授からすれば意味がないに等しい答えだ。思った通り、ドアが開いて柳教授が怪訝な顔を覗かせる。

一昨日と同じく芳香剤の匂いとともに、涼しい空気がドアの隙間から漂ってきた。

「君らは確か……」

「一昨日、久守さんと一緒にいた者です。捜査がどうなっているのか伺いたくて」

柳教授は迷惑そうに鼻を鳴らした。

「どうもこうも、学内で処理するそうだよ。この私も防犯意識が甘かったとお叱りを受けた。なにが防犯意識だ、ＵＳＢは金庫に入れていたし、部屋には学生を残していたんだ。あれ以上どうしろと言うのか」

「教授が戻るまで不在にしないよう、二人に伝えておくべきだったのでは」

明智さんが突っ込みを入れる。

「あの学生が便所なんぞに行かなければ、それも問題にはならなかったんだ！　そもそも状況からして盗むことができたのは彼女だけじゃないか」

やはり相当苛立っているようだ。

「まさか、彼女は退学や停学になるんですか」

教授が憎々しげに首を振る。

「今は証拠がないということで、大学は及び腰だよ。変に彼女を刺激して、警察や弁護士が出てきたら面倒だと考えているんだろう。まったくやってられんよ。とにかくそういうことだ。帰った帰った」

俺たちを追い払おうとする教授の前で、明智さんがわざとらしく深刻そうな声を出した。

「我々は今回の事件の真相を突き止めるよう依頼を受けて動いているのですが、一筋縄ではいかないんですよね」

無論、依頼など受けてはいない。

「どういうことかね」

「ご存じと思いますが、犯人は寺松君が忘れていったスマホも一緒に持ち去ったんですよ。久守君はそれが寺松君のものだと知っているのだから盗む理由がないし、足がつくリスクが増すだけです。これは彼女が犯人である可能性を否定する根拠たり得ます」

明智さんは教授の不安を煽（あお）って情報を引き出すつもりのようだ。思惑通り、柳教授の顔からは怒りの色が消え、目が泳ぎ始めた。

追い打ちをかけるように、明智さんは昨日の帰り際に交わした推理をまとめて披露し、犯人が久守さん以外の、研究棟にいた人物である可能性を突きつける。

「確認ですが、部外者が出入りできるのは正面出入口だけですね？」

「うむ、裏口から入るにはＩＣチップ付きの許可証が必要だ。そして私が電話で呼び出される前後に、誰かが裏口から入った記録はないと判明している……」

「やはり、事態は思ったよりも深刻なようです。今回の犯人は、身近にいるのかもしれない」

いかにも親身そうな態度をとりながら、明智さんは教授を室内に押しこみ、自らも身を滑らせる。俺も調子を合わせてうんうん頷きながら後に続き、後ろ手にドアを閉めた。まるで訪問販売の押し売りである。

俺たちは事件の影が消えた室内を見回す。いわば、久守と寺松が連れてこられた時の状態に戻ったわけだ。

「教授を呼び出した電話ですが、相手の声に覚えはありませんでしたか」

「いや、最初は息子の声と間違えたくらいだから……」

教授は先ほどまでの勢いはどこへやら、もごもごと答える。

「しかし、息子さんが事前の相談もなく訪ねてきて、外に呼び出されるなんておかしいと思わなかったんですか」

「息子の親権は元妻にあって、もう何年も会っていないんだ。離婚したのは十年以上前だが、恥ずかしい話、当時は色々と揉(も)めてね」

話によると、息子が成人するまで養育費を渡すよう取り決められたのだが、その支払いが滞(とどこお)った時期があり、息子との面会を断られていた。そのため息子が元妻に内緒で会いに来たと思い込み、外に誘い出されてしまったのだという。

「もう一つお訊きしたいことがあります。試験問題のデータですが、あのＵＳＢ以外には残っていないのですか」

「いや。自宅のパソコンと、印刷データに使うため、教務課のパソコンには保存されている」

「来週の試験はどうするんですか」

「上と相談した結果、今から違う問題を作って、差し替えることになった」

それを聞いて、明智さんのリムレス眼鏡の奥の瞳がすっと細まる。

「そこなんですよ、ずっと引っかかっているのは。試験問題は盗んだことに気づかれちゃいけないはずだ。でないと、別のものに差し替えられてしまう」

そう。今回の事件のように、部屋を荒らして犯行が露見してしまっては、せっかく盗んだ問題が役に立たなくなる。偽の電話で教授を誘い出すなど手の込んだことをしている割に、計画がちぐはぐなのだ。

「となると、おそらく犯人には別の目的があったのでしょう。ＵＳＢに手をつけたのは、金庫に入っていたために重要なものだと踏んだだけかと」

「しかし、他に狙われるようなものなんて、私には心当たりがない……」

柳教授はすっかり落ち着きをなくした様子で室内を歩き回る。

俺は犯人とは別に、気になっていたことを尋ねた。

「あの二人の処遇は、結局どうなったんですか」

「処遇？」

「代返の件ですよ。特に久守さんの反省文は途中だと思うんですが。来週の試験は受けられるんですか？」

柳教授はようやく思い至ったかのように「ああ！」と声を上げ、

「試験は受けさせてもいいだろう。私も新しい試験問題を作らねばならんし、あの文面からも二人の反省の態度は伝わったからな」

俺は内心で首を傾げる。

久守はともかく、寺松の反省文の内容はまともではなかったはずだが、ひょっとして柳教授はちゃんと読んでいないんじゃなかろうか。単に、代返をした学生たちに対する見せしめにしたかっただけか。

「教授、よろしければもう一度この部屋を調べさせてもらえませんか。こう見えて我々はいくつもの事件を解決してきた実績があります。守秘義務があるため詳細は申せませんが、学内の秩序の維持にぜひとも協力したいのです」

明智さんはお馴染(なじ)みの名刺を取り出し、教授に差し出す。事件のほとんどが浮気調査とペット探しだとはとても言えないが、嘘ではない。

柳教授も明智さんの口車に乗せられたようで、

「犯人を捕まえられるのなら、ぜひとも頼む。散らかっていたものはこの通り片付けてしまったが、気の済むまで見ていきたまえ」

とすっかり態度を軟化させた。

「明智さん、指紋の採取とかできます？」

「できることはできるが、この室内よりも関係者の指紋を採取させてもらう方が難しいだろうな」

さすがに素人探偵がそこまでしたことが露見すると大学側に睨まれかねない。

明智さんは部屋の奥にある窓に近づき、日差し除けのブラインドを上げた。

「事件の時、窓は閉まっていたんですか」

「それは教務課も確認してくれた。ちゃんと鍵がかかっていたよ」

窓の外は駐車場で、その向こうには派手な赤い屋根の民家が見える。この建物は大学の敷地の際にあるのだ。

室内に目を戻すと、久守が話していたように、本棚のあちこちに歯抜けになった隙間があり、本が傾いている。猫探しを依頼してきた里中教授の研究室とは違い、かなりさっぱりした印象だ。

明智さんは金庫の前に腰を下ろした。扉に手をかけると、鍵はかかっておらず簡単に開いた。

「言っておくが、当日はちゃんとダイヤルロックをしていたからな」

柳教授が釘を刺すが、明智さんはそれに答えず、床に視線を落としている。

「どうしたんですか」

「金庫の形に沿って、床に埃の跡がついているんだが、少しだけ金庫の位置とずれている」

俺も覗いてみると、確かに金庫の右、ちょうど扉の蝶番の下にあたる部分のリノリウムの黒ずみが金庫からずれて、床の綺麗な部分が露出している。金庫の位置がわずかに左に動いたみたいだ。

「部屋がかなり荒らされていたからな。金庫を乱暴に開けた勢いでずれたんじゃないか」

教授はあまり重要と捉えていないようだ。

試しに俺が金庫を両手で引っ張ってみると、そこまで重くはなく、一人で動かすことができた。

それを見ていた柳教授は納得の表情を浮かべる。

「これなら女性でもなんとか動かせるな」

明智さんは呆れ気味に、

「教授、先ほども言いましたが、久守君が犯人だとすると行動に不可解な点が多すぎるのです」

と諭(さと)すが、逆に教授は反論する。

「不可解というなら、君たちの推理にも言いたいことがある。もし久守君が犯人でないのなら、私がＵＳＢを金庫にしまった直後に盗難が起きたのは偶然か？　まるで見ていたようなタイミングじゃないか」

明智さんはむむ、と黙り込む。

自分の主張に含めた甘えは他者にも認めなければいけない。明智さん自身の信条である。

では、そのタイミングの良さも犯人の計画の内だとしたらどうだろう。

要は、犯人が室内の状況を把握できていたならいいのだ。

「この部屋に盗聴器や隠しカメラが仕掛けられていないでしょうか」

俺の質問の意図を明智さんはすぐに察した。

「仕掛けを使って、部屋の様子を窺(うかが)っていたということか」

俺たちは手分けをして部屋中を調べたが、物の少ない室内はすぐに探し終えてしまい、それらしいものは見つけられなかった。

すでに犯人の手によって回収されたのかとも考えたが、事件後にこの部屋に入ったのは久守と教授、そして教務課の人間だけだから、可能性は低いだろう。

「隣の部屋にいた人物なら、仕掛けを使わずともこちらの様子が分かるんじゃないか」

明智さんが隣室との壁に目を向けると、柳教授が言った。

「盗難が起きた時間帯、左隣の宇田川教授は在室だった。右隣は誰も使っていない空き部屋だ。ちなみに今日までの聞き取りで、この階の他の教授たちは講義や他の用事で部屋にいなかったことが分かっている」

5

明智さんと隣の部屋を訪ねると、宇田川教授は在室していた。

がらんとした柳教授の部屋と違い、どちらかと言えば猫探しの里中教授の部屋に似て、本棚からあふれた書籍が所狭しと床や机に積んである。

「悪いね、すぐにどかすから」

「いえいえ、立ったままで大丈夫です」

ソファまで占領している書籍の山に手をかけた教授を制して、明智さんは話を始める。

「盗難が起きたと思われる時間、柳教授の部屋の様子で気づいたことがあればお聞きしたいのですが」

　宇田川教授はこちらの探りは承知とばかりに大きく頷くと、講義さながらの力強い口調で喋りだす。

「まあ隣にいたんだから、疑われてもしゃあねえわな。ただ前も言ったとおり、盗難が起きた時間は家内と電話をしてたから、なーんにも気づかなかったんだ」

　会話にはやや大きいこの声も、本人にとっては日常化しているのだろう。

「こういうことは、曖昧にしとくのが一番いけねえから、通話記録も見せたし、家内から教務課に証言してもらったんだ。ほら、儂が部屋を荒らしたのなら電話の向こうにも物音が筒抜けになるはずだろう？」

　金庫を開けるだけならまだしも、本棚の中身を床にぶちまければかなりの物音がする。柳教授に盗難を知らせる電話をした時も、受話音量が大きく通話内容が丸聞こえだった。一切の物音を立てずにあの状況を作ろうとすれば相当な時間がかかるだろう。まして宇田川教授はこの大声なのだ。話しながら盗みを働いたと考えるのはあまりにも大胆すぎる。

「その通話と盗難の時間が重なることは、ちゃんと証明できたのですか」

「もちろんだ。儂が柳教授に盗難を知らせた電話の記録もちゃんと残ってるからな。そっから逆算すればいい」

　宇田川教授のスマホを見せてもらうと、
16時00分　嘉子　15分10秒
16時17分　宗教学　柳　30秒
という記録が残っている。前の電話が終わったのが十六時十五分だから、その後二分の間隔があるが、この間に手洗いから戻った久守が盗難に気づき、階段で俺と明智さんと鉢合わせして研究室に戻ったと考えると、宇田川教授が空き巣を行う余裕はほぼない。

俺たちが考えに沈むのを横目に、宇田川教授はデスク上の魚の名前の漢字がびっしりプリントされた湯飲みを手に取り、朗々と続けた。

「建物の出入口には柳さんともう一人の学生がおったそうだし、曲がりなりにも受付があるんだから、部外者が出入りしたんなら目につくわな。だからこそ内部のモンが疑われとるのだろうが……。儂にはそれも辻褄(つじつま)が合わん気がするけどの」

「辻褄？　どういう意味です？」

湯飲みの中身を呷(あお)ると宇田川教授は俺たちの間を割ってドアに向かい、手招きした。

「見てみ。研究室のドアについとる鍵は単純なシリンダー錠だ。専門家じゃなくても破るのにそう苦労せんだろう」

「ええ、俺でも五分もあれば開けられるでしょう」

明智さん、胸を張って言わないでくれ。

「だったら、皆が帰った後に鍵を破って入った方が、面倒がないだろうよ。どうして偽電話で呼び出し、人に見られるリスクを背負ってまで盗みを働く？」

またしても行動の不可解さという論点を突きつけられた。

建物への出入りという観点からすると内部の犯行に思えるが、そうであればもっとリスクの低い方法がある。犯人はあの時しかチャンスがなかったからこそ、窃盗に踏みきったはずなのだ。

手がかりが増えるどころか謎はますます深まり、俺たちは重い足取りで宇田川教授の部屋を出た。

「もう一度、情報を整理しよう」

研究棟を出た明智さんは一番近い自販機で飲み物を買い、片方を俺に投げて寄越す。

「一番の問題は、犯人が非常に限られた時間で部屋を荒らし、金庫を開けたことだ。久守君が部屋を離れていた三分以内にすべてを完了するのは、相当困難だろう」

「久守さんが犯人であればそれ以上の時間をかけることができたので、彼女の容疑が強まったわけですね」

「金庫を開けるのが難しいことに変わりはないがな」

この時点で、先に部屋を離れ、防犯カメラに映っていたらしい柳教授と寺松は犯行不可能だ。

「その寺松君は、久守君の犯行を否定している。すべての関係者の中で、久守君だけはテーブルに忘れられていたスマホが寺松君のものだと知っていたのだから、間違えて盗むわけがないという理由だな。事実、彼女の身辺からスマホは見つからなかった」

「宇田川教授もさっきの説明で除外していいでしょう」

これで、話を聞いた人物の中に容疑者はいなくなってしまった。

「じゃあ俺たちにも面識のない外部の人間が、人海戦術によって短時間でことを済ませたというのはどうか」

脳内に、久守が手洗いに立ったのを見計らい、覆面をつけた集団がいっせいに部屋になだれこんで中を荒らし、嵐のように立ち去っていく光景が浮かぶ。まるでコメディだ。

俺は首を振る。

「そんなの、出入口にいた柳教授や寺松さん、それに受付の人が気づくはずですし、防犯カメラにも残るでしょう」

　では内部犯の仕業だと考えると、宇田川教授が話したように、こんな細工を弄さずとも、他に簡単に盗める機会があるわけで……。

「……分からん」

　俺たちは息を合わせたように天を仰ぐ。

　手がかりが嚙み合わず、苛立たしさが募ると同時に、ミステリと現実の事件では勝手が違うことを実感させられる。

　人は感情で動く生き物だ。少し考えれば非論理的だと分かる行動を咄嗟にとってしまうこともある。犯人すら予想しない偶然が潜んでいたり、それぞれの人物が思いもよらぬ嘘をついていたりすることもあるだろう。すべての条件が完璧に合理性を備えていることを期待する方が無理なのかもしれない。

「なんというか、素人が書いたミステリみたいだな。とっつきやすい短編に手を出したものの、やたら複雑な犯行のわりに状況を説明する筆力もなく、犯人を当てられるのを恐れてあやふやな描写に終始するような」

「……」

「作者都合の細かな説明に重きをおきすぎて、読者の視点に想像が至らない。だから読者からすればなにを推理のとっかかりにしていいのかさっぱり分からず、熱の入った解決編がかえって白けるものになる。作中の探偵役が、素人のミステリ書きと同じ思考なのをひけらかされるのだからな」

　おそるおそる尋ねる。

「……もしかして明智さんも、ミステリを書こうとしたことあります？」

俺にとっても心当たりが多すぎた。

中学二年生の頃、冬休みに発奮して短編小説を書き上げたことがある。親父のお古のパソコンを使ってわずか五日で完成したそれは、最後のエンターキーを押した瞬間はこの世のいかなる芸術作品よりも光り輝いて見えたのに、翌朝に読み返してみると、なんと無様で醜かったことか。

俺の異変を察した妹によって間もなく存在を暴かれてしまった後、俺はそのデータを一つのUSBに封じ、押し入れの奥にしまい込んだ。黒歴史として長い間振り返ることすらしなかったが、翌年の震災後に家財を運び出す際、それが目の前に転がり出てきて、不思議と安堵したのを覚えている。

まるで同じ記憶を共有したかのように明智さんの視線が一瞬遠くなり、苦々しげにこちらを睨む。

「……なんの話だね」

「創作の失敗は恥じることじゃないと思います」

「心当たりはないな、まったく！」

誰しも胸にしまっておきたい過去があるようだ。話を戻そうと、俺は飲み終えた缶を手に、ゴミ箱に歩み寄る。

「とにかく、すべての状況に無理のない説明をつけようとすると、犯人の姿が見えなくなってしまうんですよ。俺としては、誰が犯人か立証することはできなくても、犯人の目的ははっきりさせたいです」

もし犯人が講義の単位目当てに試験問題を狙ったのなら、柳教授が試験当日までに新しい問題を作成するのだから意味がなくなった。

柳教授の部屋にあった別の物が目的の可能性もあるが、現時点では教授本人からそのような申し立てはない。

寺松のスマホの行方も謎だが、あれは偶然置き忘れられたものだ。犯人の本来の目的ではないだろう。

だとすると、最も害を被(こうむ)ったのは……。

「久守さんが疑いをかけられること、それが犯人の目的だったんじゃないでしょうか。冤罪(えんざい)だと分かったところで、人の口に戸は立てられませんから、どうしたって彼女の心証は悪くなってしまう。だから……」

「おい」

不意に明智さんが俺の言葉を遮(さえぎ)った。

「さっきなんと言った」

「創作の失敗は恥じることじゃ……」

「それじゃない。分かってて言ってるだろ！」

違うのは分かっているけど、彼がどの発言を指しているのかは本当に分からない。

明智さんは自ら答えを口にする。

「犯人の姿が、見えないんだ」

「はあ」

「それが答えだったのだよ、葉村君」

明智さんは自信に満ちた笑みを浮かべた。

6

事件の真相が分かった、と断言してからが、明智さんは非常に面倒くさかった。

何度も説明をお願いしたが、明智さんは「解決編は、関係者を集めるのが常識だろうが」と駄駄をこねて譲らない。

俺は「人前で指摘したら、犯人の今後に大きな影響を与えますよ」と忠告してみた。警察にも被害届を出していないのだから、下手をすれば私刑のようになってしまう。

だが明智さんは胸を張った。

「安心しろ。きっと誰も傷つくことはない」

そんなわけで週が明けた月曜日の午後、事件の現場となった柳教授の部屋に久守と寺松が呼び出された。柳教授は自身のデスクチェアに、久守と寺松は事件の日と同じく、ソファに向かい合って座っている。立っているのは俺たち二人。

「どうしてまた呼ばれたんですか？　話せることは全部話したはずだけど」

期末試験の初日ということもあってか、迷惑そうな口ぶりの久守に対し、寺松はこれから始まることに興味津々といった様子だ。

「お集まりいただいたのは他でもありません。今回起きた宗教学試験問題盗難事件の真相を明らかにするためです」

言いたくて仕方なかったのであろう台詞(せりふ)を放ちながら、明智さんは芝居がかった仕草で一同の前をゆっくりと横切る。が、狭いのですぐにUターンし戻ってくる羽目になり、ただの落ち着きのない人に見える。

柳教授は待ちきれないといった様子だ。

「本当に分かったのかね、犯人が」

「ええ。この事件の内容は、皆さんから詳細を聞けば聞くほど奇妙なものでした。アリバイ、動機、そして偶然性。すべての要素を考慮した時、ここにいる全員に説明のつけられない点が残ったためです」

明智さんと俺で整理した、関係者それぞれの犯行だと仮定した場合の矛盾を述べた上で、内部犯と外部犯のいずれにしても不自然であることを説明すると、三人は納得しつつも狐につままれたような顔になる。

「分かんねえな。今の説明の通りなら、やっぱり犯人なんていねえじゃねえか」

不満げな寺松に、明智さんは言った。

「ですが一つだけ見落としがあったのです。内部犯と外部犯、ちょうどその境目に位置する立場の人物が存在した。そう、まさに〝見えない人〟がね」

先日も話題に出た、ミステリ好きなら知っているであろう、チェスタトンの有名な短編のタイトルからの借用である。

「まず犯人は部屋にいる柳教授を偽の電話で外に呼び出しました。当然犯人はこの隙に部屋に侵入を試みたはずであり、ちょうどその時に寺松君と久守君がいなかったのは単なる偶然でしょう」

「そんな偶然、本当にあるのか？」

柳教授はまだ久守を疑っているらしく、訝(いぶか)しげに訊く。

「順序を間違えてはいけません。そもそもあの日に二人が部屋に呼ばれたこと自体、柳教授以外には予測できないことでした。その二人がたまたま不在だったからといって、天が犯人に味方したわけじゃない」

犯人は誰も部屋にいない前提で行動を起こしていたはずだ。

「今回の犯行において最も難しいのは、久守君が部屋を不在にしたわずか三分足らずの間に金庫を開けたことです。もしかしたら、電話を不審に感じた柳教授が、もっと早く部屋に戻っていたかもしれない。それでも犯人は十分に目的を達成できるような方法を考えていたんです」

「前も言ったけど」久守は納得できない様子だ。「鍵の専門家が古い金庫を開けるテレビ番組があるけど、三分で開けるなんて滅多にないですよ」

「開けられないのなら、金庫ごと盗めばいい」

唖然（あぜん）とした表情で固まった三人に、明智さんの言葉が追い打ちをかける。

「犯人は同じ型の金庫をあらかじめ用意し、本物と入れ替えたのです。開けるのは外に持ち出してからゆっくりやればいい。入れ替えるだけなら、三分と言わず数十秒あればできる。物音だって立ちません」

「まさか、金庫を動かした跡があったのは……」

柳教授が呆然と呟（つぶや）く。

「入れ替えの証拠です。見てください」

明智さんは金庫の下を指し示す。

「この跡は、金庫の位置が左にずれたことを示しています。しかしこの金庫は右開き。乱暴に開いた勢いでずれたのなら、当然右にずれるはずなのに」

「いやいやいや、ちょっと待てよ」

ソファから立ち上がった寺松が明智さんを押しのけ、金庫に手をかけた。

「この大きさの金庫を持ち出そうとしたら、さすがに目立つだろ。重さだってかなりのもんだ。人目(ひとめ)につかないはずがない」

「段ボール箱に入れて運べば、まさか金庫だとは思われないでしょう。運ぶのだって、台車を使えばいい。今は便利な世の中だ。この研究棟の中でも、そういう姿をよく見かけるのではないですか、教授?」

「まさか」柳教授の目が見開かれる。「ネットショップの配達員……なのか?」

他の二人からも驚きの声が上がる。

明智さんが解き明かした真相とは、まさに〝見えない人〟の派生型と呼べるものだった。

思えば、猫探しの報告で訪れた里中教授の研究室で、すでに手がかりを目にしていたのだ。出前の丼と、積み上げられた大手ネットショップの段ボール箱。どちらも配達の人間が頻繁(ひんぱん)に出入りしていることを示している。セキュリティが甘い研究棟のことだ。受付に用件さえ伝えれば、チェックもされず中に入れたことだろう。

内部の関係者に比べて犯行の機会に制約があり、外部の人間とは思えないほど研究棟の日常に溶け込んだ職業。配達員こそ両方の条件を備えた存在だった。

おそらく、犯人は柳教授に電話をかけるよりも前に、配達を装って研究棟に入りこんでいたのだろう。その方が電話の後、時間のロスなく盗みに入ることができる。仮に犯人が部屋で久守と鉢合わせしても、部屋を間違えたと言えばいい。犯行後はまた他の部屋への配達を装いながら現場を離れ、逃げ出す機会を窺う。思い返せば、俺たちが久守と遭遇した時、エレベーターの表示は四階になっていた。犯人は台車を押して上に逃げたのだ。

「だが、金庫の型番はどうやって調べたんだ」

「おそらく犯人は、これまでにも配達人としてこの建物に入ったことがあるのだと思います。重い荷物を室内まで運んだこともあるでしょう。家具や金庫は大学の備品でどの部屋のも同じですから、調べるのは難しくない。実際にネットで簡単に購入可能です」

大胆な推理に、

「そんな大がかりなことをする奴がいるなんて……」

と久守も驚き呆れる。

「シャーロック・ホームズの名言にこんなものがあります。〝ありえないことをぜんぶ排除してしまえば、あとに残ったものが、どんなにありそうもないことであっても、真実にほかならない〟と」

柳教授が片付いた部屋を見回して尋ねる。

「どこかに犯行の証拠は残っていないだろうか」

「建物の防犯カメラを調べれば、配達人が事件前後に出入りしたという証拠にはなるでしょうが……。それ以上は警察に頼まなければ難しいでしょうね」

警察が介入すると、今回の件が世間に知られてしまうおそれがある。大学がそれを避けたがっているのは誰よりも柳教授が分かっているのだろう。彼は参ったとばかりに額に手を当て、嘆息した。

「もし犯人が本当に配達業の人間だとしたら、私の電話番号も知る機会があっただろうな。――そうか、盗みの動機が今ひとつ分からなかったが、犯人が電話番号を把握していたのがたまたま私で、目的はUSBではなく金庫という可能性もあるのか」

「そう考えるのが妥当でしょう。それに柳教授の部屋は他の教授に比べて整理されていて、漁りやすさから目をつけられたとも考えられます。金目のものはもちろん、他に個人情報を手に入れたら、後で脅迫などに使うつもりだったのかもしれません」

不幸中の幸いというべきか、試験は別の問題に差し替えられることになった。残る問題は寺松のスマホなのだが……。

「まあ大した情報ねえし、大丈夫だろ。むしろ大学の金でスマホを買い替えられて、今回ばかりはラッキーだわ」

寺松は楽観しているが、そういう問題ではない。

一方、ソファに座ったままの久守が一人冴えない顔をしているのが気になった。

彼女の疑いは晴れたが、大学の職員や今回の事件を知っている一部の人間の中で、一度ついた彼女の悪いイメージが払拭されるとは思えない。どこまでいっても彼女は〝疑われた学生〟だ。

ここに俺は探偵の限界を感じずにはいられなかった。いくら謎を解いても、それは疑いを晴らす行為でしかなく、疑われた事実は消せない。

これまでにも何度か経験したことだが、事件が解決しても、小説の時のような爽快さは感じられないものだ。解決、という言葉の重さこそ、創作と現実の違いなのかもしれない。

だったら、俺は猫探しの方が向いている気がする。

7

期末試験の一週目が終わった土曜日のこと。

ずっと成果が上がらなかった猫探しに思わぬ展開があった。しばらく前から、件の猫が動物病院で保護されていたというのだ。

外で怪我を負って弱っているのを見つけた人が動物病院に連れていき、治療を頼んでくれたのだが、飼い主が分からず困っていたらしい。たまたま病院を訪れた里中教授の知り合いがこの猫に気づいて連絡をくれたのだそうだ。

「十日も前から入院していたらしい。君たちには無駄骨を折らせちゃった。悪かったね」

俺が猫探しを続けていた時に連絡を受けたため家を訪ねると、教授はそう詫びた。

明智さんは所用があって今日は俺一人だ。

「猫……ガウスちゃんの体調は大丈夫なんですか」

「なにかの動物に襲われたらしくて脚に大きな傷があったんだけど、うまく治療してもらって回復は順調だよ」

ふすまを開けて隣室を覗かせてもらうと、紫の座布団の上で丸まっている猫の姿があった。苦労が直接報われたわけではないが、後味のいい結末でよかった。

明智さんから聞いたところでは、久守はやはり宗教学の試験を受けなかったらしい。彼女の進級には問題ないだろうが、やるせない気分は拭えなかった。

「じゃあ、今回の依頼はこれで解決ということで」

失礼しようとすると、里中教授に呼び止められる。

「別件になっちゃうかもしれないんだけど、気になることがあってさ」

教授が手招きし、庭に面した縁側に連れて行かれる。彼はそこで「どっこいしょ」と腰をかがめ、濡れ縁の下を覗きこむ。

「うちの猫、外に出ると色んなものを拾ってくる癖があるんだけど、これはさすがに持ち主を探してあげた方がいいかなと思って。どうだろう」

そう言って手渡されたものを見て、もしや、という気持ちが湧き上がる。

それは、明智さんの推理が間違っていたという予感でもあった。

「儂の友人たちがね、定年になって仕事をやめると、暇を持て余すのか分からないけれど、次々と小説を書き始めるんだよ」

書物や荷物で散らかった研究室の中に、宇田川教授の大声が響き渡る。俺と明智さんは荷物が一杯に載ったテーブルを前に、応接ソファに腰掛けながらその話を聞いている。そろそろ昼休みが終わろうかという時間だった。

「皆、儂が大学で文学を教えていると知っているものだから、よく添削してくれと作品を押し付けられるんだが、ひどいのなんの。しかもその内容が、示し合わせたかのように自伝みたいな、働く男の半生を綴ったものばかりなんだよ。歳を取ると、自分の話を聞いてほしいという思いが強くなっちまうものなのかね。おまけにそれをどこかの新人賞に送りたいってんだから、こっちが困っちゃって」

宇田川教授はそう言って、自分の湯飲みに入れたお茶をすする。エアコンの効いた部屋で熱いお茶を飲むのが好きなのだという。

「でもまあ、自分の言葉や経験を形に残そうとするってのは、人間の原始的な欲求なのかもしれないな。だったらみっともなくても、若いうちにそういう練習をしといた方がいい」

「……おっしゃる通りかもしれませんね」

心なしか神妙に明智さんは頷く。その反応に、俺はいつか明智さんの自作小説について詳しく訊こうと心に決める。

その時、廊下に人の気配がした。

鍵を回す音がして、ドアが開く。

「あ……？　失礼」

中に入ってきた柳教授は室内の俺たち三人を見て反射的に頭を下げたが、今しがた自分の鍵でドアを開けたことを思い出したのか、戸惑い顔でもう一度廊下に退く。

そんな彼に俺は声をかけた。

「柳教授、間違ってませんよ。ここはあなたの研究室です」

「いや、しかし」

そう呟いた柳教授は次の瞬間、はっと目を見開き、青ざめてわなわなと震え出す。その様子を部屋の奥に構える宇田川教授は泰然として見つめ、一方明智さんは意地悪な笑みを浮かべた。

「驚かれることはないでしょう。これは先日あなたがやったことですよ」

俺たちは柳教授が昼食に出た隙に、あらかじめ事情を説明しておいた宇田川教授に協力をあおぎ、隣の部屋から書物や荷物を適当に運び込み、宇田川教授の散らかった部屋を偽装したのだ。

「すみませんね柳さん、急須はお借りしましたよ」

宇田川教授は魚の名前がプリントされたお気に入りの湯飲みを掲げて、いたずらっぽく言う。

「どの研究室も備品は同じですから、部屋が散らかっているかどうかで全然違う印象になりますよね。ドアのシリンダー錠は一般的なもので、我々でも簡単に開けられました」

明智さんは得意げに、解錠に使った自前のピッキングツールを振ってみせる。

「い、いったいなんのつもりだね。今度は君たちが盗難騒ぎを起こすつもりか。宇田川先生まで一緒になって……」

食ってかかる柳教授だったが、俺があるものをポケットから取り出すと、電池が切れたように口をつぐんだ。

「俺たちはある人から猫探しの依頼を受けていたんです。その猫は外で拾ったものを濡れ縁の下に集める癖があるんですが、その中にこれが交じっていました」

それは小さなＵＳＢだった。中を見てみると、なんと宗教学の期末試験問題が入っていたのである。他のデータからしても、この持ち主が柳教授なのは間違いなかった。

「ああ、それは盗まれた私のＵＳＢだ。きっと犯人がデータを吸い出した後に捨てたのだろう」

その言葉で確信する。今度こそ俺たちが真相にたどり着いたことを。

「それはおかしいですね。その猫は盗難事件が起きる木曜日より前、水曜日の時点で怪我をして動物病院に運ばれていたんです。どうやってＵＳＢを拾ったんでしょう?」

俺の言葉に明智さんが続く。

「あなたは相当なお酒好きだと聞きました。おそらく事件の前の火曜日あたりに、泥酔でもして試験問題の入ったＵＳＢを落としてしまったんじゃないですか。紛失に気づいたあなたは焦った。

外部に洩れたら責任問題、最近の大学の事情に鑑みると、厳罰がくだる可能性もある。たかが一科目の期末試験でそこまで大事になるかは疑問ですが、お酒の失敗であれば誰に見られているか分かったものではない。じっとしてはいられなかったんでしょう。すぐに交番も訪ねたでしょうが、一日二日と経過しても届け出がないのを見て、あなたはある計画を考えた。USBを何者かに盗まれたことにして、容疑者を仕立て上げることで責任追及の矛先(ほこさき)をそちらに向ける。そうすれば、大ごとにしたくない大学からは注意程度で済むと考えたんです。当然、試験問題を新しく作り直すことで事態を穏便に収拾する姿勢を見せてね」

つまり宗教学試験問題盗難事件は、その存在自体が嘘だった。そう考えれば、これまでの推理は振り出しに戻る。

「すべてを仕組んだのは柳教授、あなただ。だとすれば事件の日に久守君と寺松君が連れてこられたのも、なにか目論見(もくろみ)があったと考えられる。彼女たちは容疑者役であるとともに、見届け人だったのです。この部屋の入れ替えトリックの、ね」

柳教授はまず宗教学の受講者の中から、代返をしたことが確実で、かつゼミに入っておらず研究棟に立ち入る機会のない二回生の学生を選んだ。それが外見の目立つ久守と、居眠りの常習者である寺松。異なる理由で記憶に残る二人だ。

「久守君と寺松君が研究室に入ってきた時、すでにトリックは実施されていた。二人が柳教授の部屋だと思って入ったのは、実はネームプレートを入れ替えた、隣の空き部屋だった。あなたは事前に人に見られない時間を狙って鍵をピッキングして隣室に忍び込み、自分の部屋と同じ光景になるよう偽装をしていたんです」

好都合な条件は揃っていた。研究棟は長い廊下に同じドアが並んでいて、柳教授の部屋はその真ん中あたり。誰の部屋か判別する手がかりは、ドアに貼られたプラスチックのネームプレートしかない。

テーブルや机、本棚など大学の支給品はどの部屋もすべて同じだし、この季節は日差しを防ぐために南向きの窓はブラインドを閉めきっている。外の景色の違いから別の部屋だと見抜かれる心配はない。

「この芳香剤の匂いも、入れ替えを誤魔化すためのものでしょう。部屋に染みついた住人の匂いは他人には敏感に分かる上、他の部屋に簡単に移せるものじゃない。だから芳香剤の匂いで上書きした。そしてもう一つ、部屋の本が少なかったのもそう」

明智さんは隙間の多く空いた本棚を見て言う。

「二つの同じ部屋を作るため、この部屋の本棚の中身を半分隣に移したんです」

部屋が片付いていたのではなく、本来の半分の量しか物がなかったのだ。専攻しているゼミ生でもなければ、書物のタイトルをはっきりと覚えはしない。しかも二度目に入った時、部屋は荒らされて本があちこちに散らばっていたのだ。ばれることはないだろう。

話を聞いていた宇田川教授が首をひねる。

「金庫はどうしたんだね。隣の部屋の金庫の番号まで、柳教授は知らなかったはずだ。だけど久守さんたちの目の前でUSBをしまってみせたんだろう」

「以前推理したとおり、同型の金庫を買ってすり替えておいたんでしょう。前もって型番を調べようとこの部屋の金庫を動かしたから、床にずれた跡がついたんです」

要するに、久守と寺松が偽装された隣の部屋に案内された時、この部屋はすでに荒らされて金庫が空の状態だったのだ。

「二人に反省文を書かせ始めると、あなたは偽の電話を受けて部屋を出た。その電話だけは知り合いに頼んでかけてもらったんでしょうね。部屋を出る際、ドアに貼っていたネームプレートを外して、元の部屋のドアに戻しておく。もし反省文を書き終えた二人が出てきても、もうネームプレートなんて気にかけないでしょうからね」

この計画で重要なのは、二人の学生のうちどちらかが一人で部屋に残る状況を作ることだ。二人同時に部屋を出たのではアリバイが成立してしまい、試験問題を盗むことが不可能になる。

「ここにも、久守さんと寺松さんを選んだ理由があった。これまでの講義で出した課題を参考に、真面目な久守さんは与えられた課題をきちんとこなし、居眠り常習者で楽観主義の寺松さんは手を抜くことが分かっていたんです。この組み合わせなら、寺松さんが反省文を適当に済ませさっさと部屋を出る一方、久守さんが一人残されることが予想できる。あとは先に出てきた寺松さんを呼び止めて雑談でもしながら自身のアリバイを確保しつつ、久守さんが出た直後に部屋が荒らされていると騒ぎを起こし、彼女に疑いをかければいい」

「ひどい話だ」

宇田川教授がぽつりとこぼす。

その際にはなにか理由をつけて寺松と一緒に盗難現場の第一発見者になることまで考えていたかもしれない。これが本来の柳教授の計画だったはずだ。

「でも、ずいぶん計画とは違ってしまったようだね」

宇田川教授の言葉に俺は頷く。

「はい。計画ではあとに残ってしばらくの間部屋にいるはずだった久守さんが、手洗いのためすぐに席を立ってしまったんです。彼女は手洗いから戻ってくると、ドアのネームプレートを見て、荒らされた状態の本物の部屋に入り、騒ぎ出した。そのため、たった三分の手洗いの間に盗難が起きたことになってしまったんです」

「さらに言えば、寺松君の証言も予想外だったでしょうね」

明智さんが補足する。

「彼は偽装された部屋のテーブルに、自分のスマホを忘れてしまった。当然こちらの本物の部屋には、スマホが見当たらない。だから犯人がスマホを持ち去ったと考えてしまい、久守犯人説に疑問が生じた。理屈で考えれば考えるほど、まるで犯人がいない事件のようになってしまったんです」

もし久守が鞄を置いたまま手洗いに立っていれば、すべての荷物がなくなった不自然さからもっと早く部屋の入れ替えに気づいていたかもしれない。

けれども小さな手がかりは残っていた。寺松が帰り際にエアコンの設定温度を上げたはずなのに、久守は「トイレから戻ってきたときも部屋がまた寒くて」と言っていた。

反省文もそのまま隣の部屋に置きざりにされたから、柳教授はそれをちゃんと読んでいなかった。

明智さんは誇らしげな笑みを浮かべながら、

「柳教授、あなた自身も焦ったんじゃないですか？　我々があなたの前で、久守君の容疑を否定してしまったから。そこで神紅のホームズとして知られる我々が別の真相にたどりつくことを期待して、この部屋の捜査を認めた」

「いやそれは単純に渡りに船だと思ったからでしょうけど」

俺は一応そう釘を刺しておく。

黙って推理を聞いていた柳教授の顔は、今や蒼白を通り越して土気色になっていて、脂汗がべったりと額に浮かんでいる。

「証拠、証拠はないはずだ。今君たちが話したのは、単なる想像に過ぎない。そのＵＳＢだって、犯人が捨てたものをつい最近別の犬か猫が拾ったのかもしれないだろう。それに……」

「いい加減にしねえか、馬鹿野郎！」

湯飲みをデスクに叩きつけた宇田川教授の一喝に、柳教授のみならず俺たちの肩も跳ね上がる。

「おいらがどうしてこの子らに協力したと思ってるんでえ。もうすでに、隣の部屋の状態は検め済みだ。反省文や寺松君のスマホは回収したようだが、この部屋から持ち出した本棚半分の本が、そのまま残っていたぜ」

「そ、それは」

先ほどまで好々爺然とした雰囲気だった宇田川教授が、人が変わったかのような剣幕で睨みつける。しかも微妙に江戸っ子っぽい。

「ほとぼりが冷めるまでそのままにしておくつもりだったんだろうが？　もしこの子らが部屋を再訪したら、急に本の量が倍になっていることを不審がられるもんなあ。これ以上の証拠がないと納得しないっていうんなら、上等だ、大学とことを構えるつもりでサツを呼んでやらあ。てめえもいっぱしの大人として、取るべき責任ってのがあるんじゃねえのかい、おう、コラ！」

その怒気に圧されたのか、柳教授はへなへなとその場に頽れた。

「言ったとおりだったろう、葉村君！　俺は以前から指摘していた、この事件にはとっかかりがないと。思った通り、犯人である柳教授すら予想していなかった展開だったからこそ、あのような異様な事件だったのだ！　必要な情報さえ揃えばこの通り、解けない謎などない」

今度こそ本当の真相解明を果たし、打ち上げを兼ねて入った中華料理店で明智さんは終始ご機嫌だった。

今回の件については、事件が公にされることでかえって久守たちの迷惑になることを考え、俺たちの胸に止めておくことに決めた。

ただ、精神的苦痛を被った上、試験を受ける機会を逸した久守にはさっき電話で真相を告げた。後の始末はあなたの判断に任せると伝えると、彼女は安堵とともに礼を言った後、

「あのクソ教授には、反省文百枚書かせてやる」

と制裁の決定を口にした。今回の落としどころとしては妥当か。

探偵は起きてしまった事件を解決する役割である以上、なにごとも元の形からプラスに転じることはないかもしれない。それでも、俺たちが事件に関わったことで次の一歩が少しでもましなものになる人がいるのなら、この活動にも意味を見出せる。

「なにはともあれ、無事、ミス愛の実績に宗教学試験問題盗難事件が加わったわけですか」

俺は手帳に書いた事件名に、解決済を意味する丸をつける。明智さんと出会って四ヶ月も経たないというのに、だいぶページが埋まってきた。

一方で明智さんが腑に落ちない顔をする。

「盗難ではないだろう。結果的に柳教授の自作自演だったのだから」

「じゃあ、なんですか」

「漏洩だろ。試験問題漏洩事件だ」

「それこそ、誰かに漏れましたっけ？」

「里中教授の猫だ」

……ああ、ガウスか。字は読めないが、試験問題を手に入れたのだから、漏洩と言えるかもしれない。

「言われてみれば、今回の一番のお手柄はガウスですよ。あの猫がＵＳＢを拾ってくれなかったら、事件そのものが偽装だと気づきませんでした」

「だが葉村君から知らされた後、部屋の入れ替えトリックに気づいたのは俺だ」

調子のよさに俺はため息をつく。

「〝あとに残ったものが、どんなにありそうもないことであっても、真実にほかならない〟なんてホームズの言葉を引用して、全く関係のない配達員に罪をなすりつけるところだったじゃないですか。ありえない可能性を探偵自ら作り出してどうするんです」

ホームズの言葉といい、「見えない男」といい、この人のミステリ愛のせいで推理が複雑化したように思えてならない。しかし明智さんは悪びれることなく胸を張る。

「今回の収穫はそれだ。立てた仮説があり得るかそうでないかは、手元に揃った情報しだいで変わる。そして創作ならぬ現実に生きる我々には、手の中の情報が十分なものか判断できない。盗難事件かその偽装かで、必要な情報が変わったようにな。つまり今回、我々はコナン・ドイルの主張を覆（くつがえ）したということだ！」

「そう、なるんですかね？」

内心首を傾げたものの、こうして失敗を糧（かて）にしてしまうのは、いかにも明智さんらしいと思い直す。

この経験は今後もきっと役立つだろう。探偵の真似事や、あるいは小説の執筆でも。

もし、彼がこの先再び執筆に挑戦することがあれば、今日の経験を生かして名探偵にこんな台詞を言わせるのではないか。

――いやいや助手君（ワトソン）、あとに残ったのが真実とは限らないよ。

――ここは一つ、猫の手を借りてみないかね。

手紙ばら撒きハイツ事件

玄関先で、小ぶりの蝶が死んでいた。

そう言えば今は三月の下旬、もう春なんだから蝶もいるかと思う一方、死骸を前に今朝の憂鬱（ゆううつ）な出来事が頭をよぎった。

スマホの充電を忘れたためアラームが起動せず、十五分寝過ごして余裕がなくなったこと。急いでコーヒーを淹（い）れようとして、粉の缶ごとひっくり返したこと。歯磨（はみが）き粉がちょうど切れて、磨き残しがある気がしてならないこと。

嫌なことは一度起きたら続くものだ。

「いかん、いかん」

わざと声に出し、気持ちを切り替える。ものは考えようだ。なにげない行動に気をつけて一日を過ごすよう、天啓を受けたのだと解釈すればいい。

俺は踏まないよう注意しながら靴の先で蝶の死骸を排水溝に落とし、今一度ネクタイの結び目を整えてエレベーターに乗りこんだ。

気持ちの切り替えはうまい具合に作用した。駅まで歩く間に運行情報をチェックすると、通勤電車に遅れが生じていると分かり、別の路線に変更した。電車内では隣に立った大男に革靴を踏みつけられるのを間一髪で回避し、改札では前方の若者がＩＣカードを取り出すのに手間取るのを察知して、一つ横の改札機を通ることに成功した。

事務所のあるビルが見えてくる頃には、自宅での憂鬱な気分はほとんど消え去っていた。

五階建ての雑居ビルの階段口にある、ステンレス製の郵便受けを覗（のぞ）く。そのプレートには、

〈3F　田沼（たぬま）探偵事務所〉

俺が所長を務める職場だ。

すでに他の所員が出社時に取り出したようで、郵便受けの中身は空（から）だった。順調、順調。

階段を上り、「おはよーさん」と挨拶しながら扉を開けると、デスクにいた三人の所員が一斉にこちらを向いた。

その顔は一様に暗い。

たぶん蝶の死骸を見た時の俺もこんな表情だったのだろうと思っていると、来客用のソファに腰かけていた猪野瀬岳（いのせたけし）が体をよろめかせながら立ち上がり、

「所長、申し訳ありません！」

と勢いよく頭を下げた。

まくり上げられた左足のスラックスの裾（すそ）から、包帯の巻かれた固定具が覗いている。

駅の階段で前を行く老人が足を滑らせ、転げ落ちそうになったのを受け止めた際、足首を捻（ひね）ってしまったという。

「所長には病院から電話したそうですけど、気づかなかったんですか？」

唯一の女性所員、花宮実里（はなみやみさと）が尋ねてくる。

まさかスマホの充電切れがこんな形で影響するかと、俺は額に手を当てた。

「猪野瀬、起きたことは仕方ない。しばらくは内勤を任せる。荒北さん、労災申請をよろしく。問題は……」

「目の前の案件をどうするか、っすよね」

目つきの鋭い元刑事の中堅所員、峰大伍が悩ましげに腕組みする。

猪野瀬は俺とコンビを組んで、今日から新しい依頼の調査に取り組む予定だったのだ。

「花宮さんか俺のどちらかが、そちらに回りましょうか」

「そっちの浮気調査は二人であたった方がいい。一人と二人とでは、いざというときの対応力がまったく違う」

これに荒北が眉をひそめた。

「ですが所長の案件は、厄介な制限つきなんでしょう。いくらなんでも一人では」

彼の言うとおり、若手で体力を使う業務もこなせる猪野瀬の離脱はあまりにも痛い。

その猪野瀬は申し訳なさそうに、学生時代に柔道で鍛えた大きな体を目の錯覚かと思うほどに縮こませている。

こうなったら、背に腹は替えられないか。

そう決心した時、背後の扉が開き、

「おはようございます。——あれ、なにかありましたか？」

春らしいピンク色のシャツの上にジャケットを着た若者が現れた。昨年まで高校生だったこともあり、リムレス眼鏡をかけた顔にはまだ少年ぽさを残している。

その場の神妙な空気を察し、戸口で立ち止まっている彼に、俺は命じた。

「出勤早々悪いが、今回の依頼での配置換えを行うことになった。俺と二人で午後から調査に出てもらう。助手みたいなもんだ——いいな、明智君」
状況がなにも分かっていないだろうに、彼は目を輝かせ、「はいっ」と威勢よく応えた。

明智恭介。神紅大学理学部の一回生。

三月上旬、アルバイトとして彼を採用したのは、社員が一人欠けたというごくありふれた理由からだった。

田沼探偵事務所は、元々俺の叔父である田沼寛次が開き、常時五、六人の社員を抱え、細々と運営していた。十年ほど前、仕事中に怪我を負った叔父は廃業も考えたのだが、当時大学を卒業しアルバイトに明け暮れていた俺がそれに待ったをかけ、数年の修業の後に二代目として後を継いだ。

それから少しずつメンバーが入れ替わり、ついに先月、事務の荒北を除けば最古参だった社員が、実家の梨農園を継ぐために退職したのである。

うちのような小さな探偵事務所が、即戦力として現場に投入できる人材を見つけるのは容易ではない。

そこでせめて調査員が調査業務に集中できるよう、皆で分担していた事務作業を荒北とともに引き受けられる人を派遣会社に紹介してもらおうかと考えていたところ、明智君が名刺を手に事務所の戸を叩いてきたのである。「待遇は問わないので雇ってほしい」と言うので理由を尋ねると、「謎を解くには探偵業が好都合」というような返答があった。よく分からん。

基礎的なデスクワークや来客対応、あるいは電話の応対など、我々が教えたことを明智君は大変要領よく吸収し、実践してくれた。それでも正直なところ、俺は当分の間は彼を調査現場での業務に連れて行くまいと決めていた。

どうやら彼がイメージする探偵業とは、創作物に登場するものらしいのだ。

調査一日目

午後一時過ぎ、今回の調査現場である〈ハイツ徳呂(とくろ)〉に向かうため、明智君とともに車に乗りこんだ。明智君には事務所で用意したホワイトシャツとスーツに着替えてもらった。

運転しながら、依頼の詳細を説明する。

「依頼人は〈ハイツ徳呂〉の管理人であり所有者でもある君瀬(きみせ)さんだ。ハイツの住人に不審な手紙が届いているので、犯人を見つけてほしいということだ」

「不審な手紙、ですか。内容はどんな?」

「ストーカーが好意を伝える内容だ。それだけならばよくある話だが、珍しいことに三月十一日からわずか一週間の間に、三人の住人から同じ訴えがあった」

「おお、まさにミステリ小説でありそうな展開ですね!」

助手席に座る明智君の声からは、興奮の色が伝わってくる。俺は言葉のチョイスを間違えたか、と反省しつつ釘(くぎ)を刺す。

「遊びじゃないぞ。依頼人や住人たちの前で、そんな態度を見せるなよ」

「もちろんです」

明智君は大真面目な顔で頷（うなず）くが、邪気がないだけにどこまで信頼できるか疑わしい。

採用後の二週間で分かったのだが、明智君は大変な推理小説好き——いわゆるミステリマニアだ。職業柄、うちの所員も多少はミステリに親しんでいるのだが、彼と対等に議論できる者はいなかった。しかも彼の通う神紅大学にはミステリ研究会があるというのに、活動の方向性の不一致により袂（たもと）を分かったというから、かなり頑固なファンのようである。

「俺の鞄（かばん）の中にファイルがある。そこに預かった手紙が封筒ごと入っているから、目を通してみてくれ」

手紙は三通、それぞれ違う住人に届いたが、詳しい情報は教えてもらえなかった。同じ便箋（びんせん）、同じ封筒が使われていることからして、同一人物が出したものと考えて構わないだろう。筆跡が分からないように、わざと形を崩して書かれている。

明智君は律儀に三通の内容を声に出して読み上げる。

「お仕事お疲れさま。二日前よりも疲れているように見えるけど、大丈夫かな？　職場に嫌な人でもいるのかな？　どこにいても見守っているからね」

「この間たまたまスーパーで買い物をしているところを見かけたよ。思わず写真を撮っちゃった。また宝物が増えた。一生大事にするからね」

「よく見かけるけど、煙草（たばこ）が好きなんだね。うらやましい。うらやましい。煙草になりたい。煙草になりたい。あなたの口から肺の中に——」

「やめてくれ」

俺は思わず遮（さえぎ）った。手紙の内容もさることながら、明智君が妙に感情をこめて朗読するので気持ち悪い。

明智君は真っ白な封筒の中を覗いたり、光に透かしたりしている。

「宛名も差出人も書いてありませんね。住人たちはこれをどうやって受け取ったんですか」

「郵便受けに入っていたそうだから、犯人が直接投函したんだろう」

「受け取ったのはこの三人だけですか」

「それもこれから確かめなくちゃいけない」

これには明智君も怪訝な顔をする。

「さっきから、分かっていないことが多いような……。依頼してきたのはハイツの管理人でしたよね。なのに被害者の数も把握していないと？」

俺は苦々しい気分で頷く。

「君瀬さんは輸入食品の販売会社で働くかたわら、副業で不動産投資をしている所有者なんだ。言葉は悪いが、彼にとって〈ハイツ徳呂〉は投資の道具であって、手間暇をかけて管理する情熱はないらしい」

「しかも本業があるから、事態の収拾にかけられる時間もない。しかし悪い噂が広まったり事件化したりすれば、不動産の価値に響く。だから仕方なくうちに依頼した、ということですか」

先日事務所に来た君瀬は、二十代後半の若い男性で、厄介ごとに巻きこまれたことへの不満を終始垂れ流していた。

「付き合いのある人の紹介だったんで、断りづらくてな。先に警察にも相談したそうだが、脅迫や身の危険を感じさせない手紙ではできることがないと言われたそうだ。このへんは担当した警察官によって対応が分かれるようなんだが……」

明智君は神妙な顔をしている。

続けて今回の依頼が厄介な二つ目の理由を明かす。

「君瀬さんはなるべく安い料金で事態を収拾することを望んでいる。俺たちがこの件に割けるリソースは、著しく限られているんだ」

周囲の風景は街から河川沿いへ、そして小さな通りを折れると閑静な住宅地へと変わる。

明智君が少し早口になる。

「たいていのストーカー事案ならば、心当たりのある人間関係を調査したり、被害者の身の回りを張りこんだりするのが常道ですよね。今回のように被害者が複数いるなら、その手間が数倍かかるのでは？」

俺は無言のまま首肯した。

公園の木々の向こうに、〈ハイツ徳呂〉の濃いグレーの屋根が見えてくる。近くのコインパーキングに向かいながら、気を引き締め直すように明智君に告げる。

「君瀬さんから提示された調査料金は、前払い二十万円、成功報酬十万円だ。うまくいったとしても、相場よりかなり安いが、断ればストーカー被害が悪化する恐れもある。俺たちにできる最善で効率的な行動を見極めなければいけない」

「はい！」

またしても威勢のいい返事のせいで、「だから余計な行動はするなよ」と念を押すタイミングを逸してしまった。

〈ハイツ徳呂〉は、濃淡のあるグレーを基調としたタイル張りの、飾り気はないが洗練された雰囲気の三階建て三棟の建物だ。

ちなみにハイツとは本来高台を意味する英語からきた呼び方で、二階建ての集合住宅を指すことが多いが、実際には明確な決まりがあるわけではない。〈ハイツ徳呂〉はマンションとして扱われる建築物のようだ。

通りからは白いメッシュフェンスを挟んで住人専用の駐車スペースがあり、その奥に建物がある。オートロックのエントランスのようなものはなく、三つの棟にそれぞれ階段がついている。君瀬からもらった資料によると、階段を挟んで左右に一部屋ずつ、それが三フロア分なので一棟で六部屋、全体で十八部屋あるわけだ。

部屋の造りはロフト付きの単身者用1LDK。家賃は七万円。そのうち十六部屋に入居者がいる。君瀬自身は車で十分ほど離れた別のマンション住まいだ。

住人の細かな情報も提供してほしかったが、君瀬は個人情報の取り扱いで後々トラブルになることを怖れ、部屋番号と氏名の一覧表しかくれなかった。

つくづく、調査前から前途多難である。

「ひとまず、正確な被害の数を把握しよう」

「鞄、持っていきますね」

明智君がすかさず言って、鞄を手に車を降りる。

小間使い（こまづかい）みたいに扱うのは好きではないのだが、明智君はどことなく楽しげだ。「助手みたいなもんだ」と言ってしまった手前、俺は「頼む」と言って後に続いた。

調査に先立ってハイツの住人へは、近頃いたずらと思われる手紙が届いていて、その件で調査会社の人間が訪ねることがある、という説明はしてもらった。

二人で左端の棟に向かう。階段の手前の壁に銀色の郵便受けがあった。

郵便受けのプレートからして、建物には左からA、B、Cとアルファベットが振られており、一階はA101とA102、二階はA201とA202……という部屋番号だ。住人の名前は書かれていない。

郵便受けの蓋(ふた)には、つまみを左右に回すダイヤル錠がついている。試しに蓋を引いてみたところ、なんの抵抗もなく開くものがいくつもあった。明智君は眉をひそめ、

「不用心ですね」

「毎日開けるものだから、無理もないだろうな」

トラブルに巻き込まれたことのない人間のセキュリティ意識なんてこの程度だ。

まずは向かって左手、A101の部屋のインターフォンを押す。幸先良くスピーカーから「はあい」と声がした。

俺は書類で名前を確認しながら、

「失礼します。遠藤(えんどう)さんでしょうか。わたくし管理人の君瀬さんから依頼を受けて調査に参りました、田沼と申します」

とドアスコープの前で軽く一礼する。

君瀬はちゃんと連絡していたらしい。はいはい、という返事から間を置かずに玄関ドアが開き、二十代と思(おぼ)しき女性が現れた。俺は不自然にならない程度に、すっと遠藤の頭から足まで視線を走らせる。

オレンジがかった肩までの金髪、ピンクの長袖(ながそで)ニットとスポーツメーカーのスウェットパンツという、独特の組み合わせの部屋着である。派手目の化粧をしていることから、人前に立つ仕事で、これから出勤するのではないか、と察せられた。

遠藤はこちらが差し出した名刺を見て微笑を浮かべる。

「探偵さんって、初めて見た」

その反応に、俺は内心で軽く拳を握った。

聞きこみの関門は、相手に警戒されることと、面倒がられること。遠藤は初対面の相手でも物怖じしないタイプのようで、大変助かる。

「君瀬さんからお話があったと思いますが、不審な手紙が投函されていた件を調査しております。遠藤さんは怪しい手紙を受け取ったことがありますか」

「あるよ」遠藤は即答した。

やりましたね、と言わんばかりに隣でメモ帳を構えていた明智君が勢いよくこちらを見る。はしゃぐな、はしゃぐな。

「君瀬さんには報告されましたか」

「してないよ。同僚でストーカー被害に遭った子がいるけど、私には思い当たる客がいないし、手紙も一度きりだったから、気にしなかったんだよね」

言葉の通り、遠藤の態度に怖がっている様子はない。

「手紙はまだ手元にありますか」

「えっと、ちょっと待ってね」

遠藤はドアを右足で押さえたまま、大股で室内に手を伸ばす。見かねて俺がドアを支えると、「へへ」と笑って中に入り、上がり框にある紙袋を手に取った。チラシや開封済みの封筒、使い捨てマスクが入っているのが見える。玄関先でゴミを捨てているようだ。

紙袋をごそごそ漁った末に出てきたのは、白い封筒だった。

明智君が俺の鞄から、例の封筒を取り出した。まったく同じものに見える。

「中を見せてもらっても？」

「どうぞどうぞ」


〈昨日はとても月が綺麗だったから、思わずずっとあなたの側にいてあげられるようにお願いしたよ。たくさんたくさんお願いした。ずっとずっと、もっともっと一緒にいようね。私は月。ずっとあなたの周りにいて見守っているからね〉


わざと崩したような筆跡は、手元にある手紙と同一のものだ。

差出人の心当たりはないというが、一人目で手紙を受け取った住人を新たに見つけられたのはツイている。

「手紙を受け取った日付や曜日、時間帯は覚えていますか」

遠藤は、あごに手を当てて考えこむ。

「一週間以上は経っているなあ。曜日は覚えてないけど、平日だったはず。出勤する時に見つけたから午後五時半くらいか。今から仕事なのにサガるわー、って思ったのを覚えてるから」

「時間をもう少し限定することはできますか」

彼女は首を振った。

「深夜一時くらいに帰ってきたときも郵便受けを確認してるけど、前日の夜には届いていなかったはず。でも朝か昼間かは、分からない」

会話の内容を、明智君が横でメモする。

聞きこみを終えた後、俺たちは手紙を預かり遠藤の部屋を離れた。

「いきなり収穫がありましたね」

明智君は声をひそめ、尋ねてきた。

「遠藤さんは夜のお仕事をされてるようですね。スナックでしょうか」

「どちらかといえばキャバクラだろうな」

「なぜ分かるんですか?」

彼の歳(とし)では、まだこういう知識はないようだ。

「帰宅時間だ。カウンター越しに接客するスナックやバーは飲食店扱いとなり、届出すれば基本的には深夜零時以降も営業できる。それに対し、店員やキャストが客の席につくクラブやキャバクラ、あるいはラウンジといった店は〝接待あり〟と見なされて風俗営業許可が必要なんだ。で、そういった店は零時までしか営業できない。遠藤さんは手紙が届いた曜日を思い出せなかったが、帰宅したのは深夜一時と答えた。それより後ろにずれこむことはないらしい」

「なるほど、彼女の職場は風俗営業許可をとっていて、必ず零時に営業が終わるからですね。ロジカルな推理だ」

明智君が褒め称えるように俺を見る。

「シフトがたまたま早上がりだった可能性もあるが、その場合は曜日や日付を思い出そうとしたはずだからな……っておい、それは同じところにメモするな!」

明智君は、スナックとキャバクラの違いを熱心に書き留めている。

この調子で二人一緒に聞きこみをしていては時間がかかるので、明智君には反対側のC棟から聞きこみをしてもらうことにする。

「今やってみせたように、できるか」

「もちろんです！」

……力強く頷いているのに、どうして不安を感じるのだろう。

とまれ、彼に任せるほかない。後でＢ棟で会おうと言い交わし、Ｃ棟に向かう明智君の背中を見送った。


Ａ棟の六部屋を下から訪ねた結果、在宅していたのは最初の遠藤を含めて三部屋だった。それ以外で、三階のＡ３０１は内側からドアスコープを見た気配があった。居留守だとしてもまた出直すだけだ。

不審な手紙の受取人は、新たにもう一人見つけることができた。二階のＡ２０２に住む宮崎（みやざき）という女性で、四十二歳の保育士だ。

宮崎はこの件を管理人に報告したという。

そのことが我々に伝わっていなかったことを知り、

「あの管理人さん、頼りない反応だったんですよねえ」

と丸眼鏡の穏やかな顔に不満を浮かべる。

「どの手紙ですか？」

宮崎に届いた手紙を三通のうちから選んでもらった。

〈よく見かけるけど、煙草が好きなんだね。うらやましい。うらやましい。煙草になりたい。煙草になりたい。あなたの口から肺の中に入って、血に取り込まれて全身に回ってあなたと一つに

なる。それが一番の望み〉

「たぶんこれ、私宛てじゃないんですよね」

宮崎の口から意外な言葉が出た。

「どうしてそう思われたんです？」

「私、煙草は吸いませんから。きっと手紙の届け先を間違ったんだと思います」

これは重要だと思い、メモ帳に大きく書き留めた。

いつ手紙に気づいたのか尋ねると、

「十二日の水曜日ですよ」

とすぐに答えがあった。

「あの日は仕事が休みのはずだったのに、昼から呼び出されたのでよく覚えているんです。出勤していた同僚が急用で帰らなくちゃいけなくなったとかで。電話を受けて、午後一時過ぎに家を出る時には郵便受けになにもなかったのに、夜の六時に帰ってきた時には手紙があったんです」

いかにも面倒見の良さげな、ハキハキとした説明だ。記憶も詳細で助かる。

その後、Ａ棟の聞きこみを終えて階段を下りた時、不意に、

「ふざけないで！」

という怒り声が耳に届いた。隣のＢ棟の上階からだ。トラブルだろうか。俺は明智君の姿を探しながらＢ棟の階段を駆け上がる。

三階に到着すると、半開きになったＢ３０２のドアの前に明智君が立っている。予感的中だ。住人の機嫌を損ねるようなことがあれば、今後の調査に支障が出かねない。

「所長……」

こちらを向いた明智君を押しのけ、玄関から顔を覗かせている住人に頭を下げた。

「失礼します！　田沼探偵事務所の所長、田沼です。こちらの調査員がなにか失礼を働きましたか」

相手は、三十歳前後らしき女性。綺麗に整えた眉を鉤爪のように吊り上げて俺を睨みつける。

「なにか、じゃないです！　この人、あの手紙が届いた責任がまるで私にあるみたいに、プライベートなことにずけずけと踏みこんで！　いったい何様なんですか？」

女性の剣幕に、俺はただ平謝りするしかなかった。横から明智君がそっと差し出したメモに目を通す。

〈氏名……赤江環、三十二
職業……飲食店勤務
先週月曜（十七日）、手紙。夜、帰宅時見つけた。平日？
報告マダ。
ストーカーの心当たり……ここ数年交際歴ナシ。職場でのトラブル不明。隣人とのトラブル不明。過去の交友関係でのトラブル……〉

思わず天を仰ぎたくなった。

初対面の、しかも明らかに年下の男になぜそんなことを打ち明けなければいけないのか。気分を害したのも無理はない。

赤江を刺激しないように、俺はなんとか会話を続けようとする。

「すでにご説明があったかもしれませんが、我々は管理人さんから調査を依頼され、被害を確認しています。赤江さんが受け取った手紙というのは……」

「もう捨てたわよ、気持ち悪い！」

なんてこった。

「だいたい、探偵ですって？　あなたたちみたいなのに嫌がらせ犯を捕まえることができるんですか？　警察の仕事でしょ」

そこで明智君がまた話に加わり、

「いいえ、今回のような内容では警察は動いてくれな――」

「いいから引っこんでなさい！」

慌てて彼を赤江の視野外に押し戻す。

キンキン怒り続ける赤江をなだめて手紙の内容を聞き出した。

〈いつ見ても素敵なおうちだね。あなたの後ろ姿を見つめながらここまでついて来るのが、ぼくが一番幸せを感じる時間なんだよ〉

「とにかく、さっさと犯人を捕まえてください」

すげなくドアが閉じられる。階段を下り、B棟を出たところで、明智君が落ちこんだ様子で頭を下げた。

「すみません。早速トラブルを起こしてしまって」

「C棟でも今みたいな調子で聞きこみをしたのか？」

「いいえ。ほとんどの部屋が留守で、在宅していた人からも手紙は受け取っていないと言われ、訊くことがなかったんです。B棟も上から順に聞きこみを始めたところだったんですが……」

手紙を受け取っていた住人と出会い、興奮してしまったのだという。

「時に探偵は人に嫌がられることをするが、嫌われれば情報を得られない。以後気をつけてくれ」

「はい。迂闊でした……」

初めて見る明智君の肩を落とした姿に、俺は密かに反省する。

気をつけるも何も、彼は調査員研修すら受けていない正真正銘の素人なのだ。急遽出てきてもらったのだから、俺が気をつけなければいけなかった。

これがうちのような零細探偵事務所の弱点でもある。社員は全員が中途採用、しかも元警察や元自衛官、元記者という人がほとんどなので、未経験の新人を教育するノウハウがない。

その時、A棟から階段を下りてくる足音が響き、間もなく一人の男性が入り口に姿を見せた。

驚くほど背が高い。百九十センチ近くあるだろう。

丈の長いニットカーディガンを着ていて、白黒のまだら模様のキャップを被っている。

おそらくまだ二十代、A棟の聞きこみでは会わなかった顔だ。居留守を使っていたのか、俺がB棟にいる間に帰宅したのか。今外出しようとしているところからすると、おそらく前者だろう。

再度訪問する手間が省けた。

「こんにちは」

こちらの声かけに、男性は煙草を箱から取り出そうとしていた手を止める。どうやら煙草を吸いに外に出てきたらしい。

「なにか？」

「お出かけのところ申し訳ございません。我々は田沼探偵事務所の者です」

「はあ」

「管理人さんから依頼を受けまして、こちらの住人の方々に届いた不審な手紙の調査をしております。失礼ですが、お名前を教えていただいても？」

「……山田（やまだ）です。Ａ３０１の」

やはり、先ほどインターフォンに反応がなかった部屋だ。後ろめたく思っているのか、彼は返答をためらった。

「不審な手紙が郵便受けに入っていたことはありますか」

「いや、ないっすね」

「中身を見なかっただけで、心当たりのない封書などもなかったですか？」

「全然」

短く答えながら、山田は右手でキャップからはみ出た後ろ髪を触っている。分かりやすいぐらいの落ち着きのなさだ。

どうも怪しいが、今は余計な警戒心を持たせない方がいい。

「ありがとうございます。またお伺いすることがあるかもしれませんので、その際にはよろしくお願いします」

山田は首をすくめるようにして、煙草を吸わないまま階段を上がっていった。

その態度に明智君も、

「なにか隠しているんでしょうか」

と尋ねてくる。彼の愛するミステリと違い、現実では探偵というだけで市井の人々から胡散臭い目で見られることもある。

それから二人でB棟の残りの部屋の聞きこみを済ませた。B201でも、手元にある手紙のうち一通の受取人に出会えた。木之下という三十代後半の男性で、十三日の木曜か十四日の金曜日、仕事から帰ってきた午後六時頃に見つけたという。朝にはなかったとも証言した。彼が受け取った手紙は、スーパーで姿を見かけたという内容のものだった。

これで管理人から預かっていた三通の手紙のうち二通はA202の宮崎、B201の木之下が受取人だと判明し、新たにA101の遠藤、B302の赤江にも届いたことが分かった。

四人の証言をまとめると、手紙は十二日の水曜日から十七日の月曜の、午後一時から午後六時までに投函されている。特に全員が平日に手紙を受け取っているというのは規則性を感じる。

建物の外に出ると時刻は午後五時になるところだった。この後どうすべきか、悩ましいところだ。「もうじき帰宅する住人もいるだろうから、聞きこみを続けるべきなんだが……」

「なにか問題が?」

「来る途中で言ったように今回の依頼は報酬額が決まっているから、その範囲内で調査しなければならない。ここまでの情報を整理して、計画を立ててから出直した方がいいかもしれない」

「なら、自分のバイト代は計上しなくていいので、今日の調査を続けさせてください」

明智君の熱意はありがたいが、所長であれアルバイトであれ、誰かに負担を強いるやり方はいずれ経営を歪ませる。

「今日は引き上げるとしよう。聞きこみは明日以降もできるし、いくつか考えたいこともある」

足で情報を稼ぐのは大切だが、今は頭で労力と時間を稼がなければならない。

＊

「ふざけんなよ、どういうことだ」

喫煙所でできるだけ声を殺しながら、電話相手に凄んでみせる。

「なんのためにこっちが金を半分持ってると思ってんだ。仕事中に鬱陶しい話を聞かせやがって。お前、ひょっとして余計な口を割ったんじゃねえだろうな」

スピーカーから「そんなことない、大丈夫だ」とじめじめした声が返ってくる。

うんざりして、舌打ちとともに通話を打ち切った。

乱暴な足取りで事務所に戻ると、隣の席の吉岡がこちらを振り返った。

「煙草か？」

「違えわ」

席に着き、リノベーション物件の給湯器交換のメール対応に戻る。

その間も頭の中ではさっきの話題が渦を巻き、何度も文章を打ち損じる。

くそが。

「山田君、なんだかご機嫌斜めだね」

打鍵音がいつもより大きかったのか、支店長がおそるおそる尋ねてきた。悪い人間ではないのだけど、いつもこんな感じで社員の顔色を窺うのが、今日は特に気に障る。

「なんか最近また、住んでるところがきな臭くなってきてんすよね」

「きな臭い？　どういうこと？」

「変な手紙が配られてるっぽいっす。同じハイツの住人たちに」

「もしかして前に言っていたストーカーかい？　引っ越してそんなに経ってないじゃないか」

そうなのだ。心機一転わざわざ〈ハイツ徳呂〉に移ったってのに、行く先々でどうしてこんなことが起きるのか。

ストーカーはマジできもい。言いたいことがあるなら堂々とすりゃいいのに、こそこそ周りを嗅ぎまわるような真似をしやがって。嫌がらせの方がまだ百倍ましだ。

一方で、手紙をばら撒くという目的の読めない行動に、前のストーカーの時とも違った気味の悪さを感じる。

「配られてるって言ったけど、山田君のところにも届いたの？」

「さあ？　気づかずに捨ててるかもしんないっす」

ぞんざいに返すと、支店長は「あ……そう」と失笑した。

「類は友を呼ぶと言うし、山田に変な奴が寄ってきても不思議じゃないけどな」

吉岡がからかってきたので、無言で椅子を蹴りつける。

支店長がそれを取りなすように口を挟んだ。

「たしか、前は警察に相談しても駄目だったんだっけ」

「あいつら役に立たねえっすよ。でも今回は管理人が探偵を雇ったらしくて。意味分かんねえ」

「はあ、探偵……」

支店長は間抜け面で首をかしげる。

だべっているうちに午後五時になり、定時出勤の連中はそそくさと腰を上げる。

こっちはあと二時間はいないといけないってのに。

「それじゃあ二人とも、お先にー」

ご機嫌な支店長の声が神経を逆撫(さかな)でする。

死ね。ああくそ、煙草を吸いたくなってきた。

調査二日目

明智君を含め、事務所のメンバーが各々のデスクについたところで、昨日の調査結果を共有した。

特に不審な手紙を受け取っていた住人と、手紙が届いたとされる時間帯。

平日の午後一時から午後六時の間に注目すべきというのは皆一致した意見だった。

テーブルに並べられた四通の手紙を前に、調査員の花宮が不思議がる。

「どの住人も手紙を受け取ったのは一度だけで、二通目をもらった人はいないんですよね？　差出人はストーカーっぽいですけど、いまいち腑(ふ)に落ちません」

「おかしな点は他にもある」

俺はA202の、保育士をしている宮崎に届いた手紙を指し示した。

「この手紙の煙草に関することだが、宮崎さんは煙草を吸わないらしい。犯人は別の住人宛ての手紙を、間違えて投函したんだろうか」

「内容は適当で、単なる嫌がらせかいたずらなんじゃないですか？」

と捻挫(ねんざ)中の猪野瀬。だが花宮は納得いかなそうだ。

「このハイツの住人に限定して、無差別に嫌がらせ？」

「住人を怖がらせて、ハイツから出て行かせようとしているのかもしれません。君瀬さんにとっては大きな損失になります。犯人は君瀬さんとの間にトラブルのある人物なんですよ」

猪野瀬の仮説も絶対にないとは言えないが、回りくどい手段だ。マンション経営者に嫌がらせをしたいのならもっといい方法があるはずだし、毎回異なる住人に一通きりの手紙というのも中途半端だ。

俺は再び、手紙で使われている語句に着目する。

「赤江さんの手紙には『後ろ姿を見つめながらここまでついて来る』とあったそうだから、書いたのは住人以外だと考えられるな。『ぼく』ともあったってことは、男の仕業か？　他の手紙には『二日前よりも』とあることからして、これらの手紙は別の日に、同じ人物宛てに書かれたものだと思う。四人が手紙を受け取った日付も適当にばらけている」

「それで、なぜ別々の住人に投函されたんですか」

「分からん」

花宮の疑問に俺は潔く白旗を揚げた。

「ひとつ、意見をよろしいでしょうか」

明智君が手を挙げた。

「ミステリにも手紙が登場するものは多くあります。ヴァン・ダインの『僧正殺人事件』や野村胡堂の『白紙の恐怖』、あるいは作品自体が書簡の形式を採っている井上ひさしの『十二人の手紙』など手紙の役割も多彩です。今回の場合は〝木は森に隠せ〟。つまりこれらの手紙は住人たちの目を逸らすためのもので、犯人の目的は別のところにあるのではないでしょうか」

「たとえば？」興味を引かれた様子で花宮が先を促す。

「手紙には暗号が隠されていて、受け取った住人にだけメッセージが伝わるとか。敵対勢力の目をくらませるために、無関係の住人にもあえて手紙を投函しているのです」

「……敵対勢力ってなに？」

そのやりとりを、コーヒーを飲みながら聞いていた峰が、苛立ちを隠さず反論する。

「話の論点をずらすんじゃないよ。手紙を投函した理由なんて、勝手に想像してたらいくらでもこじつけられるだろ」

「いくらでも、とは思いません。犯人は中旬の二週にまたがって手紙を投函しながら、受取人が重複しないように調整しています。犯人なりのルールに基づいた行動と考えるべきでは」

「お前はホームズごっこをするために来たのか？　そんな小説やドラマみたいに行動するやつなんて、刑事時代にも見たことねえよ。現実を見ろ」

明智君は峰の勢いに押されながら、一縷の可能性を探るように言う。

「――しかし、時に常人には理解できない思考のもとで罪を犯す人間もいるでしょう。そのためにフィクションよりも異様な事件が起きることも」

「そういうのを屁理屈って言うんだよ」

峰の声量がさらに大きくなったのを見かねて、俺は「そこまでだ」と口を挟んだ。

「手紙が投函された目的は不明だが、その議論だけに時間を割くわけにはいかない。明智君の言う通りのことはありうるが、今すべきことは聞きこみや張りこみといったごくごく地味でありきたりな調査だ」

「……はい。すみません」

明智君はこれ以上議論を妨げないと表明するかのように、きっちりと頭を下げた。

花宮が空気をなごませるように言う。

「こういうのって結局、犯人の動機を聞かされても理解できないこともあるからね。本人は迷惑をかけているという自覚がなくて、むしろ親切心から起こした行動だったりするし」

とにかく、今後の調査方針を立てなくてはいけない。二人でかかるとしたら、使えるのはせいぜい二十時間。すでに昨日四時間ほど聞きこみをしたから、あと十六時間しかない。

確認された最後の手紙は十七日だが、その後に届いた未発見の手紙があるかもしれない。それに平日に手紙が届いていることを考えれば、水曜である今日二十六日にも新たな手紙が投函される可能性は大いにある。

そこで今日から三日間、午後一時から午後六時までの五時間で郵便受けを見張りつつ、他の住人への聞きこみを続けることに決めた。

話し合いが終わった後、猪野瀬がそっと寄ってきて訊いた。

「見張りだけなら、私が同行した方がよいでしょうか。明智君には事務所の番を任せて」

捻挫したのは左足だから、最悪車の運転は可能だ。見張りはセンスが必要とされるし、アルバイトの明智君よりも頼りになるだろう。だが、

「いや、なんとか教えながらやってみるよ」

俺は答えた。明智君の探偵業に対する認識は、実際のものとはまだ大きくかけ離れている。それは早く矯正(きょうせい)すべきだ。だが一方で、不可思議な情報への好奇心、そしてあらゆる想像を働かせる力は失わせることなく実地経験を積ませるべきなのではないか——。

そんなことを思ったのだ。

午後から、俺たちはハイツから三十メートルほど離れた昨日と同じコインパーキングに駐車し、そこから見晴らせる三棟それぞれの郵便受けの見張りを始めた。

ハイツにも駐車場はあるが、郵便受けから近すぎて犯人に気づかれる恐れがある。二人で予行し、カメラのズームレンズを使えば郵便受けの投函口が見える位置を見つけていた。

「投函物が確認できなくても、郵便局の配達員以外の人物が郵便受けに近づいたら写真に撮るぞ。特に一つの郵便受けにしか近づかない奴は見逃さないように」

「分かりました」

郵便受けのある方向に目を向けたまま明智君が答える。

もし怪しい人物が現れたら、撮影だけでなく尾行の必要がある。その場合、徒歩の尾行とは別に車の機動力を確保しておくのがセオリーだ。それに則(のっと)るなら俺が車に残り、明智君に尾行を任せるべきだが、彼には尾行の経験がない。かといって社用車の保険の対象外で運転させられない彼を車に残しておいても意味がないわけで……考えるだに悩ましい。

その日は、午後三時ごろに郵便配達員が現れたほか、その約三十分後に私服で全戸にポスティングする人物がいた。目的の人物の可能性は低かったが、念のために明智君に確認しに行ってもらう。

「近くにオープンした丼(どんぶり)もののお店のチラシでした」

ハイツの住人の出入り姿も何度か視認した。その中に初めて見る顔が何人かあり、聞きこみした結果、そのうちの一人はC202に住む須永(すなが)という三十代男性で、不審な手紙を受け取っていたとの情報を得た。彼はすでに君瀬に報告していた残る一人で、

『スマホで写真を保存していたんだ。彼女に見せたらえらく心配されたよ』

と言うので画像データを見せてもらう。

〈お仕事お疲れさま。二日前よりも疲れているように見えるけど、大丈夫かな？　職場に嫌な人でもいるのかな？　どこにいても見守っているからね〉

確かにこちらの手元にある一通と同じだ。

データの保存日付から、手紙が届いたのは十一日の火曜だと分かったが、時刻については記憶していないと言われた。

こうして手元にあった三通の受取人は全員判明し、かつハイツの住人は一人を除いて確認がとれた。残るＣ２０１の郵便受けには郵便物が溜まっており、しばらく留守にしているようだ。調査期間中に会えればいいのだが。

一方で、厄介な事態にも出くわした。

「所長」

明智君の張りつめた声に視線を移すと、白い車がハイツ前の路肩に停まり、運転席から上下黒のスウェット姿の若者が降りるところだった。彼は車のトランクから小さな箱を取り出し、ハイツに向かう。

一旦はＢ棟の階段を上がったが、すぐに箱を抱えたまま降りてくると、郵便受けの前で立ち止まる。

「あれは……」

「ネット通販の配達員だ。たぶん、な」

大手宅配業者の場合、一目見てそれと分かるユニフォームだからよい。だがネット通販会社が業務委託している配達員には決まった服装がなく、見た目では一般人と区別がつかない。配達員のふりをして迷惑な手紙を入れるくらいの知恵は誰でも働かせられるだろう。

車内からカメラを向けて連続撮影した明智君が、ファインダーから目を離した。

「見えた限りだと、入れたのは白い封筒ではありませんでしたが……、どうしましょう」

俺は咄嗟にいくつかの行動を検討するが、その間にも男は車に乗りこんでいる。どうせ完璧な選択は無理だと自分を納得させた。

「本物の配達員なら、このまま配達を続けるはずだ。俺は車で後を追ってみるから、明智君は降りて張りこみを続けてくれ。念のため、あの車のナンバーも撮っておいて」

明智君を降ろしコインパーキングを出ると同時に、あちらの車も動き始めた。

対象の車は住宅地を出るのではなく、さらに奥に向かって進む。時おりやけにスピードを落とすので尾行に気づかれたかと思ったが、マップで現在位置を確認しているようだ。

車は二度ほど角を曲がった後、青い壁の一軒家の前で停車した。のろのろと追い越し、バックミラーで様子を窺うと、男が小包を手にして家のインターフォンを押すのが見えた。

やはり彼はシロか。

その時、上着のポケットの中でスマホが鳴る。

停車して確認すると、明智君の名前が表示されている。嫌な予感がした。

「どうした」

『不審者が現れました。今追っています！』

切羽詰まった声だ。

勘弁してくれ、と叫びたい衝動を抑え、ハンズフリー通話に切り替えたスマホを助手席に放り出して車を発進させる。

「今どこだ？」

『ええと、川に向かう道で——うわっ』

声が遠ざかる。

「おい、大丈夫か。おい」

呼びかけを続けつつ、ハイツに戻る道を急ぐ。少しして返答があった。

『相手が信号無視して道路を渡ったので、振り切られました』

探偵の性で「死んでも食らいつけ」と言いたくなるが、本当に死なれては洒落にならない。不審者が向かった方角を覚えておくよう指示して、通話を切る。

ハイツまで戻ってきた俺は、明智君が建物の前に立ち尽くしているのを見て、車を一旦ハイツの専用駐車場に入れた。

「ジャンパーのフードを被っていたので顔はよく見えませんでしたが、男で間違いないと思います。最初は早歩きで大通りの方から」

明智君が不審者の動きを再現し、駐車場からまっすぐにA棟の入り口に近づく。

「この郵便受けの前でしばらく立ち止まっていたんです。写真は撮りましたが、後を追うべきか見張りを続けるべきか迷っている間にコインパーキングから見ているのを気づかれて、逃げられてしまいました」

コインパーキングまではそれなりに距離がある。気づかれたのは明智君の不注意というより、男に後ろめたいことがあって周囲を警戒していたからではないか。

　カメラの背面モニターで写真を見たが、やはりフードのせいで顔つきは判然としない。全体の印象から、小柄な男だと分かる程度だ。

　男がなにかをやっていたというのは、A301の郵便受けである。

　昨日居留守を使われた、山田という背の高い男性が住んでいる部屋だ。あの時は不審な手紙の被害はないと言っていたが、なにか隠していそうだった。

「山田さんじゃなかったのか？」

「体格が全然違います。それに」

　明智君はA棟の三階を見上げた。

「先ほど窓を確認しましたが、明かりがついています。山田さんは在室のようです」

　なかなか機転が利く。

　明智君をその場に残して階段を上がると、A301のドア越しに掃除機の音が聞こえた。インターフォンを鳴らすとそれが止んで、しばしの沈黙が続く。また居留守を使おうかと悩んでいるのか。

　だが結局、山田は出てきてくれた。俺を見て「やっぱりか」という顔をする。もし不審な男が彼であれば、明智君を撒いた上で先に部屋に戻ってきたことになる。それはさすがに現実味に乏しいように思えた。

「なんすか」

「いきなり申し訳ありません。実は事情があって、郵便受けの中を確かめてほしいんです」

「俺、もうすぐバイトで出勤しないといけないんですけど」

「今日の用件は本当にそれだけなんです。どうかお願いします」

俺が頭を下げると、

「……一階に行って、すぐ戻ってきていいんすね？」

念を押すように応え、山田は部屋から出てきてくれた。

結局、郵便受けに不審な手紙は見つからなかった。不審者は別の目的で現れたのか、それとも我々が調査していることを知り、手紙を入れずに逃走したのか。

「手間をおかけしてすみません。助かりました。ちなみに、この男に見覚えは？」

先ほどの写真を見せたが、彼の反応は「これだけじゃ、よく分からないっす」というものだった。

「……ストーカー、見つかったんすか？」

「今はまだ、なんとも」

山田は考えるように視線を落とした後、「そっすか」と呟いて階段を上っていった。

その背中を見送りながら、ある疑問が浮かぶ。明智君がそれを代弁してくれた。

「山田さん、どうしてストーカーだと思ったんでしょうか。我々は『住人の方々に不審な手紙が届いた』としか伝えていないのに」

もちろんその情報からストーカーを連想することもあるだろう。だが複数の住人が手紙を受け取っていると知らされたら、無差別の嫌がらせや迷惑行為を想像するのが普通ではないだろうか。だとしても、山田自身は被害に遭っておらず、今回も手紙は入っていなかった。現時点で彼を疑う理由は乏しい。

俺たちはコインパーキングに戻り、車内からの見張りを続けたが、切り上げる六時までには住人以外の人影は現れなかった。

「もしさっき明智君が見た男が手紙の差出人だとしたら、今後は警戒して現れなくなるかもな」

今日で調査期間の半分が経過してしまう焦りから、つい悲観的な言葉が口をついた。まるで明智君を責めているみたいだ。

「まあ、依頼人の望みは不審な手紙のせいで不動産の評価が下がるのを防ぐことなんだから、それはそれで目的を達成したと言えるのかもしれないけどな。うちが成功報酬を取りっぱぐれるだけで」

失言を誤魔化そうと、俺は冗談めかして言った。しかし明智君は笑うこともなく、

「それでは、あの男がなんのために手紙を投函したのかが分からないままです」

彼にとってこれは達成すべき仕事というよりも、解くべき謎なのだ。彼のスタンスの揺るがなさに、俺は今になってようやく好奇心を引かれた。

「どうしてそこまで謎を解きたがる？　頭を使いたいなら、パズルやクイズがいくらでも転がっているだろう」

明智君は〈ハイツ徳呂〉を見つめたまま、言葉を探しているようだった。

「パズルやクイズは挑戦的です。答えを自覚していて、こちらが解く気になるのを泰然と待ち構えている。でも謎は、特に日常生活の中で遭遇する謎は、こちらに呼びかけている気がするんです」

「呼びかける？　どういう風に」

――教えてくれ。私の正体を。

明智君が呟く。

その声は、俺たちを悩ませている手紙そのものが発する言葉のように思えた。

「謎にはたまたま生まれたものや、誰かが意図的に作り出したものもあります。中には誰かが、いつまでも隠しておきたいと願っているものもあるでしょう。でも謎が俺の前に現れた時、どうしてもそう呼びかけられている気がするんです。人間の意図とは関わりなく、その謎は見つけてもらいたがっている。俺はその声を聞かなかったことにできない」

そう語る表情は真剣そのものだった。

「つまりあれか。登山家に危険を冒して山に登る理由を尋ねるようなものか」

出した喩え（たとえ）の陳腐さに我ながら辟易（へきえき）するが、明智君は頷いた。

なら、俺がどう説得しようと意味がない。

彼はどうしようもなく謎を愛している。謎を紐解くための技術を俺たちから学んだら、違う高い山を探して旅立つのだろう。

＊

急な修理依頼に対応して事務所に戻ってきたら、半分の蛍光灯を消した室内で隣席の吉岡が残って書類を作っていた。昨日ガス機器の修理でトラブった件の始末書みたいだ。

「お疲れさん」

「おっす」

席でスマホの長文のメールを確認していると、帰ろうとしないのを不思議に思ったか、吉岡がモニターから顔を上げる。

「お前、今日も遅番？」

またか、とその顔に書いてある。通常、遅番は多くても週に二回。連日になることはほとんどない。

「そう。今の生活は遅めの時間まで働くのが合ってて」

「そういや、支店長もシフト組みやすくて助かるって喜んでたな。今住んでるとこ、ここから近いのか？」

「距離は前の所とそんなに変わらない。車なら三十分ありゃ往復できる。方角は真逆」

「ふーん。そう言えば、有休の消化率が低いって本社に言われたらしくて、ちゃんと休めってよ。支店長も明日休みとった」

「ああ、そう」

ならこちらも明日休ませてもらうかとシフトを確認していたら、吉岡が話題を変えた。

「あれ、どうなった？　ストーカーが出たやつ」

「昨日の今日だしな。探偵は特に成果なしらしい」

まったくもって不愉快なことだ。

ただ、それについては気になることがある。前と同じストーカーだとしたら、うちに手紙が届かないのはなぜだ。他の住人に届いているということは、住んでいる部屋はバレていないということなのか。

「住んでいる建物だけがバレるってこと、あるかな」

吉岡は少し考えた後で首を振った。

「郵便物や身分証明書には部屋番号まで書いてるもんだろ。社員名簿だってそうだ。じゃないと必要な配送物が届かない。どうでもいいアンケートに横着して省いて記入することならあるかもしれないけど」

あいにく、引っ越して以降はそんなものに記入した覚えはない。

それにストーカーがその気になれば、帰宅したタイミングで窓を注視して、どの部屋の電気が点いたかで判別することだってできるはずだ。

「くそっ」

「煙草でも吸って来いよ」

話し相手をするのが面倒になったのか、無神経に吉岡が言う。

「前から言ってるだろ。禁煙中」

「本当に続いてんのか？　ノリで一緒に始めた連中は皆リタイアしたぜ」

軟弱な奴らめ。けど今さらギブアップして「ほら見ろ」と笑われるのも業腹(ごうはら)だ。

まったく、引っ越しを機に始めた禁煙だというのに、また引っ越しをするかもしれないなんて、考えただけでもイライラが増してくる。

ストーカーの正体が分かったらぶっ飛ばしてやる。

調査三日目

今日と明日で調査は終わりだ。

昨日の出来事を踏まえ、昨夜のうちに調査期間の延長を依頼人の君瀬に打診したものの、断られてしまった。

俺はハイツの見張りを始めるまでの時間、事務所で情報を整理することにした。他には事務員の荒北と、捻挫中の猪野瀬が在所している。

「新たな手紙は届かず、住人たちも差出人に心当たりがない。誰がいったいなんのためにやってることなのか」

「所長、明智君みたいなことを言ってますね」

猪野瀬にそう突っこまれて、俺は慌てて言い返した。

「この写真からじゃ人物の特定はできないんだから仕方ないだろ。調査期間は今日と明日しかないし、もう一度不審者が現れてくれる可能性に賭(か)けるわけにもいかない」

なら、手紙を受け取った住人から不審者の正体に迫るしかない。

現在手紙を受け取ったと分かっているのは五人。

Ａ１０１　遠藤　日葵(ひまり)　三月十七日（月）以前
Ａ２０２　宮崎　芽衣子(めいこ)　三月十二日（水）
Ｂ２０１　木之下　英志(えいじ)　三月十三日（木）or十四日（金）
Ｂ３０２　赤江　環　三月十七日（月）
Ｃ２０２　須永　知道(ともみち)　三月十一日（火）

連絡を取れていないＣ２０１の住人が一人残っているが、それを足してもせいぜい六人だ。

年齢も職業もばらばらな住人たち。部屋番号や部屋位置にもこれといった共通点はないように思える。だが本当に彼らを繋ぐ要素はないのか。

「なんだったっけ、被害者たちの見えない関係性みたいな言葉」

「ミッシングリンクですか」

「それだ。よくすぐ出てきたな」

猪野瀬が誇らしげに分厚い胸筋を反らす。

「自分も金田一は読んでましたので」

「えっ」

「漫画の方ですが」

ああ、そっちね。俺ももちろん全巻読んでいる。

住人のプライベートに共通点がないなら、最初から目の前にある共通点――〈ハイツ徳呂〉しかない。

「手紙はなぜ今月に入ってから急に届き始めたのか。もしかしてストーカーが本当に手紙を届けたいターゲットは最近になって引っ越してきた人物なのだが、その部屋番号が分からないから手紙をばら撒いているという可能性はないだろうか」

一般企業が昼休みの時間帯だったので、管理人の君瀬に電話をかけた。住人の入居時期を知りたいと告げると最初こそ渋られたが、そのくらいなら教えてもトラブルにならないと踏んだのか、すぐにデータをくれた。

今日は三月二十七日。須永に手紙が届いた十一日からさらに幅を持たせて、この三月になってから入居した住人を探すと、三人いた。

Ａ１０１　遠藤　日葵
Ｂ３０２　赤江　環
Ｃ２０１　海　陽平

Ａ１０１の遠藤は、初日に明智君と一緒に訪問した、夜の店で働いていそうな女性だ。

Ｂ３０２の赤江は、初日に明智君が無神経な聞きこみをして怒らせてしまった女性。

Ｃ２０１の海は、唯一まだ聞きこみができていない住人。

明智君が目撃した不審者は、写真からも男性だと判断された。確率的には、女性である遠藤か赤江が狙われた可能性が高いのではないか。

「でも所長」

相談申し込みのメールチェックをしていた古参事務員の荒北が、パソコンから顔を上げて言った。

「引っ越してきた時期と住んでいるマンションまで分かっているのに、ターゲットの部屋番号だけが分からないなんてこと、ありますかね。ストーカーなら少なくともターゲットがどの棟の住人かは分かるはずですし」

彼は調査には滅多に口を出さないが、たまに鋭い助言をくれる。確かに、あとをつけてきたことがあるなら、手紙は同じ棟の郵便受けに集中するはずだ。

「だがストーカーのやることなんて、理屈の通らない――」

反論が途中で途切れた。昨日、明智君が言っていたではないか。

ストーカーの行動原理や動機は、客観的に見て理屈に合わないことが多々ある。だがそれは自分の目的に関して、非効率的な手段をとるということではない。歪んだ目的のために最善と思える行動をとるのだ。

一人を除いて住人全員に聞きこみをしたが、十七日より後に投函された手紙はなかった。何故それ以降に手紙を受け取った住人が見つからないのだろう。十七日の時点ではまだ俺たちは依頼を受けていないから、調査を警戒されたのでもない。他に手紙を投函できなくなった理由があるのか？

「明智君、来るの遅いですね」

悶々（もんもん）と考えていたせいで、猪野瀬が気づくまで完全に失念していた。時計を見ると、いつもなら彼が出勤し、一緒に車でハイツに向かう時間を過ぎていた。

調査の真っ最中なのに、熱心な彼が遅刻するとは思えない。むしろ――。

慌ててスマホを確認すると、三十分ほど前に来ていたメッセージを見落としていたことに気づく。

『所長、お疲れ様です。今日は先にC２０１の住人の方が戻られていないか確認したいので、現地集合でお願いします。』

「明智君、もう現場に行っているらしい」

「彼、バイクなんて持ってませんよね。駅からバスに乗ったのかな。後で交通費を訊いておかなければ」

冷静な荒北の言葉をよそに、俺は嫌な予感に襲われていた。

明智君は〝謎に呼びかけられる〟と言った。そして昨日俺が見張りを離れたわずかな間に、彼は謎の根源とも呼ぶべき不審者に遭遇したのだ。目を離してはいけない。

俺は『すぐ行くから無理はするな』と返信すると、事務所を出て車に乗りこむ。ところが今日に限って道が混んでいて、大通りの前で長い信号に捕まってしまう。

スマホを見ると、先ほどの返事に既読がついていない。すぐに近くのコンビニの駐車場に車を入れ電話をかけたが、呼出音が続くばかりだ。

（なんだ、どうしたんだ）

焦れていると、ようやく通話が繋がった。

『もしもし』

聞こえてきた声に俺は呆然とする。女性の声だ。思わず画面でコール先を確認した。

「ええっと、これは明智君のスマホですよね」

こちらの狼狽が伝わったのか、相手も取り乱した様子で言う。

『私はたまたまここ……〈ハイツ徳呂〉に住んでいる者で。えーと、そちらはもしかして探偵の方なんですか？』

「そうです。田沼と言います。この電話の持ち主は？」

その時、小さく救急車のサイレンが聞こえた。反射的にスマホを耳から離すと音は消える。間違いない。救急車はスピーカーの向こう、〈ハイツ徳呂〉に近づいているのだ。

『このスマホの持ち主の子が、C棟の入り口で倒れていたんです。気を失っているみたいで、頭から出血もあって。今、救急車が来てくれました』

ハイツに辿りついた時、明智君を乗せたらしき救急車が発進しようとするところだった。車の窓越しに救急隊員に声をかけると、明智君は先ほど呼びかけに反応したそうだが、頭を負傷しているので検査のため近くの市民病院に搬送するのだという。彼を救護し、通報してくれたのは、建物の前に立っている二人の女性だと指し示した。

　俺も救急車の後を追いたかったが、二人から事情も聞きたい。急いで事務所に連絡し、猪野瀬に病院に向かうよう頼んだ。

　救急車のサイレンを聞きつけた住人が表に出てきていたが、事態が収まったので一人、また一人と戻っていく。後には倒れた拍子に割れたのだろう、リムレス眼鏡の哀れな残骸がある。俺はそれを拾い上げ、ハンカチでくるんだ。

　救護してくれた二人の女性のうち一人は、Ｂ３０２の赤江だった。まずは礼を言い、ことのあらましを聞こうとしたのだが、彼女は青ざめた顔を神経質そうに歪め、

「言っとくけど、私はなにも知らないから。買い物に出てきたら男の人が倒れてて、そちらの方が介抱してたの。最初は全然気づかなかったけど、家に来た人だと分かった時に彼のスマホが鳴って、そちらの方が出てくれたの」

　と、もう一人の女性を見た。赤江よりも頭一つ半は背が高く、俺も見下ろされる形だ。化粧気はないがとても整った顔立ちをしていて、俺はやや気圧されながら尋ねる。

「明智君はなぜ怪我を？」

「私も部屋を出てきた時に彼が倒れているのを見つけたんで、分かんないです。頭に傷があったんで、救急隊の人はなんらかの原因で失神して頭を打ったんじゃないかって言ってましたけど」

人間が転倒する際には、反射的に手で庇う。明智君にはそうした形跡がなかったことから、立っている時に気を失う事態に見舞われたと推測されたらしい。

「あの人、不審者のことを調べ回ってたから襲われたんじゃないの。さっさと捕まえてくれないからこうなるのよ」

赤江は悍ましげに両腕をさすり、「じゃあ私は行くから」と明智君が倒れていたであろう場所に一瞥をくれて、足早に歩き去った。

残された女性もＡ棟の階段に向かいかけたが、俺はすかさず呼び止めた。

「それで——あなたはどちら様ですか。先ほど『部屋を出てきた』とおっしゃいましたが、Ａ棟の住人は、すでに全員聞きこみをしたはずなんです。しかしあなたの顔には見覚えがない」

わずかに唸り声を漏らし、やがて諦めたように肩を落とす。彼女はこの質問を予期していたようだ。

「山田です——Ａ３０１の山田晴人の姉、山田渚です」


病院に駆けつけた猪野瀬の報告によると、検査の結果、明智君の脳に異常はなかったという。ただ脳震盪の影響か記憶の混濁が見られ、負傷前後の出来事を思い出せないらしい。しばらくは入院して様子を見るとのことだ。

最後に猪野瀬はこう付け足す。

『医師の話では、頭の傷は棒状のもので殴られた跡ではないかとのことです。念の為、警察にも通報しました』

「明智君の親御さんに連絡はついたか？」

『彼は父子家庭らしいのですが、お父様は今イギリスに住んでいて、すぐには来られないと』

そうだったのか。俺たちは彼について知らないことの方が多い。

報告を聞き終え、俺は目の前の二人と向き直った。

「怪我をした明智君は、命に別状はないそうです。渚さんのおかげです。ありがとうございました」

「いや、こっちは救急車呼んだだけなんで」

山田渚は居心地が悪そうに正座していた足を崩した。これまで俺たちに無愛想な態度で接していた弟の晴人も、心なしか小さく肩をすぼめているように見える。

Ａ３０１の部屋のリビング。煙草の箱だけがぽつねんと置かれた小さなローテーブルを挟み、俺は山田姉弟と向き合っている。

「お二人は同居なさっているんですか」

「元々弟がここに住んでいて、私が先月のはじめに引っ越してきたんです」

ロフト付きの１ＬＤＫは二人暮らしで余裕があるとは言えないまでも、姉弟ならばなんとか生活できるだろう。

ただ姉が移ってきたためか、部屋は全体的にごちゃっとしていて物が多い。晴人のものであろうハンガーラックやチェストは木の風合いがあるデザインで統一されているが、壁掛けのフックには二重三重にハンガーが掛けられ女性ものの衣類がぶら下がっているし、窓際には未開封の段ボール箱が三つ放置されたままだ。

「聞きこみで渚さんを見かけなかったのはどうしてでしょう」

「狭い部屋に一緒にいる時間は短いほうがいいでしょ？　在宅時間がずれるよう、勤務を調整してるから。私はガス機器の専門業者に勤めていて、昼前に出勤して夜は八時頃に帰ってくることが多いんで。こいつはカラオケ店で夜勤だし」

渚は外で話した時よりもくだけた口調になっている。気だるげな雰囲気とも相まって、これが彼女の素の姿なのだろう。

仕事内容は顧客から問い合わせが入ったガス機器の故障対応や、ガスの開栓作業だという。

「そうだとしても、晴人さんが渚さんのことを教えてくれてもよかったんじゃ」

「探偵さん」姉と対照的に畏まった口調で晴人が言う。「お願いですから、管理人さんにはこのことを言わないでほしいんです」

そう聞いて合点がいった。

つまり晴人は、姉との同居を悟られたくないがために居留守を使い、無愛想な態度をとっていたのだ。

〈ハイツ徳呂〉は、単身者用の賃貸マンションだ。二人で住んでいることがばれたら、退去させられるだろう。

「もちろん、君瀬さんには報告しません。ただ、一つお訊きしてもいいですか。そこまでして同居されている理由は？　このハイツはさほど便利な立地でもないですし、安い賃貸なら探せばいくらでも見つかるのでは」

二人は顔を見合わせ、やがて渚の方が口を開いた。

「前に住んでいたマンションで、ストーカーに遭ったんですよ。どんな奴かは分からなかったけど、帰り道で後をついてくる気配を感じたり、郵便受けに入っているチラシに不自然な折り目がついていて、漁られているんじゃないかと思ったことが何度もあって」

驚いた。まさかここでストーカーの話題が出てくるとは。

晴人が愚痴っぽく言う。

「姉は親しい人間の前ではこんな感じなんですけど、外面はいいんで過去にも勘違いした男とトラブルになったことがあって。今回は身の危険を感じたそうで、ひとまずここに転がりこんできたんです」

「うるさいな。家賃は折半してるから文句ないだろ。お前こそ食器は使ったまま洗い場に放置、ゴミは溜める、郵便もチェックしないときた。まともな生活に戻ったと感謝されてもいいくらいだボケ」

渚の口調がどんどん粗暴になる一方、晴人は閉口して背後のベッドに置いていたまだら模様のキャップを手にとって弄ぶ。これがこの姉弟の力関係のようだ。

ともかく、事件の様相がだいぶ整ってきた。

渚はストーカーから逃れるために、先月の初めに弟の住む部屋にこっそり越してきた。それから一ヶ月後、ハイツの住人に不審な手紙が届き始めたわけだ。

晴人は俺たちと会ったあと、職場の姉にスマホで調査の様子を知らせていたという。

「お二人は手紙の差出人が渚さんを狙ったストーカーだと考えたが、それを話すと居住規約を破って同居していることがバレてしまう。だから黙ってことの成り行きを見守っていた。その間に我々の調査を邪魔に思ったストーカーは、一人でハイツを訪れた明智君を襲った、ということですね」

「いや、それがちょっと違うんだ」

渚が俺の推理に待ったをかけた。

「前に住んでいたマンションでの被害は付きまといだけで、ストーカーからの手紙なんてなかったんだ。今回も私らは手紙を受け取っていないから、同じストーカーの仕業かどうか確信が持てなかったんだよ」

それは気になる情報だ。渚が前の住まいから逃げたことで、ストーカーの心境が変化したのか。

「探偵さん、ちょっと訊きたいんですけど」

と晴人が疑問を挟む。

「住人に届いた手紙って、どんな内容なんですか。もし渚を狙ったやつの仕業なら、引っ越したことに言及すると思うんです。ここを突き止めたことをひけらかすとか、逃げても無駄だと脅すとか」

確かに渚の引っ越しがきっかけなら、そこに触れた手紙になるだろう。

だが俺が把握する限り、そう解釈できるものは一通もなかった。

それに事務所で荒北が指摘したように、ストーカーは渚がどの棟に住んでいるかすら知らないというのは不可解だ。

手紙の差出人は、渚のストーカーだとは思えない。ならば明智君が昨日見かけた不審な男は何者だ。

……待てよ？

俺は二人に断ると急いでまだ病院にいるはずの猪野瀬に電話をかけ、説明も省いて尋ねる。

「明智君はどんな服装だった」

『どんなって、病院の検査着で寝てますよ』

「そうじゃない。俺が駆けつけたのは明智君が救急車に運び込まれた後だったから、彼の服装を見ていないんだ。そっちには脱がされた服があるだろう」

　一旦通話を切って待つと、ややあって折り返しの連絡が入る。スピーカーから聞こえる猪野瀬の声には、心なしか困惑の響きがあった。

『我々には見慣れない服ですね。赤いパーカーとＭＡ－１のブルゾン、中にはもう一枚ボタンシャツも着てだいぶ厚着だったのかな。ズボンもぶかぶかした裾の太いカーゴパンツ。そういえば、いつもと違って前髪を上げているような』

　猪野瀬に礼を言って通話を切った。

　今の話だけで、事件の構図がだいぶ変わる。

　明智君は仕事に対し、常に最善を尽くしていたのだ。

「明智君は、手紙の調査をしていることを恨まれて襲われたわけじゃないようです」

　そうなのか、という顔をする山田姉弟はさすがによく似ていた。

「どうしてそんなことが分かるんですか」

「実は昨日晴人さんにお会いする前、明智君は不審な男と会っているんです。襲ったのがその男だったなら、明智君を疎（うと）ましく思うのは当然。ですが男は今日の明智君を見て、昨日会った人物だとは気づかなかった可能性がある。昨日の明智君はスーツ姿でしたが、今日は赤いパーカーにブルゾン、カーゴパンツという印象の全く違う服装だったんです」

「服装が違うからといって、そう気づかないもんですかね？」

　晴人の疑問に対する答えを俺は用意している。

「むしろ明智君は、別人と認識されるため意図的にそのような服装をしていたと思われます。昨日姿を見られてしまったせいで、男が二度と現場に現れないのではないかと我々は気を揉んでいた。明智君はせめてもの対策として服装を大胆に変え、髪型もいじって今日の調査に臨んだ」

さっき赤江も『最初は全然気づかなかった』と言っていたではないか。一昨日失礼な訪問をしたスーツ姿の若者が倒れていたなら、気づかないはずがない。

「もし探偵さんの言うとおりだとしてさ、どうしてあの子は襲われたの？」

「人違いです」

「人違いィ？」

渚の綺麗な顔立ちが不穏に歪む。

「明智君は今日、Ｃ２０１に住む海さんという男性に聞きこみをするつもりでした。もし聞きこみの際に玄関の中まで入り、外に出てきた姿を誰かに見られていたなら、海さんだと勘違いされてもおかしくない」

「ちょっと待ちなって。それだと海さんの方にストーカーに襲われる理由があったってことになるよ」

「その通りです」

俺は強い確信を持って頷いた。

「我々の話し合いで、海さんの名前が出たばかりなんです。手紙が届き始める直前に、このハイツに引っ越してきた住人として――」

Ａ１０１　遠藤　日葵
Ｂ３０２　赤江　環
Ｃ２０１　海　陽平

居住する棟も階数も違う三人。

この中で海だけが満たす条件といえば――。

「犯人は、三月に引っ越してきた住人のうち、男性に標的を絞って襲ったんです」

調査最終日

翌日、短時間の面会が許され、俺は明智君が入院している病院に向かった。

「すみません、昨日のことはほとんど覚えてなくて」

「大丈夫だ。海さんを訪ねて、君とのやりとりも聞けたから」

海は三月頭にハイツに引っ越してきたものの、その数日後から海外出張で昨日まで留守にしていたという。パスポートを見せてもらったので間違いない。ちなみにその出張中、海の郵便受けにも同様の不審な手紙が届いており、積み重なっていた他の郵便物の消印から考えると、十八日頃――一連の手紙の中では、最も直近の日に投函されたものと思われた。

俺は明智君が襲われてからのこと、山田姉弟から得た情報をかいつまんで話した。

耳を傾ける明智君は落ち着いた様子で、特に記憶の混乱も見られない。それを確認できて俺は胸をなで下ろす。

「俺は海さんと勘違いされて襲われ、その海さんは三月初めに引っ越してきた中で唯一の男性だから犯人に狙われた？　どうやって引っ越してきた人を調べたのか気になりますが、犯人が手紙をばら撒いた理由とも関係があるとすると――まさか」

明智君のミステリ脳はどうやら伊達ではないらしい。今の情報だけで答えに辿りついたようだ。

「手紙は俺を襲った男ではなく、まったく別の人物によって投函されたものなんですか。渚さんのストーカーは郵便物を漁っている最中にそれを発見し、渚さんを守るために回収した？」

「ああ。そう考えると数々のおかしなことにも説明がつくと思わないか」

渚は前の住居でも、郵便物を漁られていた。ストーカーは同じ行為を〈ハイツ徳呂〉でも働き、不審な手紙を発見したのだ。

問題は、この時のストーカーの思考だ。

「ストーカーは、渚さんに迷惑をかけているという自覚が微塵もなかったんだ。むしろ渚さんを見守る騎士とでも思いこんでいたんだろう。実際、不審な手紙は何度も山田家の郵便受けに届き、ストーカーはそれを甲斐甲斐しく回収し続けた」

ストーカー被害の事案で、自分は嫌われていない、この好意はきっと伝わるはずだという根拠のない自信を持っているケースはよくある。

「俺が不審者を目撃した時も、手紙を入れていたんじゃなくて郵便受けを漁っていたというわけですね。怪しい手紙が届いたら、渚さんが怖がってしまうから」

「今回のような脅迫や身の危険を感じさせない文面では、警察が対応してくれないことを知っていたのかもな。文面からすると、手紙は頻繁に書かれていたようだ。ストーカーも一度手紙を見つけただけでは、ばら撒こうとは思わなかっただろう。だが何度も回収するうちに、この手紙は投函され続けることが分かった。そこでこう考えた」

——警察に対応してもらうには、もっと大きな被害がないと駄目だ。

——手に入れた手紙を他の住人にばら撒けば、被害者を増やすことができる。

「自分の罪に自覚がないどころか、警察を動かすためにそこまでするとは呆れるが、この企みの半分はうまくいった。手紙を受け取った住人たちが管理人に訴え出たからだ。しかし調査にやってきたのは警察ではなく、我々探偵だった」

被害者が増えたにもかかわらず警察が取り合ってくれなかったことも、管理人の君瀬がかなり不動産の評判を気にする人物だったことも、ストーカーにとって予想外だったろう。

「ところで我々の調査と前後して、ストーカー側にも変化があった。渚さんに新たな手紙が届かなくなったんだ。十八日の海さんを最後に受取人がいないのも、ストーカーが新たに手紙を回収できていないことを示している。それはなぜか？」

「我々が調査を開始したのは二十五日だから、そのせいではないですよね。他に差出人に不都合があったとすると——」

明智君がはっと目を見開いた。

「——手紙の差出人はこのハイツの住人で、ストーカーがばら撒いた手紙が偶然にも本人の手に渡ったのか！」

俺は頷く。

「渚さんの郵便受けに入れた手紙が、なぜか違う封筒に入れ替えられて自分の郵便受けに戻ってきた。差出人はこれを気味悪がって、手紙を投函するのをやめた。だがそれがかえってストーカーに確信を抱かせることになってしまったんだ。手紙の差出人は、これまで自分が手紙を撒いた部屋の住人のいずれかに違いない、と」

渚に届く手紙をすべて回収できている自信がなかったこともあり、ストーカーは差出人からの手紙が止まったのか確信が持てなかった。ストーカーが手紙を撒いたのは、十八日の海が最後だ。そこから一週間以上、住人に新たな手紙は投函されていない。

ストーカーは諦めずに渚の郵便受けを確認し続けていたところ、二十六日に明智君にその姿を目撃された。それで焦って行動に出たのだろう。

ハイツの住人が差出人だという可能性が増し、選択肢はぐんと減った。そこからストーカーはどのように差出人を絞り込んだのか。

昨日、山田姉弟にした話を明智君に向かって繰り返す。

「手紙が届き始める直前に、ハイツに引っ越してきた住人が三人いる。我々は手紙を受け取る側の共通点としてそれに注目していたんだが、ストーカーにとっては正反対の意味を持っていた」

「その三人こそが差出人である可能性が高い、ということですね」

Ａ１０１の遠藤日葵、Ｂ３０２の赤江環、Ｃ２０１の海陽平。

ストーカーが手紙を撒いた部屋の住人であり、三月に引っ越してきた人物。

三人はこの二つの条件を満たしていたのだ。

「後は短絡的に、渚さんに好意を抱くのなら男性のはずだ、と海さんに当たりをつけたのだろう。一方で我々は調査の途中で、差出人ではなく郵便受けを確認しに来たストーカーの方を追いかけた」

「ストーカーは、海さんを襲ってどうする気だったんでしょうか」

「本人に聞いてみないことには分からないが、もし殺す気だったのなら君の傷では済まなかった気がするな」

「そうまでしてもストーカーは警察を介入させて、渚さんを手紙の差出人から守りたかったんでしょうか」

歪んだ正義感から生じた異様な行動論理であり、それを支えた執念も凄まじい。

「しかしそのストーカーも、ある大きな思い違いをしていた。手紙の本当の宛先は、渚さんではなく弟の晴人さんだったんだ」

「——ああ、くそ。そういうことか！」

明智君はベッドの上で悔しげに腕を組み、その答えに至る方法がなかったか考えを巡らせているようだが、渚と話してすらいないのだから難しいだろう。

俺はもったいぶらずにさっきかいつまんで伝えた中にはなかった情報を告げる。

「俺たち、初日に晴人さんが建物の外に煙草を吸いに来たところを見たよな。渚さんが禁煙二ヶ月目で、部屋の中で吸わせてもらえないんだと。部屋のローテーブルにも、煙草はあるのに灰皿は置いてなかった」

「……なるほど、煙草を吸う様子を見たと書いた手紙がありましたね。禁煙中の渚さんではあり得ないわけだ。……ストーカーは、渚さんが晴人さんと一緒に暮らしていることを知っているんでしょうか」

「郵便受けには晴人さん宛ての郵便物があったはずだから、分かるだろう。ただ渚さんへの思いが強すぎるあまり、渚さん宛ての手紙だと思いこんじまったのかもな……」

そこまで話した時、看護師が顔を見せ、面会時間の終わりを告げた。

「おっと、忘れるところだった。昨日着ていたブルゾンを確認させてもらっていいか？」

明智君はきょとんとした顔で、ベッド脇にある棚の一番大きな収納を指差した。

「海さんが、手紙を君に渡したと言っていたんだよ」

ポケットを検めると、見覚えのある白い封筒が出てきた。

〈今日もお仕事お疲れさま。パンダ、とっても可愛いね。同じものを探したら、中国のものらしくてなんとかネットオークションで競り落としたよ。これでペアルックだね〉

明智君とともに目を通し、手紙を預かる。これで手紙は合計六通となった。

「所長、手紙がばら撒かれたことに関係する人物が二人いたことは分かりました。しかし誰なのかまでは判明していないんですよね」

「それはもういいんだ。山田姉弟にも注意を促すことができたし、君が傷害を受けたことで警察も動いている。ストーカーの思惑通りのようで気に食わないがな」

手紙の差出人は、三月に引っ越してきた三人のうちの誰かだ。そのうちC201の海は海外出張でハイツを留守にしていたため、手紙を投函できなかった。残る女性二人のうち、どちらかが手紙の差出人だという見方は変わらない。対象が絞られた分、君瀬も対処しやすいだろう。

依頼を受けた時の摑みどころのなさに比べたら、十分な成果だと言える。

それでも明智君は時計を見て食い下がった。

「今日が調査最終日ですよね。六時になるまで……あと二時間はあります。今から戻れば、海さん以外の二人からもう一度話を聞けるかもしれません。最後まで諦めずに——」

「いや、調査時間はもう過ぎた。だから俺はここに来たんだ」

明智君は啞然とする。

「君の怪我は労災として申請することにした。昨日の君の活動と、その後の猪野瀬らのフォローも勤務時間として考慮すると、契約した分の仕事は終了したと見なさなければいけない。これでも経営者だからな」

「――すみません。始めから終わりまで迷惑をかけ続けで。これじゃあ助手失格ですね」

俯く表情からは、悔恨と自責がありありと読み取れる。彼が悪かったとは思わない。だがその行動が結果的に調査時間を食い潰してしまった無念は痛いほど分かる。

後は復帰してからにしよう、と伝えて部屋を出る間際、一つ言い忘れていたことを思い出した。

「君はやらかした、と思っているかもしれないが。もし君が海さんを訪ねていなければ、彼が怪我をしていたかもしれない。そういう活躍をするのも、探偵の助手っぽくないか？」

明智君はなにも言わなかったが、引き結ばれた唇はわずかにほころんだように見えた。


事務所に戻ると、別件にかかっていた峰大伍と花宮実里がいて、社員全員が顔を合わせた。

俺は〈ハイツ徳呂〉の調査結果を共有し、報告書をまとめたら依頼を終了とすることを伝える。

「明智君には大事をとってもう一週間は休んでもらおう。復帰までは手空きの時にカバーし合って……」

「俺は納得できませんよ、所長！」

説明を遮って声を張り上げたのは峰だった。猪野瀬と花宮は驚きで目を見張る――わけではなく、「やっぱりか」という冷めた目つきでそれを見やる。

「後輩が怪我させられたんだ、依頼人の都合なんざ関係なく、仇を討つべきなんじゃないですかあ！」

「うちはヤクザかよ」

この男、後輩に厳しいくせに、人一倍情が深いのである。普段もその半分でいいから思いやりを持って接してやればいいのに。

「探偵業はビジネスなんだ。依頼料の中で収めるべきだと割り切らなきゃ――」

「所長、でもぉ」

花宮が口を挟む。

「今回、ストーカーを追いかけられたのも、海さんが襲われずに済んだのも、山田渚さんと会えたのも明智君のおかげですよね。先輩の私たちがこのまま手を引くってのも、情けないんじゃありません？」

「もう警察が動いているし、俺たちの出番は――」

「ところでそれはなんですか」

猪野瀬が空気を読まず、デスクに置かれた白い封筒を指して言った。

明智君が海から預かった、六通目にあたる手紙である。

俺はそれをもう一度読み返した後、三人に提案した。

「今回は、ミステリの流儀でやってみるか」

＊

「じゃあ結局、なんで手紙がばら撒かれたのかは分からなかったんだ」

定時が近づいた社内には、問い合わせの電話が途切れていることもあり、たるんだ空気が流れている。今日も定時で帰る支店長は、あと数分で頂上を指す時計の長針をちらちら見ながら雑談に応じる。

「そうなんすよ。探偵の人は色々調べ回っていたみたいっすけど、特に成果はなかったらしくて。その上、こないだは救急車が来るわ警察が訪ねてくるわ、散々っす」

「警察？　なにかあったの」

目が時計を離れ、興味津々な様子でこちらに向けられる。

「建物の前で男性が倒れてたんすよ。海外出張から三週間ぶりに帰ってきた住人らしくて。警察が事件かどうか調べに来てたけど、結局は事故だったみたいっす。もうなんか変なことばっか起きて、帰るの気が重いですわ」

「……大変だね。もし困ったことがあればいつでも言っておくれよ」

「どーもー。あ、時間になったっすよ」

「本当だ。じゃあお先に」

すでに帰宅準備を終えていた支店長は鞄を手にして、タイムカードを打刻する。そして後ろを通り過ぎざま足を止めた。

「今日被ってきたその帽子、珍しいね」

「でしょー。今流行(はや)ってるんすよ。普通のデザインとしてもいけるんで」

被ってみせると、支店長は呆けた顔をする。急に電源が落ちたロボットみたいだ。

「どしたんすか」

「……いやいや。歳をとると流行に疎くなるなあと思って。それじゃあ」

EXTRA TIME

〈ハイツ徳呂〉のB302の呼び鈴が鳴り、彼女は慌ててダイニングの椅子から腰を上げてインターフォンに向かった。

「はい？」

『赤江さん、夜分にすみません。探偵事務所の者です』

他の住人に配慮するような、抑えた男の声だ。

腕時計を確認する。午後九時。いくらなんでも、訪問するには遅い時間だ。

このマンションのインターフォンにはカメラが付いておらず、相手の顔は見えない。

「もう調査は終わったって聞きましたけど？」

『報告書作成の段階で、再度確認していただきたい事項がありまして。すぐに終わりますのでお願いできるでしょうか』

不機嫌が伝わるように言ったつもりだったが、相手に引き下がる気はないらしい。やれやれと思いつつ玄関に向かう。

ドアスコープから覗くと、ドアの前に立つ男はスーツを着ているものの、彼女が初めて見る顔だった。

『赤江さん？』

訝（いぶか）しむような声。

「すぐに開けます」

ドアガードを外し、解錠してドアを開ける。

その瞬間、男の手がぬっと差し入れられ、ドアノブを持つ彼女の右手首を掴んだ。

ドアが強引に開けられ、鬼気迫る表情の男が押し入ってくる。

「お前が、なぎ――」


「ッりゃあぁぁーーーーーーー」

気迫のこもった声とともに大の男が宙を舞う。男は上がり框に背中を強打したように見えた。絶対に痛い。

「確保ぉ！」と男の関節を極める花宮。

「行け、猪野瀬！」後輩をけしかける峰。

「この野郎、おらあ！」捻挫中で吠えるだけの猪野瀬。

狭い玄関は、一瞬でこの世で最も人口密度の高い空間になった。

ちなみに調査員の中で紅一点の花宮は、童顔に似合わず自衛隊上がりのゴリゴリ武闘派である。

急激な展開に、抵抗することも忘れて横たわっている男を見て、数歩離れた廊下から俺は話しかけた。

「思ったより早く来てくれたな、ストーカーさん。警察は手を引いたと渚さんから聞いて、さっそく自ら手を下しに来たか」

男――山田渚の勧めるガス機器専門業者の支店長は、まだ状況を呑み込めず虚ろな目をしている。

「ここに赤江環はいない。事情を説明して、数日の間別の場所に移ってもらった。彼女にも負い目があるからな。大人しく協力してくれたよ」

山田晴人宛ての手紙の差出人は、Ｂ３０２の赤江環だった。

そう特定できた決め手は、海から入手した手紙だ。

「渚さんが職場に変わったキャップを被っていっただろう？　あれは元々弟の晴人さんのものだが、渚さんに被って出勤してもらったんだ。珍しいデザインで、前後左右から見るとただの白黒のまだら模様だが、上から見るとパンダだと分かる」

晴人が煙草を吸いに外に出てきたのを見た時、俺と明智君はそれに気づかなかった。

晴人が百九十センチ近い長身だったからだ。

「あれがパンダだと気づくには、晴人さんの頭よりも高い位置から見下ろさなければいけない。しかも、手紙の内容からして差出人は仕事帰りの彼を見ている。このことから、差出人は二階以上の部屋の住人だと考えられる。遠藤日葵が住むＡ１０１は一階だから除外、残ったのはＢ３０２に住む赤江環というわけだ」

当初俺たちが外部の人間の仕業だと疑ったのは、赤江が受け取った手紙について『後ろ姿を見つめながらここまでついて来る』という内容だったと証言したからだ。さらに〝ぼく〟という表現があったと聞き、男の仕業だとも考えた。あれらは咄嗟に疑いをかけられまいとした、赤江の出まかせだった。だから彼女は早く犯人を捕まえろと言いながら、手紙の実物は捨てたと主張するしかなかった。

俺たちが追及すると、赤江はこれまでの態度とは一変してその場で泣き崩れ、謝罪の言葉を口にした。彼女は先月まで今と別の職に就いていたのだが、人間関係で悩み、転職と同時に引っ越してきた。その直後にハイツの前でスーパーのレジ袋が破れて中の物が散らばり、通りかかった山田晴人が拾うのを手伝ってくれたことで一目惚れしてしまったという。

念のため知り合いの警察官に調べてもらったが、赤江はこれまでに同様のトラブルを起こした記録もなかった。彼女が今回したことはあくまで晴人に手紙を出しただけなので、晴人と君瀬の了解のもと、この捕物劇に協力してもらうことを条件にこれ以上問題にしないと約束した。

「キャップを見て我々と同じ考えに至るには、パンダのことが書かれた手紙があると知っていなければならない。それを知ることができたのは海さんと我々、手紙を書いた赤江さん、そして手紙を回収したストーカーしかいないんだよ。こうして赤江さんを襲いにきたあんたこそ、渚さんを悩ませたストーカーだってわけだ」

それを聞いた男は愕然とした表情を浮かべ、ようやく口を開いた。

「どうしてなぎ、いや山田君は私を――」

「渚さんはストーカーの正体があんただとは気づいていなかった。だが今回の件で、ストーカーは明らかに独自の情報源を持っていると分かった」

渚の引っ越し先を特定したこと。同居している男性に嫉妬する様子がない、つまり彼が夫ではなく弟だと知っている――渚の事情に詳しい者であること。郵便受けを漁るという行為を何度も繰り返しながら、渚と鉢合わせしないくらい、彼女の勤務時間に詳しいこと。

「それから、ハイツの住人の性別や、誰がいつ引っ越してきたかを知っていたこと。俺たちは管理人に教えてもらったが、普通は知らないことだ。ただガスの開栓作業を行う専門業者なら知ることができる」

入居の際には絶対に必要な手続きだからだ。

他に不動産業者なども当てはまるが、彼らは渚がハイツに引っ越したことを知る術がない。渚は入居手続きなどを経ずに、弟の部屋に転がりこんだのだから。

これらの条件に当てはまるのは、社員名簿を閲覧でき、渚本人から生活の状況を聞くことができる職場の人間だ。

「それでもあんたが山田家の郵便受けに届いた手紙をすべて回収できたのは、かなり偶然に助けられてのことだった。赤江さんに聞いたが、手紙は三月五日から月水金に投函していたらしい。あんたがどの程度のペースで郵便受けを漁っていたかは知らないが、最初の数回で投函されるのは平日だと徐々に気づいたんだろう?」

晴人が普段郵便受けを確認しないことや、渚が郵便を確認するタイミングを読みにくい土日に手紙が投函されないことも、このストーカーにとっては好都合だった。

新しい封筒に入れ替えて、住人に手紙がばら撒かれたのが十一日から十八日までだった理由も分かる。それ以前はストーカーが手紙を回収して溜め込んでいた時期で、十七日に赤江の元に手紙が戻ってからは、彼女が手紙を投函するのをやめた。

今回の謎は山田姉弟それぞれに一方的な想いを寄せる人間がいたこと、そして彼らの執念がぶつかり合った結果、皮肉にも被害が姉弟以外の住人に及んだことで生じたものだった。

「ここまで分かっても、あんたをストーカーと特定する証拠はなかった。だから今回は犯人に対して芝居を打つという、ミステリの手法を借りることにしたんだよ」

花宮に組み伏せられたままの男が、祈るように床に額をこすりつける。やがて漏れ聞こえてきたのは言い訳でも懇願でもなく、一方的に愛した人の名を呼ぶ嗚咽だった。

今回の仕込みは、事前に知り合いの警察官に相談をしていたため、すぐ警察に男の身柄を引き渡すことができた。

ミステリのように探偵が刑事事件に首を突っこむことはないが、顔見知りの警察官の中には、我々が仕事上やむを得ずにとる手段にお目こぼしをしてくれる者もいる。

「危なかった」

「賭けに勝ちましたね」

翌朝、病院に向かう車内で、皆が口々に安堵(あんど)の言葉を漏らす。明智君にはまだなにも話していない。「どうせなら直接報告してやりましょう」という峰の提案だった。

渚の勤務先の支店長がうまく罠に嵌(はま)ったこともそうだが、最も重要なのはそれにかかった時間だった。

「今度こそ依頼を完遂、よって追加の成功報酬ゲット、よってよって赤字回避！」

俺が拳を突き上げると、「イエーイ！」という花宮の歓声が続く。危うい橋を渡りきり、ミステリの流儀で犯人を見つけるという俺個人の望みと事業目標の両方を達成することができた。理想だけでは飯は食っていけないのである。

「明智君はどんな顔するでしょうね。自分のことを叱っといて、先輩たちも無茶するんじゃないですかーって怒るかな」

花宮はどこか期待している風だ。

「実力があるから無茶ができるんだ。あいつはまだまだ、猫探しからみっちり鍛えてやらんと駄目ですよ」

峰は早くも厳しい先輩の顔に戻り、

「追い抜かされないようにしないとですね」

と猪野瀬がのんびり笑う。

確かに明智君はまだまだ未熟で、一人でやらせるには危なっかしい。それでも失敗すら事件の解決に役立ててしまう彼には、彼の愛するような探偵の素養があるのかも知れない。

そんなことを考えているうちに、車は病院に着いた。

四人で連れ立って廊下を歩き、病室のドアを開けた瞬間。

「所長、皆さん！」

挨拶をする間もなく、ベッドの上で目を輝かせた明智君が大量の文字を書き殴ったメモ用紙を突きつけてくる。

「まだ諦めることはありません。海さんの手紙を思い返していた時、ストーカーを捕まえる方法が閃いたんです。ミステリの手法を使うんですよ！」

一瞬の沈黙の後、花宮は思わず吹き出し、峰はため息を吐き、猪野瀬は「すごいな」と感心したように呟いた。

呆れと困惑と嬉しさがないまぜになった感情が湧き上がる。なにより先に伝えるべきだと感じた言葉が俺の口をついた。

「先輩として言わせてもらう。――探偵を目指すのはいいが、君にこそまず助手が必要だと思うぜ」

初出一覧

最初でも最後でもない事件
（「明智恭介　最初でも最後でもない事件」改題）　『ミステリーズ！』vol.98（二〇一九年十二月号）

とある日常の謎について　『紙魚の手帖』vol.15（二〇二四年二月号）

泥酔肌着引き裂き事件
（「泥酔肌着切り裂き事件」改題）　『紙魚の手帖』vol.13（二〇二三年十月号）

宗教学試験問題漏洩事件　『紙魚の手帖』vol.09（二〇二三年二月号）

手紙ばら撒きハイツ事件　書き下ろし

明智恭介の奔走

The Efforts of Akechi Kyosuke

二〇二四年六月二十八日　初版

著　者　今村昌弘

発行者　渋谷健太郎

発行所　株式会社東京創元社
〒一六二―〇八一四　東京都新宿区新小川町一―五
電話（〇三）三二六八―八二三一（代）
URL https://www.tsogen.co.jp

装画・扉絵　遠田志帆
装　丁　鈴木久美
組　版　キャップス
印　刷　萩原印刷
製　本　加藤製本

乱丁・落丁本は、ご面倒ですが小社までご送付ください。
送料小社負担にてお取替えいたします。

ISBN 978-4-488-02906-7 C0093

シリーズ第一短編集

THE INSIGHT OF EGAMI JIRO◆Alice Arisugawa

江神二郎の洞察

有栖川有栖

創元推理文庫

英都大学に入学したばかりの1988年4月、すれ違いざまに
ぶつかって落ちた一冊——中井英夫『虚無への供物』。
この本と、江神部長との出会いが僕、有栖川有栖の
英都大学推理小説研究会入部のきっかけだった。
昭和から平成へという時代の転換期である
一年の出来事を瑞々しく描いた九編を収録。
ファン必携の〈江神二郎シリーズ〉短編集。

収録作品＝瑠璃荘事件，
ハードロック・ラバーズ・オンリー，
やけた線路の上の死体，桜川のオフィーリア，
四分間では短すぎる，開かずの間の怪，二十世紀的誘拐，
除夜を歩く，蕩尽に関する一考察

鮎川哲也賞

創意と情熱溢れる鮮烈な推理長編を募集します。未発表の長編推理小説（四〇〇字詰原稿用紙換算で三六〇〜六五〇枚）に限ります。正賞はコナン・ドイル像、賞金は印税全額です。受賞作は小社より刊行します。

創元ミステリ短編賞

斯界に新風を吹き込む推理短編の書き手の出現を熱望します。未発表の短編推理小説（四〇〇字詰原稿用紙換算で三〇〜一〇〇枚）に限ります。正賞は懐中時計、賞金は三〇万円です。受賞作は『紙魚の手帖』に掲載します。

注意事項（詳細は小社ホームページをご覧ください）

・原稿には必ず通し番号をつけてください。ワープロ原稿の場合は四〇字×四〇行で印字してください。
・別紙に応募作のタイトル、応募者の本名（ふりがな）、郵便番号、住所、電話番号、職業、生年月日を明記してください。また、ペンネームにもふりがなをお願いします。
・鮎川哲也賞は八〇〇字以内のシノプシスをつけてください。
・小社ホームページの応募フォームからのご応募も受け付けしております。
・商業出版の経歴がある方は、応募時のペンネームと別名義であっても応募者情報に必ず刊行歴をお書きください。
・結果通知は選考ごとに通過作のみにお送りします。メールでの通知をご希望の方は、アドレスをお書き添えください。
・選考に関するお問い合わせはご遠慮ください。
・応募原稿は返却いたしません。

宛先　〒一六二-〇八一四　東京都新宿区新小川町一-五　東京創元社編集部　各賞係